AF402946

Die deutschsprachige Autorin **Melody Rose** hat ihre Leidenschaft für Bücher in die Wiege gelegt bekommen. Schon mit ihrer Mutter ist sie in fremde Welten eingetaucht. Mit dem Schreiben von Fanfictions hat sie begonnen und später ihr Zuhause in dem Verfassen von Romanen gefunden.

MELODY ROSE

TRAUMMANN GESUCHT, *Rockstar* GEFUNDEN

Erstausgabe Oktober 2022

Copyright © 2022 dp Verlag, ein Imprint der
dp DIGITAL PUBLISHERS GmbH
Made in Stuttgart with ♥
Alle Rechte vorbehalten

Traummann gesucht. Rockstar gefunden

ISBN 978-3-96087-680-2
E-Book-ISBN 978-3-96087-670-3

Covergestaltung: Anne Gebhardt
Umschlaggestaltung: ARTC.ore Design
Unter Verwendung von Abbildungen von
shutterstock.com: © Bokeh Blur Background, © FXQuadro
stock.adobe.com: © AGUS
elements.envato.com: © vasaki
Lektorat: SL Lektorat
Satz: dp DIGITAL PUBLISHERS GmbH
Druck und Bindung: Books on Demand GmbH, Norderstedt

*Für alle, die sich manchmal nicht damit wohlfühlen,
alleine zu sein.
Für diejenigen, die sich noch nicht selbst gefunden
haben und noch auf der Suche sind.
Das ist okay.
Wir sind alle okay.*

Eins

Ich habe kurz mit dem Gedanken gespielt, ein Plakat zu malen: *Suche Ehemann für Flitterwochen*. Doch als ich mir vorgestellt habe, wer dann alles auftauchen könnte, habe ich ihn schnell wieder verworfen. Jetzt stehe ich hier, am Frankfurter Flughafen – bereit, in den Flieger zu steigen. In meinem Brautkleid.

In Bergen von Tüll kämpfe ich mit den Tränen, die vor allem von Wut zollen, und mache mich auf den Weg zum Gate. Zum Glück haben die Leute beim Securitycheck Mitleid. Ich meine – eine Braut, einsam und mit verheulten Augen, spricht für sich, also durchsuchen sie mich nicht. Ich werde das Kleid heute Abend wahrscheinlich zerschneiden, verbrennen, gemeinsam mit allen Wünschen, die ich für Erick und diese Hochzeit hatte. Es war – und ist noch immer – ein großer Schock, als ich ihn vor der Trauung sah, was ja bekanntlich Pech bringen soll. Anscheinend hatte das Unglück – ich stelle es mir als schwarzes Schwein vor, ein bisschen zerfleddert und dadurch wütend, weil das Glücksschwein das ganze Lob einheimst – schon zugeschlagen. Schließlich drückte er, aber womöglich war er auch gestolpert, seinen Kopf zwischen die Beine meiner Trauzeugin. Ich muss nicht erwähnen, dass sie meine beste Freundin war, oder? Allein bei dem Gedanken daran verziehe ich das Gesicht, immerhin hat sie kurz nachdem ich die zwei unterbrochen hatte, noch eine Szene gemacht, er würde eh nur sie lieben.

Was hat er gemacht? Mich stillschweigend angesehen und nicht einmal gezuckt, als ihn meine Ohrfeige traf und einen Handabdruck auf seiner Wange hinterließ. Ich habe mich umgedreht und bin in das wartende Taxi gestiegen, das uns nach der Trauung zum Flughafen fahren sollte, und jetzt werde ich eben allein nach Finnland fliegen. In den Winter, den ich absolut hasse, Erick aber liebt, und werde diesen Urlaub genießen, der meine Flitterwochen hätte sein sollen. Zum Glück habe ich den Flug noch auf meinen Namen gebucht: Malu Liebert, nicht Malu Schwaiger – ein Name, den ich jetzt niemals tragen werde.

„Entschuldigen Sie, zuerst dürften die Priority-Gäste einsteigen."

Ich sehe die Dame am Gate verdattert an. Ich habe gar nicht gemerkt, dass ich mich vorgedrängelt habe, zu sehr war ich in Gedanken versunken. Sie mustert mich abschätzend, ein wenig verwirrt, und ich kann es ihr nicht verübeln. Meine Hochsteckfrisur muss scheußlich aussehen. Der Saum des langen Kleids ist verschmutzt.

„Natürlich." Ich trete beschämt einen Schritt zurück und musterte einige Mütter mit Kindern auf dem Arm. Ein kleiner Stich durchzieht mein Herz, wenn ich daran denke, dass es ewig dauern wird, bis ich mir diesen Wunsch erfüllen kann. Wie hoch ist die Wahrscheinlichkeit, mich erneut zu verlieben? Jemanden zu treffen, der es ernst mit mir meint und dann auch noch ähnliche Zukunftsgedanken hat? Davon abgesehen, dass das Ding in meiner Brust gerade genug damit zu tun hat, weiterhin Blut durch meine Adern zu pumpen und dabei schon fast überfordert ist. Man denkt immer,

ein Herz könnte nicht brechen, doch bei dem lodernden Schmerz in meiner Brust, gepaart mit der Wut über
meine Naivität, bin ich mir dessen gar nicht mehr so
sicher. Ich schlucke die Tränen hinunter, die sich in
den vergangenen drei Stunden zu oft einen Weg an die
Oberfläche gebahnt haben, und setze mich auf einen
der Sitze. Durch den Reifrock, der unter all dem Tüll
versteckt ist, ist das gar nicht so einfach.

„Dieses verdammte Kleid", murmele ich, und ohne
weiter darüber nachzudenken, steige ich aus dem Reifrock und lehne ihn an die Wand. Die Blicke um mich
herum wirken teils amüsiert, teils schockiert, und alle
haben eines gemeinsam: Sie nerven mich, und zwar ge-
waltig. „Noch nie eine Braut gesehen, die verlassen
wurde und nun am Flughafen sitzt, oder warum starrt
ihr mich alle so an?" Meine Stimme ist laut, und just in
diesem Moment ist natürlich auch alles still um mich
herum. Ich habe das Gefühl, jeder hält den Atem an, bevor sie beschämt die Blicke abwenden. Ich muss die
Tränen schon wieder wegwischen, die mein Sichtfeld
verschwimmen lassen. „Es ist nun mal nicht alles rosa-
rot, also hören Sie bitte auf, mich anzustarren wie ein
Tier im Zoo", fauche ich und verschränke dann die
Arme vor der Brust.

Eine alte Dame kommt auf mich zu. Wortlos hält sie
mir eine Tafel Schokolade hin und eine Packung Ta-
schentücher. „Sie brauchen sie eher als ich", murmelt
sie und legt ihre faltige, kleine Hand auf meine Schulter. Die Berührung, tröstend und warm zugleich, tut so
gut, und ich versuche, ihr ein dankbares Lächeln zuzu-
werfen. „Guten Flug", wünscht sie mir, bevor sie geht,
und ich blicke ihr lange hinterher. Ich muss mich jetzt

irgendwie zusammenreißen, und dann werde ich die Reise genießen. Weil dieser gottverdammte Kerl es nicht verdient hat, mich zum Weinen zu bringen oder gar einen meiner Gedanken zu beanspruchen. *Aber ich habe ihn so sehr geliebt*, flüstert mein gebrochenes Herz mit tränenerstickter Stimme.

Ja, und eventuell verbuche ich genau das unter dem größten Fehler in meinem Leben.

Die Reise geht erst einmal nach Ivalo; zum Glück wird der Flug nur fast vier Stunden dauern. Die restlichen Gäste werden zum Boarding aufgerufen. Ich nutze die Zeit in der Warteschlange, um nach draußen zu sehen. Wir haben den dreiundzwanzigsten Januar, und in Frankfurt liegt kein Krümel Schnee. Der Wind vorhin war eisig, ja, aber zum Glück gibt es hier nichts von diesem weißen Zeug. Ich bin mir sicher, an meinem Reiseziel wird es ganz anders aussehen. Ich atme tief durch. Es gibt nur zwei Optionen: in Selbstmitleid versinken unter einer warmen Decke oder mich auf die Suche nach meinem neuen Ich auf die höchsten Schneeberge begeben. Die erste Variante klingt verlockend, doch das bin nicht ich, ich bin eine Kämpferin. und deshalb steige ich in das verfluchte Flugzeug und fliege in meine Beinahe-Flitterwochen, allein. Es hat Vorteile, verlassen zu werden und diese Reise allein anzutreten. So kann ich mir ohne schlechtes Gewissen den Fensterplatz angeln, und neben mir bleibt genug Platz, um mein Kleid auszubreiten, ohne einen anderen Passagier mit dem Tüll zu ersticken.

Ich atme tief durch, als ich die Maschine betrete. Die Luft hier ist wie immer stickig, und ich stelle die Luftzufuhr an der Decke über meinem Platz direkt auf mich ein, damit ich überhaupt Sauerstoff abbekomme. Ich nehme das Handy aus der Tasche – seit ich abgehauen bin, steht es sowieso dauerhaft auf Flugmodus, und ich habe auch nicht den Drang, meine Nachrichten zu kontrollieren.

Warum? Ich habe keine Lust auf das Mitleid der anderen, das wäre mir alles zu viel. Ich kann ja mein Selbstmitleid schon kaum ertragen. Der Sperrbildschirm lässt mich zusammenzucken. Stimmt, Fotos löschen sollte ich schnellstmöglich. Mein zerbrochenes Herz pocht direkt schneller, als ich das Bild betrachte.

Ich sehe so glücklich aus. Meine langen blonden Haare sind vom Wind zerzaust, und ich trage ein weißes Sommerkleid, das bis zur Mitte meiner Oberschenkel reicht. Mein Lachen ist echt, meine Füße berühren das Meer, die Zehen vergraben im Sand, und wenn ich die Augen schließe, dann kann ich das Salzwasser fast noch auf der Zunge schmecken. Das war vor vier Jahren. Es war das erste und einzige Mal, dass ich mich durchsetzen konnte, endlich mal ans Meer zu fahren.

Erick war nie der Mensch für diese Art von Reisen gewesen. Kultur stand bei ihm mit an erster Stelle, und wenn es nichts Kulturelles gab, dann musste es zumindest kalt sein. Auf dem Foto lacht Erick; wir beide strahlten in die Kamera, als wäre es der schönste Tag gewesen. Ich muss dringend diese Bilder löschen. Meine Augen, dort so von Freude durchzogen, dass das Blau strahlt, sind nun schon wieder nass. Verflucht. Meine Finger zittern, als ich einen schwarzen Hintergrund einstelle.

Meine Mutter hatte mir einen guten Flug gewünscht. Ihr habe ich kurz nach meiner Flucht erzählt, was ich vorhabe, und sie versteht auch, dass ich das hier brauche. Allen Widerständen und Zweifeln zum Trotz ist die Reise allein eine gute Entscheidung, denn so kann ich mit der Veränderung beginnen. Mich selbst finden, auch wenn das in einem kalten Land passiert und nicht wie erhofft in der Sonne. Das wäre mir lieber gewesen, aber wie so oft beweist mir das Leben, dass es kein Wunschkonzert ist. Ich werde also mit den Gegebenheiten klarkommen, wie immer, auch wenn es gerade noch ein wenig aussichtslos erscheint.

Ansonsten bin ich anscheinend mehr der Typ „wir akzeptieren sie" im Freundeskreis gewesen und nicht diejenige, für die man sich wirklich interessiert, denn weitere Nachrichten gibt es überraschenderweise nicht. Ich muss mich ablenken.

Musik. Ich brauche ganz dringend eine Melodie, die lauter ist als meine Gedanken. Als ich auf *Play* drücke und die Klänge meine Kopfhörer füllen, wird es in mir ruhiger. Musik ist schon immer eine Art Anker für mich gewesen, doch heute fühlt es sich an, als wäre sie das Einzige, was mich vor dem Durchdrehen bewahrt.

Ich bin so unendlich müde, aber finde einfach nicht die Ruhe, um einzuschlafen. Immer wieder schließe ich die Augen und hoffe, endlich in den verdienten Schlaf zu finden, doch dann dreht sich mein Gedankenkarussell an, sich erneut an zu drehen. Mein Leben ist ein Scherbenhaufen, ich werde nicht wie schon immer geplant bald Mama sein. Nach der Hochzeit wollte ich gerne das Thema Kinder akuter ansprechen, der Wunsch in mir wächst immer weiter.

Die Tränen rollen mir über die Wangen, an Schlaf ist nicht zu denken. Irgendwann gebe ich auf. Die restliche

Stunde des Flugs verbringe ich damit, aus dem Fenster zu sehen. Die Sonne macht dem Abend Platz. Die Trauung – ich gewöhne mich langsam an den Stich in meiner Brust – hätte um dreizehn Uhr stattfinden sollen. Danach war ein kurzer Sektempfang geplant, und dann sollte die schönste Hochzeitsreise losgehen. Noch immer kann ich nicht glauben, dass ich hier wirklich in diesem Flugzeug sitze, nur ohne Erick an meiner Seite. Ich stöhne auf, weil es mich nervt, schon wieder an ihn zu denken, und doch kann ich nichts dagegen tun. Es tut zwar weh, aber lange nicht so, wie ich es erwartet habe. Dennoch bin ich gespannt, wie viel Zeit es braucht, bis aus der Wunde in meinem Herzen eine Narbe wird.

Ich habe vorhin nur meinen bereits gepackten Koffer geschnappt, weil ich es nicht mehr ausgehalten habe an dem Ort zu bleiben, an dem der schönste Moment meines Lebens passieren sollte. Erick hat einiges geplant, zumindest hat er damit immer angegeben, als er wieder einmal am Laptop saß und ich nicht zugucken durfte. Wahrscheinlich hat er sich Filmchen angesehen, doch etwas sagt mir, dass ich diese Reise antreten soll und sie dann sogar genießen werde. Wieso? Weil ich es verdient habe, irgendwann wieder glücklich zu sein, und wenn ich eine Reise auf Kosten meines Verlobten – nein, ehemaligen Verlobten –genießen kann, dann werde ich das auf jeden Fall tun.

„Möchten Sie etwas essen?“ Nur gedämpft höre ich die Stimme des Flugbegleiters und ziehe einen Stöpsel aus dem Ohr. Mein Magen knurrt, und mir fällt auf, dass ich seit dem Frühstück nichts mehr zu mir genommen habe. „Wir haben eigentlich nur Sandwiches für diese Klasse vorgesehen, aber warten Sie kurz."

„Ein Sandwich wäre vollkommen ..." Ich kann den Satz gar nicht zu Ende bringen, da läuft er schon wieder den Gang nach vorne. Ich streiche über den weißen Tüllrock, sehe auf meine perfekt manikürten Nägel. Eventuell ist das alles nur ein Traum, der sich sehr real anfühlt, und ich wache jeden Moment auf. So viel Pech kann eine Frau nicht haben, oder?

Der Mann kommt zurück und balanciert einen Teller. „Klappen Sie das Tablett hinunter", sagt er freundlich, und ich gehorche. Er stellt Essen vor mir ab, und alleine der Geruch betört meine Nase.

„Wir hatten noch eine Portion übrig, und ich denke, Sie können eine kleine Aufmerksamkeit gebrauchen." Er öffnet den Deckel. Wow, das sieht echt zum Anbeißen aus.

„Das ist heute die besondere Spezialität auf unserem Mittelstreckenflug."

Er bringt mich zum Lächeln.

„Das ist junger Grünkohl mit einem pochierten Ei und französischen Macaire-Kartoffeln. Guten Appetit." Sein Versuch, die Worte wie ein Franzose klingen zu lassen, scheitert und lässt mich sogar kurz kichern. Er zwinkert mir zu und geht.

Die Passagiere um mich herum sind zum Glück in ihre eigene Welt vertieft, sonst würden sie die Extrawurst wahrscheinlich bemerken. So etwas wird in einem Flugzeug serviert? Auf einem kurzen Flug ... nein, was hat er gesagt? Mittelstrecke? Für mich geht das erst ab circa neun Stunden los, aber was weiß ich schon. Was gibt es dann wohl auf längeren Strecken?

Ich grinse in mich hinein, als ich die erste Gabel nehme. Das hat rein gar nichts mit klassischer Kantine zu tun oder mit den trockenen Sandwiches, die mir bisher auf Flügen serviert worden sind. Das ist die Extraklasse, und ich glaube, wenn ich es mir leisten könnte, dann würde ich zukünftig allein wegen des Essens First Class fliegen.

Die Betonung liegt auf *wenn*, denn auch dafür muss ich eine Lösung finden. Ich habe mich damals in Erick verliebt, als er mein Ausbilder war und ich seine Auszubildende im Büro. Es war nie ein Problem, die Arbeit und das Private zu trennen, doch jetzt ist es unmöglich. Ich kann ihm nicht jeden Tag unter die Augen treten und daran denken, wie er seine Lippen auf die etwas anderen Lippen meiner besten Freundin drückt. Nein, ich werde definitiv kündigen müssen. Zum Glück findet man als gelernte Kauffrau für Büromanagement wohl schnell etwas Neues, aber darüber möchte ich mir erst mal keine Gedanken machen. Zuerst werde ich dieses perfekt pochierte Ei verspeisen, eine Reise erleben, die ich vielleicht nie vergessen werde, und mich auf den Weg zu mir selbst machen.

Noch im Taxi ist mir aufgefallen, wie abhängig ich von Erick war. Ich habe den Umschlag geöffnet und den Papierbogen herausgezogen, auf dem grob stand, wie die Reise zumindest bis zum Hotel verläuft. Ein Mann wird am Flughafen auf uns warten, also jetzt auf mich, und ins Hotel bringen. Dort werde ich wohl mehr erfahren. Erick hat alles geplant und wollte mich überraschen, und in gewisser Weise hat er das ja auch. Ob er jetzt meine ehemalige beste Freundin heiratet? Ob die beiden wahre Gefühle füreinander haben? Ich sollte lieber nicht weiter darüber nachdenken, sonst kommt mir der leckere Grünkohl wieder hoch.

Mir ist aufgefallen, dass ich wirklich keine Ahnung habe, wer ich ohne ihn bin. Seit wir uns damals kennengelernt haben, habe ich mich auf ihn verlassen, ich habe aufgehört, ein eigenständiger Mensch zu sein. Die Gewissheit schmerzt fast noch mehr als der Verrat.

Die Probleme könnten wieder losgehen, wenn der Urlaub vorbei ist und mein Rückflugticket zum Einsatz kommt. Nach einundzwanzig Tagen in Finnland, der wohl kältesten Region, in der ich je war.

Ich wische mir den Mund mit der Serviette ab, und als hätte der nette, junge Flugbegleiter darauf gewartet, räumt er auch schon das Tablett weg. „Essen kann zwar Probleme nie heilen, aber hungrig sind sie noch viel größer."

Ich nicke, kann ihm nur zustimmen. Dann ist er wieder weg, und ich habe es nicht einmal geschafft, mich bei ihm zu bedanken. Na toll.

Zwei

Die eiskalte Luft schlägt mir ins Gesicht. Es fühlt sich an wie tausende Nadelstiche auf meiner Haut.

Meine Nase kribbelt, und ein durch die Kälte stechender Schmerz breitet sich im Kopf aus. Verdammt, wie viele Minusgrade es hier wohl hat? Hinter mir räuspert sich jemand, und ich bemerke jetzt erst, dass ich wie angewurzelt stehen geblieben bin. Ich gehe die Treppenstufen am Flugzeug nach unten, halte mich dabei am Geländer fest. Ich bin wirklich hier.

In Finnland, Lappland, wie auch immer. In Ivalo. Ich trete einen Schritt zur Seite, als die Passagiere, die es eilig haben, an mir vorbei spurten, schultere meinen Rucksack und blicke mich um.

Mein Atem bildet Wölkchen, und auf einmal fällt ganz viel von mir ab. Ich drehe mich im Kreis, strecke die Arme aus. Ich fange an zu lachen, ignoriere die Blicke der anderen, immerhin trage ich noch immer dieses verfluchte Kleid. Ich lache, bis mir der Bauch weh tut und mir vom Drehen schwindelig wird. Dann bleibe ich stehen und gehe in das Gebäude. Meine Beine sind eiskalt, und ich bin sicher, am ganzen Körper eine Gänsehaut zu haben sowie – verdammt –, an Stellen, von denen ich es niemals geahnt hätte, dort eine bekommen zu können. Ich muss mich im Hotel dringend umziehen, vor allem steigt meine Lust, dieses Kleid zu verbrennen. Ich bin hier, in einem fremden Land, ich bin unabhängig, und auch wenn ich heute die vermeintliche Liebe meines Lebens verloren habe, gibt es eine

Sache, die ich noch habe. Mich selbst. Und ich bin hier, um das Beste aus der Situation zu machen.

Es dauert nicht lange, bis die Passkontrolle und die Gepäckausgabe erledigt sind. Die Flughafenhalle begrüßt mich mit einer überraschend hellen Atmosphäre. Von den Decken hängen runde Lampen, die ein angenehmes Licht abgeben, und ich muss lächeln, als ich sehe, wie sich manche Menschen glücklich in die Arme fallen. Wie das wohl unter normalen Umständen bei mir gewesen wäre? Wahrscheinlich hätte ich Erick an mich gezogen, geküsst und mich dafür bedankt, dass wir hier sind. Ich schlucke meine aufkeimende Wut hinunter. Es bringt nichts, wenn ich im Selbstmitleid versinke. Allerdings ist das so verlockend, und ich werde einfach Zeit brauchen, um darüber hinwegzukommen. Aber diese heilt alle Wunden, oder? Ich warte darauf, auch wenn ich das noch nicht lange tue, weil meine Welt noch vor vierundzwanzig Stunden in Ordnung war. Ich warte darauf, dass der Schmerz, der so stark in meiner Brust brennt, schwächer wird. Vielleicht warte ich auch auf das Löschfahrzeug, das dieses Feuer in meinem Herzen löscht, sodass es langsam wieder anfangen kann zu schlagen, ohne bei jedem Pochen zu lodern.

Ich blicke mich um. Hier sollte jetzt laut dem Zettel ein Fahrer auf uns warten. Ich lese die Namen, die auf den Schildern stehen, die Menschen in die Luft halten. Ich finde keines, auf dem *Liebert* steht. Ich runzele die Stirn, das kann nicht sein. Dann fällt es mir wie Schuppen von den Augen: Ich muss natürlich nach *Schwaiger* suchen. Immerhin hätte ich seinen Namen angenommen. Einmal mehr fühle ich mich, als würde man mir ein Messer in die Brust rammen. Immer, wenn es für einen Moment okay ist, dreht es sich um.

Endlich entdecke ich das Schild. Ich schlucke und gehe auf den Mann zu, der es in einer Hand hält. Er muss von der Reisegesellschaft sein, über die Erick alles gebucht hat. Er hat öfters mit jemandem telefoniert und dann die Tür zugesperrt, damit ich nicht mithören konnte. Ich frage mich jetzt, ob er wirklich mit diesem Typen gesprochen hat oder doch eher mit meiner besten Freundin, die er verführen wollte.

Auf Englisch beglückwünscht er mich, und ich starre ihn an. „Bitte nicht." Es sind die einzigen Worte, die ich durch meine tränenerstickte Kehle bekomme.

Er mustert mich von oben bis unten. „Mister Schwaiger?", hakt er noch mal nach, und ich bin kurz davor, erneut in Tränen auszubrechen.

„Er ist nicht hier", sage ich, und mein Blick, gemeinsam mit dem dreckigen Brautkleid, das man unter der dicken Winterjacke sieht, scheinen für sich zu sprechen.

„Ich verstehe", sagt er und bedeutet mir, ihm zu folgen. Er nimmt meinen Koffer, und dann gehen wir durch die Halle. Ich werde noch oft erklären müssen, dass es keinen Mister gibt. Ich werde so oft sagen müssen, dass ich allein gekommen bin, weil der Mann, mit dem ich für immer mein Leben teilen wollte, nicht mehr da ist. Ich schlucke, das hatte ich alles nicht bedacht, als ich losgefahren bin.

Diese Reise wird wehtun, aber vielleicht ist gerade das notwendig, um innezuhalten. Manchmal braucht es Schmerz, um zu heilen. Auch wenn die Schmerzphase unendlich erscheint.

Er bringt mich zu einem Pick-up, der in der Tiefgarage steht und mit Schneeketten ausgestattet ist und hält mir eine Flasche Sekt entgegen, auf deren Etikett verschlungene Ringe zu sehen sind neben zwei Herzen. Ich schlucke, nehme sie und bedanke mich herzlich, dann lasse ich mich auf der Rückbank nieder.

„Die Fahrt wird circa eine halbe Stunde dauern."

Ich nicke und schließe die Augen, als sich das Auto in Bewegung setzt. Meine Gedanken kreisen. Langsam aber sicher erwache ich aus meiner Schockstarre. Ich bin hier, allein in meinen Beinahe-Flitterwochen, und habe eine Flasche in der Hand.

Ich zucke mit den Schultern. Der Sektempfang ist ausgefallen, also kann ich mir ein Gläschen erlauben. Ich schraube die Flasche auf, das Glas habe ich abgelehnt, das ist heute nun wirklich nicht notwendig. Also trinke ich direkt aus der Flasche, und als die prickelnde Flüssigkeit auf meine Zunge trifft, seufze ich auf. Alkohol löst zwar nicht jedes Problem, aber ich bin mir sicher, er wird dafür sorgen, dass sich alles nicht mehr so schlimm anfühlt. Ich blicke aus dem Fenster und muss lächeln. Die Wälder, an denen wir vorbeifahren, sind schneebedeckt. Die Eiszapfen, die an den Ästen hängen, sind riesig. Es sieht wunderschön aus. Die Landschaft sorgt dafür, dass ich innerlich zur Ruhe komme. Vielleicht ist auch der Sekt dafür verantwortlich. Ich blicke in den Himmel, der sich langsam dunkel färbt. Hier soll es viele Nordlichter geben. Ich weiß noch, wie ich in freudiger Erwartung Pinterest durchstöbert habe und mir auf Instagram angesehen habe, wie die Leute zu den Nordlichtern gereist sind und dann vor atemberaubender Atmosphäre die schönsten Momente ihres

Lebens eingefangen haben. Heute ist es leicht neblig, und ich bin erleichtert, dass mich die Nordlichter, die einen glücklich machen, vorerst in Ruhe lassen.

„Heute sieht man leider keine Nordlichter. Sie werden auf Ihrer Reise aber bestimmt noch die Möglichkeit finden. Wir sind übrigens gleich da, sehen Sie?" Er zeigt auf einen beleuchtenden Weg nicht weit entfernt. „Da setze ich Sie ab, dann sind es noch fünf Minuten zu Fuß." Ich blicke an mir herab, die Winterjacke habe ich ausgezogen und trage noch immer die weißen Pumps. Ich hätte die Zeit am Flughafen nicht mit heulen verbringen sollen, sondern eher damit, mich umzuziehen. Sicher werde gar nicht richtig in diesem Urlaub ankommen, denn vorher werde ich erfrieren. Auf jeden Fall.

Nach wenigen Minuten stehe ich auch schon vor dem eisbedeckten Weg, der zu einem großen Haus führt, das wohl das Hotel sein soll. Es sind vielleicht fünfhundert Meter, aber meine Füße fühlen sich nach den wenigen Sekunden an, als würden sie gleich einfrieren und einfach abfallen. Auf meine innere Liste schreibe ich: googeln, ob Füße durch Kälte verschwinden können. Dann schultere ich den Rucksack, ziehe die Mütze zurecht und gehe den eisigen Weg entlang. Meine Pumps haben natürlich nicht genug Profil, und ich bin froh, dass ich noch den Koffer dabeihabe, der mir ein bisschen Halt schenkt. Wie dumm war es auch, nur die Mütze, den Schal und die Jacke aus dem Gepäck zu kramen, nicht aber die dicken Moonboots, die ich extra für diese Reise gekauft habe?

Ich fluche vor mich hin, kämpfe mich den eisigen Weg nach oben, und als ich die Tür aufreiße und eintrete, empfängt mich eine solche Wärme, dass ich mich fühle, als wäre ich direkt vor eine Wand gerannt.

„Verdammt nochmal", fluche ich und bleibe stehen, weil Sterne vor meinen Augen tanzen. Ich nehme meine Mütze ab und stopfe sie achtlos in den Rucksack, den ich auf dem Koffer abgestellt habe. Dann sehe ich mich um. Der Eingangsbereich ist in Holzoptik gehalten, es wirkt sehr rustikal und nicht wie ein Sternehotel. Ich bin auf das Zimmer gespannt. Nachdem meine Füße, die jetzt langsam auftauen, mich wieder tragen wollen, gehe ich zur Rezeption.

„Sie müssen Miss Schwaiger sein, unsere herzlichsten Glückwünsche. Wo haben Sie denn Ihren Mann gelassen?"

Da ist er wieder, der Schmerz. „Liebert. Es ist bei Liebert, meinem Mädchennamen, geblieben."

Die Frau mit den perfekt gelockten, blonden Haaren und dem roten Lippenstift – sie sieht aus, als wäre sie einem Modemagazin entsprungen – sieht mich an. Sie schürzt die Lippen, und ich halte ihrem Blick stand, ohne in Tränen auszubrechen.

„Na dann, Miss Liebert. Herzlich willkommen." Ich höre Spott in ihrer Stimme und würde ihr am liebsten die Meinung geigen, doch der Sekt und das fehlende Selbstbewusstsein sorgen dafür, dass ich ihren Tonfall ignoriere und einfach nur dafür sorge, dass ich die Schlüsselkarte bekomme. „Sie haben die Honeymoon Suite gebucht. Wir wussten ja nicht ..."

„Schon gut", unterbreche ich sie. Ich wusste auch nicht, dass mein Verlobter sich zwischen den Beinen meiner besten Freundin wohler fühlt als in meinen Armen.

„Mit dem Aufzug in den vierten Stock, dann links."

Ich nicke, bedanke mich höflich und gehe los. Ich öffne den Reißverschluss meiner Jacke, weil mir der Schweiß den Rücken hinunterläuft. Der Aufzug ist klein, und ich warte darauf, dass sich die Türen schließen, bevor ich blinzle und die verräterischen Tränen sich erneut einen Weg über meine Wangen bahnen.

Was habe ich mir nur dabei gedacht? Ich bin zu schwach für das hier, ich bin noch nie allein gereist. Die Versuchung war zu groß, vor der Realität zu flüchten, die zuhause auf mich wartet. Der Schluchzer, der sich in meiner Brust bildet, bricht aus mir heraus, und ich wische mir verzweifelt mit der feuchten Jacke übers Gesicht. Das war die schlimmste Idee – allein in der Honeymoon Suite. Wahrscheinlich werde ich mich in den Schlaf heulen, und verdammt nochmal, ich habe doch nicht mal eine Ahnung, wie ich mich hier zurechtfinden soll.

Auf einmal bin mir sicher, dass es ein Fehler war, hergekommen zu sein, aber jetzt bin ich zu müde, um mich heute noch in ein Flugzeug zurück nach Frankfurt zu setzen. Ich werde also erst einmal bleiben. Im schlimmsten Fall werde ich den Zimmerservice nutzen und mich im Bett verkrümeln, bis mein Rückflug geht. Das klingt immer noch besser, als in Deutschland zu versauern.

Das *Pling* des Aufzuges holt mich aus meinen Gedanken, und ich trete in den Flur. Links, hat die Dame am Empfang gesagt, und als mich auf der Tür ein Bild von Turteltäubchen erwartet, da kommt mir fast das Essen aus dem Flieger wieder hoch. Ich atme noch einmal tief

durch, bevor ich die Karte dagegenhalte und die Tür
aufschwingt.

Honeymoon Suite, allein. Ich Glückspilz.

Drei

Wow. Ich bin wirklich beeindruckt. Wie viel Kitsch kann man in einem Hotelzimmer verarbeiten?

Ja.

Ich lache hysterisch, als ich durch den Flur laufe, der zur Suite gehört und mit Rosenblättern bestreut ist. Ich streife die Schuhe ab – zum Glück gibt es eine Fußbodenheizung. Der erste Weg führt mich ins Schlafzimmer, und ich grinse mittlerweile nur noch, als mich aus Handtüchern geformte Schwäne erwarten. Natürlich steht in Rosenblättern auf dem Bett *Just married* geschrieben. Wie schlimm soll es noch kommen?

Als ich das Badezimmer betrete, weiß ich, es wird noch schlimmer kommen. Selbst auf den Bademänteln steht *Mister* und *Misses*. Es gibt einen Whirlpool, Champagner steht bereit, auf dem Etikett natürlich die Silhouette eines küssendes Paars. Puh, diese Reise wäre mir vielleicht sogar schon im Hormonrausch nach der Hochzeit zu viel gewesen. Ich gehe zurück ins Schlafzimmer, wische die Rosenblätter auf den Boden, entwickele die Schwäne und suche verzweifelt nach einem Staubsauger. Das werde ich unten an der Rezeption ansprechen müssen, der Geruch nach Rosen sorgt für Übelkeit in meiner Magengrube.

Ich gehe zum Spiegel und mustere mich. Die Hochsteckfrisur, die mir heute früh so mühevoll geflochten wurde, ist mittlerweile verrutscht. Das könnte eventuell auch daran liegen, dass ich den Schleier rausgerissen und ihm vor die Füße geworfen habe. Ich sehe unfassbar erschöpft aus. Mein Make-up ist noch frisch, aber die Augen sind verquollen und ich bin scheinbar gealtert, mehr als in den vergangenen acht Jahren mit Erick.

Ich muss dringend raus aus diesem Kleid. Auf dem Schreibtisch an der Wand finde ich eine Schere und weiß genau, was zu tun ist.

Eine Viertelstunde später stehe ich unter der Dusche. Ich habe das Brautkleid gemeinsam mit dem blauen Strumpfband und den Strapsen, die ich mir habe andrehen lassen, im Papierkorb versenkt. Ich kann nur hoffen, dass der spätestens morgen geleert ist. Jetzt, wo der warme Wasserstrahl meinen Körper trifft, merke ich, wie ich mich allmählich entspanne. Die Muskeln in meinen Schultern lösen sich, und als ich die Frisur entknote und mir meine Haare wieder bis zu den Ellenbogen reichen, da geht es mir besser. Ich fühle mich wieder mehr wie ich selbst.

Ein Blick auf die Uhr zeigt, dass es acht ist, zu früh, um mich ins Bett zu kuscheln. Der Sekt, der mich vorher beflügelt hat, hat seine Wirkung verloren, und ich brauche Nachschub. Ich ziehe mir den Bademantel über, dann gehe ich wieder ins Schlafzimmer, wo eine kleine Couch steht, auf die ich den Koffer gewuchtet habe. Ich greife nach meiner Kosmetiktasche, um mich fertig zu machen. Es gibt nur eine Möglichkeit, den Tag heute ausklingen lassen. Die Bar wird mein bester Freund werden, da bin ich mir ganz sicher.

Ich entscheide mich für eine schwarze Skinny Jeans, dazu ein dicker Strickpullover, der kurz über dem Hosenbund verknotet wird. Ich nehme lieber noch eine Jacke mit, immerhin weiß ich nicht, ob die Kälte vielleicht auch in die Bar zieht. Meine Haare binde ich zu einem lockeren Knoten. Ich trage nur leichtes Make-up auf, immerhin gehe ich nicht in die Bar, um jemanden aufzureißen, sondern um mich zu betrinken. Ich schlüpfe in meine Stiefeletten, die hoffentlich für das Hotel ausreichen. Natürlich habe ich die weißen Pumps, die so perfekt zum Kleid gepasst haben, ebenfalls in die Tonne gepfeffert.

Auf dem kleinen Beistelltisch finde ich eine Broschüre. *Reiseablauf* steht darauf, und die Neugierde in mir sorgt dafür, dass ich die Finger ausstrecke. „Eine Reise, die die schönsten Momente Ihres Lebens unterstreicht", steht darauf. Ich bin mir nicht sicher, ob das so stimmt. Ich blättere nur durch, sehe Bildern von Huskies und Elchen oder sind das sogar Rentiere, doch lese mir die Details nicht durch. Anscheinend hat das Hotel viel zu bieten, und die Reise wird actionreicher als erwartet.

Ich nehme den Aufzug nach unten, und ein aufgeregtes Kribbeln setzt in meiner Magengrube ein. Ich habe mir den Tag anders vorgestellt, auch den Abend, aber irgendwie freue ich mich dennoch auf das Ankommen in Finnland.

Die Bar begrüßt mich mit einer rustikalen Einrichtung; die Theke ist aus Holz, vermutlich Eiche. Zahlreiche Schnapssorten, manche kenne ich nicht mal, hängen an in den Wänden in Halterungen. Ich frage mich, ob die Möglichkeit besteht, dass ich mich einfach darunter stelle und die Flüssigkeit direkt in meinen Mund befördere. Ich sollte die Option im Kopf behalten.

Es ist nicht viel los, in der Ecke sitzt ein knutschendes Paar, und ich sehe einen Moment zu lange hin, weil mein Herz sich wieder schmerzhaft zusammenzieht. „Ich hoffe, uns geht es bald besser", flüstere ich ihm leise zu, dann setze ich mich auf einen Hocker und lächele dem Barkeeper entgegen. Er ist blond, ich schätze ihn auf Anfang zwanzig. Sein Gesicht ist glattrasiert, kein Bartschatten ist zu sehen, nur ein nettes Lächeln. „Was darf ich dir bringen?"

Ich überlege kurz und sehe auf die Getränkekarte, die auf der Theke befestigt ist. „Ein Gin Tonic und einen Tequila bitte." Vielleicht hätte ich erst nach einem Snack fragen können, aber als ich den Shot gekippt habe, begrüße ich die Hitze in mir, und ich erwarte das betäubende, gar befreiende Gefühl, das Alkohol mit sich bringt. Die Musik im Hintergrund verstummt; ich blicke mich verwirrt um. Eine Bar ohne Musik? Ich will mich gerade bei dem Barkeeper beschweren, als ich den Klang einer E-Gitarre höre. Auf einem kleinen Podest sitzt ein Mann vor einem Mikrofon auf einem Barhocker. Die Gitarre auf den Knien abgestützt, lässt er den Raum beben. Als Sekunden später seine rauchige Stimme erklingt, halte ich für einen Moment die Luft an. Wow. Ich habe noch nie eine Stimme gehört, die gleichzeitig so rockig und tieftraurig klingt. Er singt *Wonderwall* von Oasis, und als der Refrain ertönt, steht er auf und fängt an die Bude zu rocken.

Ich kann nicht anders, als ebenfalls aufzustehen, meinen Drink in die Hand zu nehmen und mich zu bewegen. Er macht aus dem eher ruhigen Lied einen Rocksong und zieht mich in seinen Bann. Ich kann mich nur auf seine Musik konzentrieren, und als rund drei Minuten später der letzte Akkord ertönt, da jubele ich und applaudiere. Der Alkohol sorgt dafür, dass ich

„Zugabe!" rufe und der Kerl mich direkt ansieht. Vielleicht auch, weil seine einzige Zuhörerin bin. Meine Wangen werden rot, als mich sein stechender Blick trifft. Ich erkenne die Farbe nicht. Seine Haut ist braungebrannt, er passt nicht in diese Winteratmosphäre. Seine langen Haare sind zu einem Zopf gebunden. An seiner Lippe glitzert ein Piercing im Licht, und er grinst mir zu, dann zwinkert er.

„Das nächste Lied ist dann wohl für dich." Seine Worte sorgen für eine Gänsehaut, und ich quietsche kurz auf. Sofort schlage ich mir die freie Hand vor den Mund. Ich sollte dringend etwas essen oder weniger trinken. Ich nippe an meinem Gin Tonic und habe in der nächsten Sekunde den guten Vorsatz schon wieder verworfen. Wozu eine Pause? Mir geht es gut, und die musikalische Untermalung des Rockers da vorne sorgt dafür, dass es mir besser geht als in den vergangenen vierundzwanzig Stunden.

Das Lied, das er nun spielt, kenne ich nicht. Es ist schneller, und ich achte nicht auf den Text, weil ich zu sehr damit beschäftigt bin, auf seine Lippen zu starren. Ich kann mich nicht sattsehen. Das Piercing an seiner Unterlippe habe ich bei so einem Kerl noch nie gesehen, ich dachte bisher, das tragen nur Hipster bis maximal Anfang Zwanzig, doch ich bin mir sicher, dass er älter als ich ist. Mein Herz pocht schneller, als er mir in einer kurzen Sekunde einen tiefen Blick zuwirft, bevor der elektronische Sound der Gitarre erneut die Geräusche um mich herum übertönt. Dieser Mann ist für die Musik geboren. Als auch das Lied endet, beuge ich mich über den Tresen.

„Ich hätte gerne eine Whisky-Cola für den Rocker da vorn, und ich würde noch einen Gin Tonic trinken."

Der Barkeeper nickt und ich grinse, als ich sehe, wie der Rocker auf mich zukommt. Die Gitarre hat er schon wieder weggepackt, und es macht mich ein bisschen traurig, dass er kein weiteres Lied zum Besten gibt. Er lässt sich wortlos auf dem Barhocker neben mir nieder, und das mag ich. Es ist wie eine stille Übereinkunft zwischen uns. Ich schiebe ihm die Whisky-Cola rüber, sehe ihn aber nicht an, als ich zu meinem Drink greife.

„Ich hoffe, dir hat die Musikeinlage gefallen", raunt er, und nun blicke ich ihn doch an. Braun. Er hat braune Augen, die mich an Zartbitterschokolade erinnern und mich irgendwie anziehen. Sein Bart hat denselben Braunton wie seine Haare. Ich würde den Bart gerne berühren, weil er so flauschig aussieht, doch ein wenig Selbstbeherrschung besitze ich dann doch noch.

„Ja. Machst du das öfter?", frage ich und nippe am Gin Tonic. Ich sollte zu etwas Härterem greifen, denn langsam merke ich die Wirkung nicht mehr, und das ist genau das, was ich nicht möchte.

„Nein", antwortet er nur knapp, und ich hake nicht weiter nach, weil ich damit beschäftigt bin, mein Glas zu leeren, um mir etwas anderes zu bestellen.

„Grund zu trinken?", fragt er mich, und ich nicke nur, kann mir vorstellen, dass er gerade eine Augenbraue hochzieht. „Dann mach ich mit. Danke für die Whisky-Cola." Ich nicke wieder, dann knalle ich das Glas etwas stärker als beabsichtigt auf den Tresen. „Nachschub für die Lady. Eine Runde Sex on the Beach und zwei Tequilas."

„Ich mag deinen Geschmack", sage ich, und er blickt mich an. „Wahrscheinlich werde ich es bereuen, dich abzufüllen, aber manchmal ist Alkohol eben doch eine Lösung."

Ich lache schallend und schlage ihm mit der flachen Hand gegen den Oberarm.

„Genau das habe ich mir vorhin auch gedacht."

Der Barkeeper ist schneller als schnell, was wahrscheinlich daran liegt, dass außer uns nur zwei andere Gäste hier sind.

Mein neuer Bekannter schiebt ein Glas zu mir herüber und hebt seines an.

„Ich muss aber wissen, wem ich heute beim Vergessen helfe." Seine Worte dringen an mein Ohr, bilde ich es mir ein oder klingt er noch leicht heisern von seiner Gesangseinlage?

„Der Alkohol hilft beim Vergessen, aber mit dir als Gesellschaft geht das noch besser und wirkt nicht so verzweifelt."

Ein Lächeln zupft an seinen Lippen und dann stoße ich mein Glas an seines.

„Ich bin Malu Liebert aus Frankfurt", sage ich schnell, bevor ich den Shot hinunterkippe und anschließend in die Zitrone beiße.

„Hallo Malu aus Frankfurt. Ich wohne derzeit in Berlin."

Ich ziehe die Augenbrauen nach oben und wechsle ins Deutsche. „Du kommst aus Deutschland?", hickse ich, weil der Alkohol sich in meiner Magengrube sammelt und ich kurz von der Wucht des Tequilas überfordert bin.

„Ja", sagt er. Ich mag es nicht, dass er nur einsilbig auf Fragen antwortet.

„Was treibt dich hierher?", frage ich, und weil der Tequila noch in meinem Mund brennt, trinke ich einen Schluck des süßen Cocktails hinterher. Alkohol mit Alkohol bekämpfen – etwas sagt mir, dass ich das morgen jämmerlich bereuen werde.

„Ich suche Inspiration." Er klopft auf den Gitarrenkoffer neben sich, und ich nicke.

„Ergibt Sinn, aber ich glaube, hier findest du nicht so wirklich was außer Romantik und Kitsch." Ich hickse erneut, alles um mich herum dreht sich, und ich genieße das. Ich brauche das. Es ist ein Fehler, doch es ist zu spät.

Er beugt sich zu mir.

„Vielleicht ist das ja genau das Richtige", sagt er, und ich spüre seinen heißen Atem auf meinem Gesicht.

Ich lache verbittert auf. „Liebe ist nur was für Idioten."

Er zieht eine Augenbraue nach oben, ebenso wie einen Mundwinkel. Das sieht unfassbar sexy aus.

„Der Grund für den Abschuss?", hakt er nach.

„Darf ich mich noch mal richtig vorstellen? Ich bin Malu, achtundzwanzig Jahre alt, und das hier ist meine Hochzeitsreise." Ich sehe, wie sich seine Schultern anspannen, und lege eine Hand auf seinen Unterarm. „Keine Sorge, er ist nicht hier. Er ist auf meine beste Freundin gefallen, mit den Lippen direkt zwischen ihren Beinen gelandet", lache ich, bevor es mich erneut trifft, wie ein Schlag mitten ins Gesicht. Aus meinem Lachen wird ein Schluchzen, und im nächsten Moment sprudelt alles aus mir heraus. „Ich bin achtundzwanzig und dachte, ich wäre endlich im Leben angekommen. Wir waren das perfekte Paar, alles lief gut. Jeder hat uns bewundert." Ich ziehe meine Nase hoch. „Es sollte der schönste Tag meines Lebens werden. Mein verdammtes Kleid hat so viel gekostet wie ein Kleinwagen, aber es war egal, immerhin heiratet man nur einmal, oder?"

Ich lache auf, die Tränen trüben meine Sicht. „Er hat sie einfach genommen vor der Trauung. Ich dachte immer, es würde Unglück bringen, sich davor zu sehen, aber ich konnte doch nicht ahnen, dass er sie einfach …" Ich sehe die Bilder wieder vor meinem inneren Auge und schlinge die Arme um meinen bebenden Körper, fühle mich hilflos, verzweifelt, und gleichzeitig bin ich so wütend. „Er hat nichts gesagt, nicht als ich ihm eine geknallt habe, nicht als sie mir eine Szene gemacht hat, dass sie seine wahre Liebe wäre. Er stand da und hat geschwiegen." Ich atme tief durch.

„Manchmal kann Schweigen verletzender sein als jedes Wort."

„Kannst du dir vorstellen, dass in nur einer Sekunde der schönste Moment deines Lebens zum schrecklichsten wird? Es hat nicht einmal ein Zwinkern gebraucht, um ihn zu verwandeln."

Ich schlage mir die Hände vor die Augen, stütze die Ellenbogen auf der Theke ab und fange hemmungslos an zu heulen. Ich kann nicht anders, ich kann nur alles rauslassen. Ein Teil von mir wartet darauf, dass er mich umarmt, dass er vielleicht irgendwas sagt, doch er schweigt. Ich kann mich nicht beruhigen, und es dauert Ewigkeiten, bis seine Stimme ertönt.

„Ich bringe dich in dein Zimmer." Seine Worte sind tonlos, völlig ohne Emotionen, und ich schüttele trotzig den Kopf.

„Ich möchte trinken und vergessen", sage ich, und er sieht mich an. Habe ich schon gesagt, dass seine Augenfarbe an Schokolade erinnert? Dunkle Schokolade in einem Schokobrunnen. Ich möchte darin schwimmen.

„Komm, Malu. Du musst ins Bett."

Ich lache, ziehe beide Augenbrauen nach oben und bin mir sicher, dass ich nicht so gut dabei aussehe wie er.

„Man sollte beim ersten Treffen nicht weiter gehen als bis zu einem Kuss."

Er presst seine Lippen aufeinander und nimmt mich sanft am Oberarm.

Es ist das zweite Mal seit meiner Flucht, dass mich jemand anderes als Erick berührt, und das allein reicht aus, dass ich erneut falle. Meine Knie geben nach, was sowohl an den Tränen liegt als auch an der Menge Alkohol im Körper. Ich schluchze auf, weil ich die bitteren Tränen auf meinen Lippen spüre. Wozu habe ich mich schick gemacht?

„Er hat mich einfach betrogen am Tag unserer Hochzeit." Ich wiederhole die Worte immer wieder, wie ein Mantra, weil ich es noch immer nicht begreifen kann. Wird der lodernde Schmerz weniger werden? Seitdem ich getrunken habe, ist er stärker geworden. Wann wird es anfangen, nicht mehr so weh zu tun, und wann verdammt nochmal werden die Tränen versiegen für einen Menschen, der es nicht verdient, dass ich auch nur eine an ihn verschwende?

Alles dreht sich um mich.

„Ich glaube, ich muss mich über..." In diesem Moment passiert es auch schon. Ich erbreche mich in einen Champagnerkühler, der plötzlich vor mir auftaucht, und wische mir dann mit dem Handrücken den Mund ab.

„Vielleicht bist du kein Rocker, sondern ein Zauberer?", frage ich, weil ich nicht weiß, woher er den so schnell hat.

„Kannst du laufen?"

Ich nicke und setze einen Schritt vorwärts, doch ich sehe nichts, weil die Tränen hinterhältig sind und sich schon wieder in meinen Augen sammeln.

„Ich hebe dich jetzt hoch und bringe dich ins Bett."

Ich kichere.

„Na, dann übergehen wir doch einfach die Regeln und landen direkt zusammen in der Kiste."

Vier

Anscheinend findet eine große Party in meinem Kopf statt, und ich bin nicht eingeladen. Ich fühle mich wie von einem LKW überrollt, als ich die Augen aufschlage. Ich fasse mir an die Stirn und atme einmal tief durch. An gestern erinnere ich mich nur noch schemenhaft und weiß auch nicht mehr wirklich, wie ich in meinem Bett gelandet bin. Ich trage noch dasselbe Outfit, was darauf schließen lässt, dass ich ins Zimmer gestolpert und direkt eingeschlafen bin. Als ich zum Mülleimer blicke, trifft mich die Erkenntnis. Alles, an das ich mich erinnere – die abgeblasene Hochzeit, wobei mir die Zweideutigkeit durchaus bewusst ist – scheint real zu sein. Ich setze mich auf und habe das Gefühl, mich auf einem Schiff zu befinden, weil alles schwankt. Auf dem Nachtisch steht ein Glas Wasser, daneben liegen drei Schmerztabletten. Anscheinend habe ich gestern Abend noch daran gedacht. Ich zucke mit den Schultern und nehme die Tabletten auf einmal, bevor ich mich zurück in die Kissen sinken lasse.

Ich schließe noch einmal die Augen, und als ich das nächste Mal aufwache, hat das Pochen in meinem Kopf schon abgenommen. Meine Blase schreit nach Entleerung, also stemme ich mich hoch und bleibe noch kurz an der Bettkante sitzen. Ich glaube, heute steht noch nichts auf dem Plan, und ich werde den Tag hier im Hotel verbringen. Die Kälte, die draußen herrscht, ist nicht gut für meinen Kopf. Ich kämpfe mich ins Bad, und nachdem ich die Toilette besucht habe, schäle ich mich aus meinen Klamotten. Ob es hier einen Wäscheservice gibt? Das muss ich in Erfahrung bringen. Irgendwie schaffe ich es, eine Stunde später geduscht und frisch angezogen auf dem Sofa zu sitzen und mich direkt besser zu fühlen. Mein Magen grummelt. Die Uhr zeigt, dass wir bereits eins haben, und ich versuche, mich daran zu erinnern, wann ich das letzte Mal so lange geschlafen habe. Ich muss fünfzehn gewesen sein, danach habe ich mich von einer Nachteule in einen Morgenmensch verwandelt. Ich muss grinsen, als ich an mein rebellisches Teenager-Ich denke. Wahrscheinlich bin ich nach Finnland geflogen, weil noch ein kleiner Teil des Kampfgeistes von damals in mir steckt.

Mein Smartphone liegt vor mir auf dem Couchtisch, und der Druck, der sich auf meinen Magen legt, sorgt dafür, dass ich es auch da liegen lasse. Wenn ich es jetzt anschalte, ist der Tag gelaufen, denn ich ahne, dass ich Nachrichten haben werde. Oder auch nicht? Vielleicht interessiert sich niemand für das, was passiert ist. Unsere gemeinsamen Freunde werden sich auf seine Seite stellen. Immerhin kennen sie Erick länger als mich. Ich kann Mitleid nicht leiden, konnte ich noch nie, und deshalb muss ich jetzt einfach an mich denken. Meine Mutter weiß Bescheid, ihr habe ich kurz meine Pläne erläutert, und der Handvoll Bekannter, die auf der Feier gewesen wären, bin ich sowieso nicht wichtig. Wenn ich darüber nachdenke, dann graut es mir jetzt schon vor der Rückkehr. Erick und ich haben einen gemeinsamen Freundeskreis, arbeiten gemeinsam; alles ist miteinander verflochten wie der Hefezopf, den er immer gemacht hat. Ich verziehe das Gesicht. Es werden viele Schlussstriche nötig sein. Vielleicht sollte ich Frankfurt komplett den Rücken kehren? Gerade kommt mir der Gedanke daran wahnsinnig verlockend vor, und ich merke ihn mir. Wenn sich die Idee festigt, werde ich genauer darüber nachdenken. Wahrscheinlich wäre es das Beste für mich, aber ich bin nicht in der emotionalen Verfassung, um einen Tag nach meinem vermeintlichen Eheversprechen solche Entscheidungen zu treffen.

Ich raffe mich auf, schnappe mir meine Tasche und die Zimmerkarte. Als ich im Aufzug stehe, tauchen Bilder wie Blitze vor meinen Augen auf. Ich bin mir sicher, gestern Abend nicht allein hier gewesen zu sein. Ich höre einen Gitarrenriff in meinem Kopf und frage mich: Drehe ich durch? Ist es wirklich so weit?

Erinnerungen, die einem fehlen, fühlen sich schrecklich an, weil man nicht komplett ist. Ich schlucke. Erst einmal sollte ich mir etwas zu Essen besorgen, dann werde ich mir weiter Gedanken um den mysteriösen Abend machen. Anscheinend hat mein Vorsatz funktioniert, denn ich bin sicher, der Alkohol hat meinen Schmerz für einen kurzen Moment betäubt. Eine neue Erinnerung flackert auf, wie ich mich irgendwo hinein übergebe. Ein Weinkühler oder Ähnliches? Ich frage mich, ob das wirklich passiert ist. Dann erinnere ich mich an meine Tränen und kann meine verquollenen Augen nachvollziehen, die mir die Sicht heute immer noch ein wenig erschweren. War da ein Mann? Ich bin mir fast sicher, dass jemand bei mir war. Ich schüttele den Kopf und trete aus dem Aufzug in die Eingangshalle.

Ich gehe auf den Empfang zu und setze ein Lächeln auf. Vor mir steht nicht die Barbie von gestern, sondern ein junges Mädchen, vielleicht achtzehn Jahre alt. Es trägt einen kupferfarbenen Bob, eine Seite ist abrasiert. In ihrer Lippe glänzt ein Piercing. Irgendwas flackert bei dem Anblick in meinem Hirn auf. Das Bild eines Mannes.

„Kann ich Ihnen helfen?", spricht die Rezeptionistin mich höflich an, und ich nicke.

„Ich wollte darum bitten, dass die Honeymoon Suite gereinigt wird. Außerdem wollte ich nach einem Wäscheservice fragen."

Sie erklärt mir, dass die Reinigungen nach Bedarf gemacht werden und sie direkt jemand in mein Zimmer schickt. Außerdem sagt sie mir, wo ich die Wäsche hinlegen soll, damit sie gewaschen wird.

„Im Flitterwochen-Paket ist das natürlich alles inklusive, Miss Schwaiger." Ich berichtige sie nicht, sondern zucke nur zusammen. Wahrscheinlich sieht sie auf ihrem Bildschirm nur die Buchung, die nun mal auf den Namen lautet.

„Gibt es ein Restaurant hier im Hotel?"

„Ja natürlich." Sie zeigt mir den Weg. „Das Mittagsbuffet finden Sie dort noch bis drei Uhr."

Ich bedanke mich bei ihr. Sie lächelt mich strahlend an, und ich erinnere mich an meine Ausbildungszeit. Es war aufregend, und ich habe so viel Neues gelernt. Wenn ich allerdings naiverweise gedacht habe, ich würde danach nichts mehr lernen, dann war ich auf dem falschen Weg. Ich habe danach noch viel mehr gelernt, sowohl im richtigen Leben als auch im Arbeitsalltag. Vor allem er, dessen Namen ich zu verdrängen versuche, hat mir sehr viel beigebracht. Wie wäre mein Leben verlaufen, wenn ich mich nicht in meinen Boss verliebt hätte und er dann am Hochzeitstag ... na, ja? Ich schlucke die bösen Gedanken herunter, und als mich das Büfett anlächelt, da weiß ich erst mal, was ich tun muss.

Wenig später rolle ich aus dem Speisesaal, zumindest fühlt es sich so an. Nachdem ich einmal angefangen habe, mich durch die Fischspezialitäten zu probieren und dann noch alle Beilagen zu kosten, konnte ich nicht mehr aufhören. Das war schon immer so, ich bin ein Mähdrescher, der Essen inhaliert. Ich muss kichern, als ich in meine Tasche greife und den Cookie herausziehe, den ich mitgenommen habe. Hier kennt mich niemand, also kann ich das innere Kind rauslassen, oder? Meine Nerven beruhigen sich langsam von dem gestrigen Abend, und meine Erinnerungen kehren zurück.

Der Rocker. Ich kenne seinen Namen nicht. Seine Stimme. Die Musik, die durch seine Adern pumpt. Das Gespräch mit ihm, die Übelkeit. Er hat mich auf mein Zimmer gebracht. Ich hoffe, ich erkenne ihn, wenn ich ihn wiedersehe. Ich sollte mich dringend dafür entschuldigen, dass ich ihm meine Leidensgeschichte an den Kopf geworfen habe. Ich schäme mich – wie konnte ich das alle einem Fremden auf die Nase binden? Wahrscheinlich hat er schon jetzt eine Abneigung gegen mich entwickelt, dabei wäre es doch nett, jemandem aus dem Hotel zu kennen. Vor allem scheint er auch allein gewesen zu sein; ich erinnere mich daran, dass er mir von einer Inspirationsreise erzählt hat. Ich will ihn nicht nerven und eigentlich will ich allein bleiben, doch etwas in mir sehnt sich nach einem Partner für die Reise. Ich war in den vergangenen Jahren nie allein. Wenn Erick nicht da war, bin ich zu meiner Mutter geflüchtet. Wie soll ich dann je gelernt haben, damit umzugehen? Vielleicht musste ich mich nie mit mir selbst befassen, weil immer jemand um mich herum war, der dafür gesorgt hat, dass meine Gedanken die Klappe gehalten haben?

Ich schlucke. Die Reise zu mir selbst wird nicht leicht. Ich weiß nicht einmal, ob ich sie wirklich antreten will, und auch nicht, ob ich mich selbst so ganz allein überhaupt leiden kann. Meine Gedanken sind wirr. Ich muss abschalten, also sehe ich auf einen Plan, der hier auf den Flatscreen-Fernsehern angezeigt wird.

Mein Blick bleibt an einer Zeile hängen. Das ist perfekt, das werde ich tun.

Das Schwimmbad im Keller des Hotels ist wie ausgestorben, und ich kann es nicht erwarten, ins kühle Nass einzutauchen. Schon als Kind habe ich es geliebt, im Wasser zu sein. Ich erinnere mich daran, dass ich einmal mit meinen Eltern an einem Baggersee war. Es müsste Februar oder März gewesen sein, und die Einzige, die baden gegangen ist? Ich. Ich bin geschwommen wie ein Weltmeister. Ein Lächeln legt sich auf meine Lippen, als ich das Handtuch auf einer Liege ablege und den Bademantel an den Haken hänge. Dann steige ich auf den Sprungturm und springe hinein.

Das Wasser begrüßt mich, und ich kann mir ein Lächeln nicht verkneifen, als ich die erste Bahn schwimme. Es hat eine angenehme Temperatur, und ich merke, wie sich meine Muskeln entspannen. Die

Gedanken ruhen für einen Moment, und ich kraule meine Bahnen. In der Schule war ich in der Schwimm-AG und bin bis zum Silberabzeichen gekommen. Für Gold hat dann irgendwie die Zeit gefehlt, aber wer weiß, vielleicht hole ich das dann jetzt einfach nach? Ich erinnere mich daran, wie ich mein Seepferdchen gemacht habe. Ich hatte immer große Angst vor Prüfungen, und demnach war es für mich schon als kleines Mädchen fast unmöglich, mich solchen Situationen zu stellen. Aber meine Mutter war eine Füchsin. Sie sagte mir einfach, ich solle nach dem Reifen tauchen, zog es als Spaß auf, und danach drückte mir die Trainerin meine Urkunde in die Hand.

„Das hast du gut gemacht, Malu", sagte sie dabei, und ich weiß noch, wie ich verwirrt war, weil die fremde Frau meinen Namen kannte.

Am Abend hat meine Mutter, die wahrlich kein Nähtalent war, das Abzeichen auf meinen orangebraunen Badeanzug genäht, und ich bin mir sicher, dass er noch irgendwo in den Untiefen des Kleiderschrankes ist. Das war der große Beginn meiner Leidenschaft. Nein, es war vielmehr die Motivation, weiterzumachen, und daran habe ich festgehalten.

Ich schnaufe, als ich die achte Bahn gezogen habe; meine Kondition hat nachgelassen. Wann habe ich das letzte Mal ein freies Zeitfenster gehabt, um einfach mal zu schwimmen? Schon jetzt spüre ich, wie meine Seele sich erholt, und mit neuer Motivation kraule ich eine weitere Bahn. Komplett darin versunken, zucke ich zusammen, als jemand auf der Nebenbahn ins Wasser springt.

Ich sehe kurz hinüber, habe aber kaum eine Chance, ihn zu erkennen. Er ist wahnsinnig schnell, hat eine anscheinend sehr gute Technik, und ich halte mich am Rand fest, um ihn zu beobachten. Er schwimmt auf dem Rücken, genau wie ich, scheint komplett darin versunken zu sein. Er sollte die Arme noch ein wenig mehr strecken, dann wäre er noch schneller.

Er beendet seine Bahn und hält sich nur wenige Meter neben mir ebenfalls fest. Seine Oberarme sind muskelbepackt. Dann sieht er mich an, und das Erste, was mir an ihm auffällt, sind die braunen Augen. Kakaobohnen wären eine passende Beschreibung der Farbe, und da fällt es mir wie Schuppen von den Augen.

„Es freut mich sehr, dass du anscheinend die Nacht doch noch wohlbehalten überstanden hast.“

Damit macht er kehrt, schwimmt einfach wieder los, und ich weiß genau, wer da gerade ein paar Meter von mir entfernt seine Bahnen zieht.

Der Rocker – der zwar vorgibt, keiner zu sein, es für mich aber irgendwie ist –, dessen Namen ich nicht kenne. Ich weiß nur eines: Ich muss mit ihm reden.

Fünf

Meine Wangen sind noch immer heiß, weil es mir peinlich ist, dass er mich anscheinend so schlecht in Erinnerung hat. Keine Ahnung, warum ich mich überhaupt für die Meinung eines fremden Mannes interessiere, aber irgendwas hat seine Musik mit mir gemacht. Ich schwimme ihm hinterher, doch immer, wenn sein Blick mich trifft, scheint er noch schneller zu werden. Ich versuche, mich an jedes Detail aus dem Schwimmtraining zu erinnern, und ziehe mein Tempo weiter an, doch er wird nicht langsamer, und mir bleibt nichts anderes übrig, als ihm in den Weg zu schwimmen. Als er einen Bogen um mich machen will, da zögere ich nicht lange und springe ihn einfach an.

In meinem Kopf war die Idee großartig, doch als mein Körper auf seinen trifft, da bin ich mir nicht mehr so sicher. Er reagiert sofort und hält mich fest – an meinen Oberschenkeln. Ich schlucke, weil es sich fast intim anfühlt. Er sieht aus wie vom Blitz getroffen und schubst mich dann sanft weg, sodass ich Mühe habe, mich wieder zu sammeln.

„Was willst du? Ich habe keine Lust auf Liebeskummergeschichten, okay?“ Er atmet schwer, anscheinend sind die Bahnen nicht so einfach an ihm vorbei gegangen, wie ich es erwartet habe.

„Ich will mich entschuldigen und mit dir reden“, sage ich trotzig. Ich merke genau, wie ich mich verhalte. Wie ein bockiges Kind, und ich weiß nicht einmal, warum ich das tue. Wieso will ich Kontakt mit ihm? Bin ich so einsam? Ja, ja, das bin ich.

„Du brauchst dich nicht zu entschuldigen", sagt er. „Der Alkohol hat die Kontrolle übernommen, ich kenne das. Ich mache die Reise, um abzuschalten. Deshalb bin ich hierhergereist, weil ich die Ruhe genieße."

Er betont das Wort *Ruhe*, und ich schnaube.

„Ich will dich nicht unnötig belästigen, Mister Rockstar." Beim letzten Wort zuckt er zusammen, und ich ziehe die Augenbrauen nach oben.

„Wie?"

Er stottert etwas Unverständliches, und ich starre ihn an.

Ich bin mir nicht sicher, wer von uns beiden durchgeknallter ist.

„Na du hast gestern die Bar gerockt, oder nicht? Mir hat deine Musik gefallen." Ich lächele sanft, und seine Schultern entspannen sich.

„Ich habe doch gesagt, dass ich nicht so oft Musik mache. Manchmal juckt es mir aber einfach in den Fingern", antwortet er.

„Es hat sich auf jeden Fall gelohnt, ich fands gut, wirklich. Du kannst daraus bestimmt einiges machen."

Er schweigt. „Auf jeden Fall tut es mir leid, dass du gestern meinen Zusammenbruch miterleben musstest. Vielleicht kann ich mich mit einem alkoholfreien Getränk beim Abendessen revanchieren?" Er scheint kurz über meinen Vorschlag nachzudenken, dann schüttelt er den Kopf, ehe er nickt. Verwirrend, dieser Mann.

„Okay. Ich gehe gegen sieben Uhr essen, Malu aus Frankfurt." Warum betont er meinen Wohnort so?

„Verrätst du mir noch deinen Namen?", frage ich ihn, als er schon wieder losschwimmen will.

„Vielleicht später", ruft er mir zu, und ich ziehe meine letzte Bahn mit einem Lächeln auf den Lippen.

Es mag komisch klingen, aber ein flaues Gefühl von Nervosität hat sich in meine Magengrube geschlichen, und als ich Mister Rocker entdecke, da er auf mich wartet, wird es nicht gerade besser.

„Wir hatten sieben Uhr vereinbart", murrt er, und ein Blick auf die Uhr bestätigt, dass ich zwei Minuten zu spät dran bin.

„Der Aufzug hatte Verspätung." Ich muss über meinen eigenen Witz schmunzeln, doch seine Miene verfinstert sich noch weiter, und ich seufze. „Hör zu, wir müssen nicht gemeinsam essen. Ich dachte, es wäre eine nette Geste, immerhin ist unser Kennenlernen gestern nicht optimal gelaufen, aber wenn du keine Lust hast, mit mir zu speisen, dann entschuldige mich bitte."

Ich fange an, die neue Malu zu mögen, die alles verloren hat und deswegen keinen Grund mehr hat, freundlich zu sein. Er sieht mich an, sein Mund klappt auf, und er scheint nach Worten zu suchen. Ich setze nach. „Ich habe alles verloren, ich habe keine Energie mehr, dir den Hintern zu pudern, okay? Entweder essen wir gemeinsam oder du lässt es sein, diese zwei Optionen gibt es. Aber ich habe Hunger, auch um zwei Minuten nach sieben."

Ich drehe mich nicht mehr um, als ich den Speisesaal betrete. Zum Abendessen gibt es ein wechselndes Menü à la carte. Ich spüre, dass er mir folgt, und kann mir ein triumphierendes Grinsen nicht verkneifen. Wir setzen uns an einen Vierertisch, weil die für zwei Personen schon belegt sind, und er schweigt eine Weile.

„Ich mag deine Ehrlichkeit", sagt er irgendwann, und ich bedanke mich bei ihm, danach herrscht wieder eine Stille. Ich kann nicht wirklich einschätzen, ob sie unangenehm ist oder doch eher gut. Irgendwie ist sie eine verrückte Mischung aus beidem, würde ich behaupten.

„Was isst du?", frage ich ihn, denn die Auswahl auf der Karte überfordert mich. Ich hätte Lust auf Fisch, aber selbst da gibt es viel.

„Ich habe gestern Kalakukko gegessen, das kann ich dir empfehlen. Es ist Fisch in Brot verpackt. *Kala* bedeutet Fisch und *kukko* Hahn. Allerdings hat das Ganze nichts mit Hühnern zu tun. Das war vorzüglich, falls du Fisch magst. Ich werde mich heute mal mit Makkaraperunat anfreunden." Ein Blick auf die Karte, die zum Glück auf Englisch ist, erklärt, dass er sich für ein Gericht aus Brühwürstchen, Bratkartoffeln, Gurken und Zwiebeln entscheidet. Das klingt auch gut.

Als der Kellner kommt, bestelle ich mir eine Cola und dann die Empfehlung vom Rocker. Ich kenne seinen Namen immer noch nicht, ich sollte ihn erneut danach fragen.

„Wie sieht denn deine restliche Reiseplanung aus?", frage ich stattdessen, und er zuckt mit den Schultern.

„Bin erstmal ein paar Tage hier, es stehen einige Aktionen an, die ich mitmachen möchte. Und bei dir?"

Ich nicke. „Ebenso, ich habe einen ziemlich genauen Ablaufplan, ich weiß ihn nur nicht auswendig. Ich vertraue aber darauf, dass alles so passt."

Er lacht.

„Du hast die Reise wahrscheinlich nicht geplant?", fragt er und beißt sich auf die Unterlippe, dabei hat er das Piercing zwischen den Zähnen und spielt damit. Heute ist kein Alkohol im Spiel, und dennoch frage ich mich, wie es sich anfühlen würde, ihn zu küssen. Wäre es komisch? Ich habe noch nie in meinem Leben jemanden mit Lippenpiercing geküsst und weiß auch nicht, warum ich mir darüber überhaupt Gedanken mache.

„Nein", sage ich nur, und er nickt. „Das bekommst du schon hin. Du bist ein großes Mädchen." Er zieht mich auf, und ich genieße es, mit jemandem hier zu sitzen und Späße zu machen. Einfach hier zu sein und an etwas anderes zu denken.

„Ich bin achtundzwanzig, mit dreißig geht mein Leben bergab." Meine Gedanken wandern kurz zum Beginn meiner Ausbildung, als wir uns selbst Briefe schreiben sollten: Was haben wir nach der Ausbildung erreicht, wo wollen wir hin, bis wir dreißig sind. Ich muss nicht sagen, dass ich nur wenig davon geschafft habe.

Er zieht beide Augenbrauen nach oben und beugt sich über den Tisch. „Ich verrate dir jetzt ein Geheimnis." Er macht eine theatralische Pause. „Ich bin zweiunddreißig und noch in Schuss. Also keine Sorge, bisher gehts nicht bergab, sondern eher nach oben."

Ich nicke und würde ihm gerne glauben, wenn ich im Hintergrund nicht meine biologische Uhr hören würde, die langsam aber sicher immer lauter wird. „Dann glaube ich dir das mal, Mister Rockstar."

„Kieran." Hat er mir endlich seinen Namen verraten? Ich sehe ihn an, lächele und strecke ihm eine Hand über den Tisch hin. „Schön, dich kennenzulernen, Kieran."

Ich hoffe, er versteht, was ich damit sagen will. Ich möchte, dass wir neu anfangen und den gestrigen Abend vergessen. Er nimmt meine Hand in seine – sie ist wärmer als meine, weil ich immer kalte Hände und Füße habe. „Und du bist?", fragt er spielerisch, obwohl ich mir sicher bin, dass er meinen Namen noch weiß.

„Malu."

„Es ist mir eine Ehre, dich kennenzulernen."

Welch ein Charmeur, denke ich mir, als er meine Hand loslässt, und der Kellner uns die Getränke bringt. Dann stoßen wir an, und es ist ein Neuanfang, vielleicht der Beginn einer netten Bekanntschaft, und es tut gut, zu merken, dass ich anscheinend in der Lage bin, Kontakte zu knüpfen.

Der Fisch ist lecker, das Brot drumherum knusprig, und die Mischung aus beiden Komponenten einfach großartig. Auch Kierans Gericht sieht gut aus, und er wirkt zufrieden.

„Berlin ... wie ist es dort?", frage ich ihn, weil ich mich langsam wieder an den gestrigen Abend erinnere.

„Schrill, bunt und laut", antwortet er, als hätte man ihm die Frage schon millionenfach gestellt.

„Was hat dich dorthin gezogen, oder kommst du da überhaupt her?"

„Ich bin ein Dorfkind, in der Nähe von Erfurt aufgewachsen. Irgendwann hat es mich dann einfach in die Großstadt gezogen. Will vielleicht auch was aus der Musik machen."

Ich runzele die Stirn.

„Die Musik hat einen großen Stellenwert in deinem Leben, oder?“, frage ich, und er nickt nur, bevor er einen großen Schluck Weißwein nimmt.

„Mein Herz hat mal für das Schwimmen geschlagen, aber irgendwann hat mich die Realität eingeholt. Mein Traum war es immer, etwas mit Wasser zu machen, und dann bin ich im Büro gelandet.“ Ich schlucke.

„Meine Eltern hatten nie viel Geld, da war es eine Selbstverständlichkeit für mich, dass ich einen anständigen Beruf lerne.“ Ich betone *anständig*, und er nickt.

„Ich bin gelernter Industriekaufmann, ich verstehe, was du meinst. Eine Ausbildung ist wichtig, vor allem hat man damit fast immer eine Perspektive.“

Ich nicke.

„Musik machst du dann jetzt hauptberuflich?“ Er brummt lediglich, und langsam habe ich das Gefühl, dass er nur widerstrebend über das Thema spricht.

„Hör zu, lass uns einen Deal machen, okay?“ Er sieht mich an, seine kakaofarbenen Augen brennen sich in meine, und ich zucke mit den Schultern.

„Das klingt ein wenig kryptisch, findest du nicht?“

Er lächelt schmal, bevor er die Lippen aufeinanderpresst.

„Wenn wir hier in irgendeiner Weise Zeit miteinander verbringen wollen, dann bedeutet das vor allem eines: Wir reden nicht über unser Leben in Deutschland. Nicht über unsere Berufe.“

Ich stutze. Das erinnert mich an einen schlechten Film. Wieso sollte ich nichts über ihn erfahren dürfen? Wieso sollte ich das überhaupt wollen? Aber das Ziel dieser Reise ist es, mich selbst zu finden und mich wieder besser kennenzulernen, also werde ich darauf eingehen.

„Sprichst du eigentlich finnisch?", frage ich, weil er sich vorhin mit dem Kellner in der Fremdsprache unterhalten hat, die eigentlich nur Finnisch sein kann. Außerdem ist der Themenwechsel galant, ein Hinweis, dass ich seinem Deal zustimme, auch wenn es schwierig wird, ihn nicht auszuquetschen. Neugierde ist eine Bürde.

„Ich habe mir einige Basics angeeignet, ja. Aber können würde ich nicht sagen." Er tupft sich mit der Serviette den Mund ab und legt dann beide Hände auf seinen Bauch.

Ich sehe automatisch dorthin. Er trägt ein weißes Shirt, es ist leicht durchsichtig. Die Kälte spürt man hier drinnen nicht wirklich. Seine Bauchmuskeln kann man erahnen, und plötzlich merke ich, dass ich ihn anstarre.

„Wollen wir uns noch ein Dessert teilen?", fragt er, und ich nicke.

„Gerne."

Wir teilen uns eine Mousse au Chocolat, und als er mir tief in die Augen sieht und sich einen Löffel voll in den Mund schiebt, da wird mir ganz warm. Ich versuche, mir nicht vorzustellen, was er alles mit seiner Zunge anstellen kann. Woher kommen diese Gedanken? Ich fühle mich wie damals, als ich mit sechzehn Jahren in den Macho der Schule verknallt war. Ich kann die zitternden Finger, mit denen ich ihm meinen Liebesbrief überreicht habe, noch immer vor meinem inneren Auge sehen. Vor allem aber erinnere ich mich an den Spaß in seinen grünen Augen, als er ihn laut vorgelesen hat. Mitten im Schulflur, und dann hat er ihn vor meinen Augen zerrissen und mich einfach nur angestarrt. Er hat kein Wort gesagt, als er mein Herz gebrochen hat und darauf herumgetanzt ist wie Rumpelstilzchen um das Feuer.

„Alles okay?", fragt Kieran, und ich tauche meinen Löffel erneut in die Mousse.

„Erinnerungen an die Schulzeit", antworte ich, und er nickt wissend.

„Kinder sind grausamer als alle Erwachsenen zusammen. Ich habe jahrelang dabei zusehen müssen, wie sie meine kleine Schwester fertig gemacht haben. Sie wollte nicht, dass ich mich einmische. Aber eines Tages waren dann zufälligerweise alle Fahrräder der Bande verschwunden. Ich weiß nicht, wie es passieren konnte, dass die Polizei sie eine Woche später im Bach gefunden hat." Ich kichere, und er grinst. „Ich habe ihnen einmal noch eine Ansage gemacht, und ab da ging es meiner Schwester besser. Wenn sie heute noch hier ..." Er bricht ab, und ich kann seinen Schmerz fast spüren. „Tut mir leid", murmelt er, und ich lege meine Hand ohne nachzudenken auf seine.

„Ich bin mir sicher, dass sie sehr stolz auf ihren großen Bruder wäre."

Er zieht seine Hand nicht weg, sondern lässt den Trost zu, den ich ihm schenke.

Es ist ein schönes Gefühl, mit dem Finger über seine Haut zu streichen. Es fühlt sich intim an. Der Moment zerplatzt erst, als der Kellner neben uns auftaucht und uns fragt, ob wir noch etwas trinken wollen. Wir fahren auseinander, wie zwei Teenies, die man gerade beim Knutschen erwischt hat.

„Nein, danke", sage ich, und Kieran tut es mir gleich. Der Kellner nickt, fragt kurz nach unseren Zimmernummern und scheint verwirrt zu sein, weil wir uns kein Zimmer teilen.

Klar, ich habe die Hochzeitssuite gebucht. Die Kellner können ja nicht ahnen, dass Kieran ein Fremder ist und nicht mein Ehemann. Ich seufze innerlich.

Dieser Mann ist interessant, und ich weiß nicht, was ich davon halten soll. Ich weiß nicht, wo mir der Kopf steht, und mein Herz sitzt auf einer Achterbahn. Höhe war noch nie mein Ding, und ich bin mir sicher, dass ich bald wieder falle – oder bin ich vielleicht schon am Tiefpunkt angekommen?

Sechs

Als mich der Wecker aus dem Schlaf reißt, frage ich mich kurz, warum es im Urlaub überhaupt Aktivitäten gibt, für die man sich einen Wecker stellen muss. Welcher Mensch mag es, morgens aus dem Schlaf gerissen zu werden, nur um einen Ausflug zu machen?

Da mich heute eine Rentiersafari erwartet, kann ich es allerdings kaum erwarten, aus dem Bett zu kommen. Ich bin gespannt, ob ich eventuell auf Kieran treffe, aber möchte mir keine großen Hoffnungen machen. Wenn ich der Broschüre Glauben schenke, bekomme ich Thermowäsche gestellt, damit ich nicht erfriere in der Kälte draußen.

Nach dem Abendessen haben wir uns voneinander verabschiedet, aber kein Wiedersehen vereinbart. Mir geht es allerdings besser, weil ich mich mit ihm ausgesprochen habe. Ich springe noch unter die Dusche und entscheide mich danach, meine Haare zu flechten, so bekomme ich sie nachher besser unter die Mütze. Mein Magen knurrt, und wenn ich an das Frühstücksbuffet denke, bekomme ich direkt noch mehr Hunger.

Nach dem Frühstück geht es direkt los, also schnappe ich mir meinen Rucksack, in den ich eine Flasche Wasser gesteckt habe. Gestern scheint der Reinigungsservice dagewesen zu sein, denn von den romantischen Details oder meinem Brautkleid ist nichts mehr zu sehen. Umso mehr Stunden zwischen der geplatzten Trauung – ich lache verächtlich – und heute liegen, desto leichter wird es. Ich kann tiefer atmen, auch wenn mich gestern Abend im Bett dann doch wieder die Tränen überkommen haben. Das wird wohl noch eine Weile anhalten. Ich bin schon immer ein emotionaler Mensch gewesen, immerhin habe ich bei *Deadpool 2* Rotz und Wasser geheult, während mich mein Ex-Verlobter angestarrt hat, als wäre ich ein Alien. Apropos Alien: Auch bei E.T habe ich geweint, und zwar als er gehen musste. Ich bin erblich vorbelastet, heult doch meine Mutter immer Rotz und Wasser, sobald Lassie, der süße Hund, mit blutigen Füßen nach Hause laufen muss. Ich kann also gar nichts dafür.

Heute Abend sollte ich vielleicht mein Handy einschalten, damit ich mich bei ihr melden kann. Langsam ist es an der Zeit, sich der Realität zu stellen, aber jetzt gehe ich erst mal in Richtung Speisesaal.

Ich sehe Kieran, noch bevor ich den Berg Pancakes erreiche, auf den ich zusteuere. Er ist ebenfalls dick eingepackt und hat seine Jacke über dem Arm.

„Guten Morgen", sage ich und versuche, nicht ganz so euphorisch zu sein, obwohl sich Freude in mir ausbreitet. Es ist ein willkommenes Gefühl im Vergleich zu dem Unmut der vergangenen Tage.

„Hey." Er lächelt mich an, bevor er zur Kaffeemaschine schlurft. Er scheint kein Morgenmensch zu sein, seine Stimme klang sogar leicht kratzig, was ihn noch heißer wirken lässt. Was denke ich da? Spinne ich völlig? Anscheinend.

Schnell mache ich mich mit meinen Pancakes auf dem Weg zu meinem Tisch, bevor ich sie in Ahornsirup ertränke und dabei versuche, an nichts zu denken. Der Vorsatz hält so lange an, bis Kieran sich zu mir an den Tisch setzt – mit einer Tasse Kaffee, die er umklammert, als wäre sie sein Rettungsring. „Ich dachte, wir frühstücken gemeinsam", sagt er und zuckt mit den Schultern.

„Klar", erwidere ich verdattert, und er nickt, bevor er sich wieder dem Kaffee widmet.

„Was steht bei dir heute an?", frage ich ihn, während ich mir ein Stück Pancake in den Mund schiebe. Der Sirup vermischt mit der Butter ist einfach himmlisch; die Pancakes sind perfekt fluffig und gar nicht trocken. Ich will mir keine Gedanken darüber mache, wie lange ich für diesen Berg ins Fitnessstudio müsste, um ihn abzutrainieren. Nicht, dass ich in meiner fünfjährigen Mitgliedschaft mehr als fünfmal dort war. Trotzdem bin ich zu stolz, um die Kündigung einzureichen.

Kieran sieht mich aus müden Augen an. „Rentiersafari", murrt er, und Begeisterung klingt wahrlich anders.

Mein Gesicht hellt sich auf. „Cool, dann kenne ich da schon einmal jemanden. Das steht bei mir heute auch auf der Liste." Er lächelt nicht, und ich widme mich wieder meinem Frühstück. „Hoffentlich kommen sie dann nicht auf die Idee, wir wären ein Ehepaar." Es liegt kein Humor in seiner Stimme, und allein das Wort *Ehe* sorgt dafür, dass die Pancakes auf einmal wie Pappe schmecken und ich sie angewidert wegschiebe.

„Natürlich nicht. Das Hotel weiß mittlerweile Bescheid, und mich erwarten auch keine Rosenblätter mehr in der Suite." Er zieht eine Augenbraue nach oben. Ich zucke mit den Schultern. „Honeymoon. Romantik overload." Ich weine nicht, als ich es ausspreche, und das ist ein wahrer Fortschritt.

„Tut mir leid, die Aussage war dumm von mir. Ich bin es nicht gewohnt, so früh aufzustehen, und bin dann meist unverträglich. Das sagen meine Kollegen auch immer."

„Ich dachte, wir reden nicht über unsere Jobs?" Ich ziehe ihn auf mit unserem Deal und genieße das Grinsen auf seinen Lippen.

„Wollen wir los?", fragt er dann, und ich nicke. Die Pancakes werden wohl oder übel im Mülleimer landen.

Ich hätte niemals gedacht, dass man in einer Umgebung von zwanzig Grad unter Null schwitzen kann, aber die Thermowäsche hält, was sie verspricht. Es gibt nur ein Problem: Ich fühle mich wie damals, als meine Mutter mich in einen Skianzug gezwängt hat. Ich kann mich kaum bewegen, weil die Klamotten zwar warm, aber eben auch dick sind. Ich blicke zu Kieran, der genauso zu empfinden scheint, zumindest sind seine Lippen zu einer schmalen Linie zusammengepresst. Er erinnert an einen großen Schneemann, oder ... Als ich mir das Michelin-Männchen vorstelle und ihn noch einmal ansehe, da kann ich nicht anders: Ich muss lachen. Ich watschele zu ihm, während ich mich nicht mehr einbekomme. Lachtränen versickern in der sturmhaubenähnlichen Kopfbedeckung. Kieran sieht mich an, die Linie ist zu einem leichten Schmunzeln geworden.

„Was gibt es zu Lachen, hm?", fragt er.

„Du könntest das Michelin-Männchens ersetzen, und es würde nicht auffallen", sage ich. Es dauert nur wenige Sekunden, da hat er sich auf mich geworfen, und ich liege in einem der vermutlich hundert Schneeberge. „Du spinnst wohl. Mein Personalcouch sagt, ich bin total in Form“, prustet er, dann fixiert er mich mit seinen Beinen und formt einen Schneeball.

„Nein, Kieran“, lache ich und atme schwer. In seinen Augen liegt eine kindliche Freude, die man viel öfter sehen sollte. Er ist wie ausgewechselt, und ich muss grinsen, als er mich loslässt und gerade, als ich mich aufrappele, den Schneeball auf meine Brust wirft. Dann legt er sich neben mich.

„Mister und Miss Schwaiger, wir müssten los.“ Der Guide ist da.

Ich spare mir die Energie, ihn zu korrigieren, und Kieran tut es mir gleich.

„Wir fahren rund fünfzehn Minuten zur Location. Sie sind heute die Einzigen, also normalerweise wären wir natürlich zu dritt.“ Kierans stechender Blick sorgt dafür, dass er verstummt und nur auf den Jeep zeigt, der in einiger Entfernung steht. „Die Gäste sitzen hinten auf der Ladefläche, da ist die Aussicht besser.“

Ich ziehe die Augenbrauen hoch. Was für ein Schwachsinn. Als ich allerdings sehe, dass sie die Ladefläche mit Gurten ausgestattet haben und sogar Decken bereit liegen, ändere ich meine Meinung. Kieran klettert nach oben und streckt mir wie selbstverständlich eine Hand entgegen. Ich ergreife sie, und er zieht mich hoch.

„Ich habe noch nie auf einer Ladefläche gesessen“, sage ich, kichere nervös und mache es mir dann bequem, zumindest so weit wie eben möglich.

„Als Kind durften meine Schwester und ich manchmal auf dem Anhänger unseres Opas mitfahren.“ Ein Strahlen in seinen Augen zieht mich in den Bann.

„Wie groß ist euer Altersunterschied?“

„Wir waren nur zwei Jahre auseinander. Sie war meine große Schwester, auch wenn sie drei Köpfe kleiner war als ich."

Ich schnalle mich an, als Kieran neben mir sitzt. Er klopft auf den Jeep, um dem Fahrer anzuzeigen, dass wir bereit sind, und die schlechte Stimmung ist kurz darauf bei dem Anblick, der uns geboten wird, vergessen.

Die Wälder Lapplands zeigen sich von ihrer schönsten Seite. Ich halte den Atem an, weil mich die Faszination der Landschaft innehalten lässt. Wie schön kann ein Waldstück sein? Ich war noch nie gut in Biologie und kann gerade noch einen Ahorn von einem Weihnachtsbaum unterscheiden. Aber das hier sind Tannen, oder? „Es ist atemberaubend", sage ich, und Kieran schweigt. Auch er scheint von der Umgebung fasziniert zu sein.

Man spürt, dass das Auto sich mit einigen Eisflächen ein wenig schwertut. Es wackelt und ruckelt ziemlich, doch der Ausblick macht das alles wieder wett.

„Sieh mal", sagt Kieran und zeigt zur Seite. Ich muss lachen, als ich zwei Kinder entdecke, die einen Schneemann bauen. „Das haben meine Schwester und ich auch immer gemacht", sagt er, und ich lege meine Hand auf seinen Unterarm.

Ich bin da.

Er spürt die Berührung wahrscheinlich nicht durch den dicken Anzug, aber ich denke, die Geste spricht für sich.

„Einmal haben wir einen gebaut, der war drei Meter groß. Opa hat uns eine Leiter gegeben, und als wir den Kopf aufsetzen wollten, da ist sie weggerutscht." Er hält inne, ein mildes Lächeln auf den Lippen. Es gefällt mir, und das macht mir fast ein wenig Angst. „Ich bin gefallen und habe mir das Bein gebrochen. Meine Schwester hat den ganzen Gips mit Schneemännern bemalt. Ich glaube, so richtig verziehen hat sie mir nie, dass ich Olaf zerstört habe." Ich lache, weil er den Schneemann so selbstverständlich Olaf nennt. „Wir waren die einzigen Erwachsenen, die sich ohne Kinder *Frozen* im Kino angesehen haben. Den zweiten Teil konnten wir dann nicht ..." Er bricht ab, und ich nicke verständnisvoll.

„Welche Farbe hatte dein Gips?", frage ich und lenke ihn von den Gedanken ab, die sich augenscheinlich wie ein Nebel um ihn legen wollen.

„Grün. Meine Lieblingsfarbe. Abbie war sauer, weil es nicht pink wurde." Er lacht, und ich falle mit ein.

„Abbie, hm?", frage ich, und er nickt, bevor er kurz die Augen schließt.

„Sie hätte es hier geliebt. Sie war ein Wintermensch und hat Schnee und Eis immer dem Sommer vorgezogen. Während ich derjenige war, der stundenlang am Strand liegen konnte, hat man sie bei Schnee fast nie im Haus gesehen." Ich lächele, frage mich, ob sie auch dunkle Haare hatte wie ihr Bruder. „Ich denke, das mit der Inspirationsreise stimmt zwar, aber irgendwie tue ich es auch für sie. Ich habe ihr versprochen, ihre Träume für sie zu leben, wenn sie gegangen ist. Und irgendwie fühlt es sich verdammt gut an, mit dir hier zu sein."

Mit mir. Eine Gänsehaut überzieht meine Arme, die eindeutig nicht von der Kälte stammt, und ich lege meinen Kopf an seine Schulter. Schweigend betrachten wir den schneebedeckten Wald.

Sieben

Auf der Rentierfarm angekommen, begrüßt uns ein netter Mann. Er spricht sehr gutes Englisch und freut sich sichtlich, uns zu sehen. Er müsste um die vierzig Jahre alt sein, sieht sehr sportlich aus, und die Kälte scheint ihm nichts auszumachen, obwohl er nicht in einem Berg aus Klamotten steckt.

„Hi ich bin Finnjas. Ich werde euch erst die Tiere vorstellen, danach geht es auf eine einstündige Rentierschlittenfahrt." Er lächelt uns an, und ich merke, wie sich die Aufregung in meine Knochen schleicht. Mein Bauch kribbelt, und ich sehe zu Kieran. Auf seinen Lippen liegt ein schmales Lächeln.

„Ist es in Ordnung, wenn ihr beiden euch einen Schlitten teilt? Wie mir zu Ohren gekommen ist, fehlt ein Gast." Anscheinend hat es die Runde gemacht, dass ich die alleingelassene Braut bin. Der Blick, voller Mitleid und Fürsorge, den der Mann mir zuwirft, lässt mein Herz kurz stocken, und ich winke nur ab, weil das leichter ist als zuzugeben, dass die Flammen des Schmerzes in meiner Brust lodern. Ich sehe Kieran an, der mich ebenfalls mustert, dann zuckt er mit den Schultern.

„Warum auch nicht", sagt er, und ich lächele ihn vorsichtig an. Er erwidert es nicht, sondern sieht weg. Ich freue mich darauf, Zeit mit ihm zu verbringen, und genau das verwirrt mich. Auf einer Reise nach sich selbst ist man zwingend allein, oder? Warum habe ich mir nicht noch einen Guide durchgelesen, wie ich mit einer

Reisebekanntschaft umgehen soll? Ach so stimmt, weil mich eigentlich mein Ehemann begleitet hätte.

Ich ziehe meine Mütze noch ein Stück über meine Ohren und folge dann gemeinsam mit Kieran dem Guide.

„Wir haben hier insgesamt vierunddreißig Tiere; im Umkreis gibt es mehrere Farmen." Ich höre aufmerksam zu, während ich den von Schnee bedeckten Holzzaun betrachte, hinter dem die Tiere stehen und uns neugierig mustern. „Wir hier sind eine Familie, das gilt auch für die anderen Farmen. Da herrscht kein Konkurrenzkampf oder sonstiges."

Ich denke an Deutschland und schüttele den Kopf. Dort strebt immer jeder nach dem Größten, und alle werden darauf getrimmt, der Beste zu sein. Am meisten zu besitzen. Hier wirkt das anders, und die Abwechslung tut mir gut. Meine Glieder entspannen sich.

„Die Tiere sind zutraulich, sie sind die Touristen gewöhnt", sagt Finnjas. Obwohl er die Geschichte wahrscheinlich tausend Mal im Jahr erzählt, wirkt er aufgeschlossen. Seine Stimme hat einen warmen Ton, und ich mag es, wie er über die Rentiere spricht – als würden sie zur Familie gehören.

„Danke für die Erklärungen", sage ich.

Er dreht sich zu mir um und zwinkert mir zu. „Glaub mir, ich bin noch nicht fertig."

Das kann man wohl als Versprechen oder als Drohung aufnehmen. Nach einer halben Stunde, in der er uns über den Hof führt und uns die Rentiere zeigt, erfahre ich alle möglichen Fakten über die Tiere. Natürlich gibt es einen Rudolph, und das weihnachtsverrückte Kind in mir, das hat verzweifelt nach der roten Nase sucht, lacht. Ich erfahre, dass Rentiere im Winter eine andere Augenfarbe haben als im Sommer: Im Sommer sind sie golden und im Winter dunkelblau. Das liegt daran, dass es im Norden stetig hell ist – zumindest in den warmen Monaten –, im Winter dagegen lange dunkel. Um sich den Lichtverhältnissen anzupassen, ändert sich die Augenfarbe. Das ist ein ziemliches Phänomen.

Ich seufze, als ich in die dunkelblauen Augen eines Tieres vor mir blicke. Sie sind so wunderschön, und ich strecke vorsichtig eine Hand aus. Dann streiche ich über seinen Kopf, was es sichtlich genießt.

„Warum haben manche Tiere ein Geweih und andere nicht?", frage ich Finnjas.

„Rentiere sind die einzige Hirschart, bei denen beide Geschlechter Geweihe tragen", sagt er. „Die weiblichen Tiere sind über den Winter trächtig, deshalb benötigen sie diese natürliche Waffe, um ihr Futter zu verteidigen." Ich ziehe eine Augenbraue nach oben. „Wenn sie dann im Mai oder Juni gebären, dann stoßen sie ihr Geweih ab."

„Wow", hauche ich, und Finnjas nickt.

„Bei den Männchen dient der Kopfschmuck für Kämpfe. Sie kämpfen um die Rangordnung, und vor dem Winter stoßen sie das Geweih dann ab."

„Also", sage ich und denke an den Film *Weihnachtsmann und Co. KG*, „ist Rudolph eigentlich eine Rudolphine?"

Kieran lacht hinter mir, dann spüre ich einen Druck auf meiner Schulter, als er eine Hand darauflegt.

Finnjas lacht ebenfalls. „Ich weiß, dir wurde gerade das Kinderherz gebrochen, aber ja."

Ich sehe Kieran über meine Schulter hinweg an, und er grinst. „Wie konnte die Welt uns nur so hintergehen?“, hauche ich fassungslos. Als er eine Augenbraue hochzieht, lache ich los.

Rudolphine, ich glaube es nicht!

Wir haben noch eine Tasse Kräutertee getrunken, und nun sitzen wir auf dem Rentierschlitten.

„Viel Spaß, genießt den Ausblick.“ Finnjas zwinkert uns zu. Mit einem Ruck setzt sich der Schlitten in Bewegung und ich werde in die Holzbank gedrückt. Es ist Mittag geworden, und es dämmert bereits. Die Strecke ist mit Holzpfählen abgesteckt, auch wenn ich mir sicher bin, dass Finnjas sie blind fahren könnte. Fasziniert betrachten wir die Tannen, die unter den schweren Schneelasten zu brechen drohen, und ich weiß gar nicht, wohin ich blicken soll. Ich erwische mich dabei, wie ich Kieran mustere. Er sieht entspannt aus, und ich frage mich, ob ihm vielleicht in diesem Moment neue Ideen für Lieder kommen. Ob ich seine Inspiration störe, wenn ich ihn anspreche?

In dem Moment, wo ich meinen Mund öffne, blickt er mich an. „Ist es nicht einfach wunderschön hier?“, fragt er und legt dann locker einen Arm um meine Schultern.

Ich zucke zusammen und schließe kurz die Augen, als ich merke, wie die Erinnerung an die Berührung eines anderen Mannes mich schaudern lässt. Kieran ist nur ein Freund, rede ich mir zunächst ein, werfe dann aber meine Gedanken über Bord und lehne meinen Kopf an seine Schulter. Mein verräterisches Herz pocht ein wenig schneller.

„Die Natur reicht vollkommen aus, um glücklich zu sein. In Berlin ist alles verbaut, man hat wenig grünen Flächen. Und dann sieh dich um." Er spricht leise.

„Frankfurt besteht auch aus einer Betonburg neben der anderen ... hier ist es einfach friedlich." Auch ich rede leise, weil ich das Gefühl habe, sonst diesen Frieden zu stören. Als würde hier in den Wäldern mystische Wesen leben, die friedlich schlafen und die man auf keinen Fall aufwecken möchte.

Die sieben Tiere laufen im Gleichschritt. Ich betrachte sie und frage mich, ob es sie stört, dass sie uns ziehen müssen. Aber irgendwie ... irgendwie wirken sie glücklich über den Auslauf. So wie ich ihren Besitzer kennengelernt habe, kann ich mir auch nicht vorstellen, dass er etwas zulassen würde, das seinen Tieren, inklusive Rudolphine, schaden würde.

Wir verlassen den Wald, und vor uns erstreckt sich die Weite einer offenen Landschaft. Der glitzernde Schnee türmt sich in die Höhe. Ich seufze auf, und dann höre ich, wie Kieran ganz leise eine Melodie summt, die ich nicht kenne. Ich höre die Worte, doch kann sie nicht wirklich verstehen, was genau er singt.

Ich traue mich nicht, ihn anzusehen und betrachte lieber die Landschaft, aus Angst, er könnte verstummen. Ich versuche, genauer auf den Text zu achten, höre nur etwas von Rentieren und muss lächeln.

Nie habe ich mich wohler gefühlt als auf diesem Schlitten in seinen Armen, bis Finnjas die Bremse betätigt und ich fast vom Schlitten plumpse. „Was ...?!"

Kieran hält mich fest, sodass ich wieder an meinen Platz rutschen kann, und Finnjas blickt sich zu uns um. „Tut mir leid, hier ist ein Baum umgekippt, und wir können wegen der Schneewehen nicht drumherum fahren. Ich muss den kurz wegräumen." Er klingt nicht begeistert.

„Ich helfe dir", sagt Kieran, und ich nicke. „Ich auch."

Kieran hebt mich vom Schlitten, und ich grinse ihn dankbar an, als ich auf meinen Füßen stehe. Vor uns liegt ein dicker Baumstamm, wir können froh sein, dass wir bremsen konnten, damit wir nicht ein Abweichmanöver starten mussten.

„Brauchen wir eine Säge oder so?", frage ich, als die Männer versuchen, den Stamm zu bewegen.

Kieran sieht mich an. „Ihr Frauen habt doch immer so riesige Handtaschen, hast du zufällig eine Kettensäge am Start?"

Ich zucke mit den Schultern. Touché, denke ich und trete näher, damit ich mit anfassen kann. Fünf Minuten später ist klar, dass ich den beiden nicht helfen kann, also gehe ich zum Schlitten zurück, wo die Tiere geduldig warten.

„Die Männer sind sehr stark, genau wie ihr", murmele ich und streiche über das kühle Fell. Sie atmen schnell. Welch eine Anstrengung das wohl für sie sein muss?

Ich sehe zu Kieran, der gerade den Stamm mit Finnjas hochwuchtet. Wegen der dicken Thermokleidung sehe ich leider nicht, wie seine Muskeln spielen, und muss die Macht meiner Fantasie nutzen. Trotzdem sieht er sexy aus, auch wenn es mir mit bloßem Oberkörper besser gefallen würde. Also rein hypothetisch natürlich, schließlich bin ich kein Fan von *Kieran am Stiel*. Er würde wahrscheinlich direkt gefrieren. Ich bin mir zwar sicher, es würde mir gefallen, ihn abzulecken, aber nicht im gefrorenen Zustand.

Verdammt – was denke ich denn da? Bin ich jetzt komplett durchgeknallt? Wahrscheinlich habe ich noch Restalkohol im Blut, das ist die einzige Erklärung, immerhin begaffe ich gerade einen Mann, den ich kaum kenne. Ich erkenne mich selbst nicht und widme mich lieber wieder dem Tier neben mir.

Es dauert nicht lange, da haben die zwei Männer den Weg frei geräumt, und wir steigen wieder auf den Schlitten. Auf Kierans Stirn stehen Schweißperlen, und ich streiche ihm eine weg, ohne darüber nachzudenken.

Wir blicken uns an, und es ist einer dieser Momente, die ich gerne einfangen würde. Ich würde jetzt *Stopp* drücken und ihn in eine Schneekugel packen, sodass ich ihn mir immer wieder ansehen kann.

Gerade fühlt sich alles zu perfekt an; ich bin inmitten einer wunderschönen Schneelandschaft in Finnland. Rentiere ziehen mich durch die Wälder, und dann ist da noch dieser mysteriöse Musiker, der auf der Suche nach Inspiration ist. Langsam beschleicht mich das Gefühl, dass er mir viel bedeuten könnte. Immerhin habe ich heute noch nicht geheult wie ein Schlosshund, und wenn ich ihn so von der Seite anblicke oder an seine Stimme denke, die vorhin die Luft erfüllt hat, dann schlägt mein Herz schneller.

Für einen Moment ist der Schmerz vergessen, auch wenn ich mir sicher bin, dass er nur von kurzer Dauer ist. Ich darf jetzt nicht noch einmal verletzt werden; mein Herz heilt noch, und genau deshalb sammele ich diese schönen Momente, speichere sie ab. Es wird wieder eine Zeit kommen, in der mir das Herz gebrochen wird, aber ich habe die Macht, zu entscheiden, wer dafür verantwortlich sein wird.

Acht

„Eigentlich steht nun die Rückfahrt zum Hotel an. Heute findet allerdings ein Rentierrennen statt, falls ihr noch Lust habt, zu bleiben.“

Finnjas blickt uns beide an, und Kieran nickt.

„Warum nicht?“ Er zuckt mit den Schultern. Wir haben die restliche Fahrt geschwiegen – es war jene Sorte Stille, die erträglich, gar angenehm ist.

Außerdem habe ich mich immer wieder an seine Schulter gelehnt. Irgendwie spüre ich das Band der Verbundenheit und weiß noch nicht, was ich davon nach der kurzen Zeit, in der wir uns kennen, halten soll. Ich seufze innerlich, mein Herz scheint ein Rummelplatz zu sein. Mal geht die Achterbahn nach oben, dann schlagartig zurück nach unten.

Ich nicke ebenfalls, und Finnjas strahlt über beide Ohren. „Ich muss dann los, aber ihr könnt euch hier gerne bedienen. Meine Frau ist eine hervorragende Köchin, ihr gehört die Gaststätte.“

Er zeigt auf eine Blockhütte, und ich bin begeistert, weil mein Magen sich schon zusammenzieht. Hunger ist ein komisches Gefühl, oder nicht?

„Wollen wir?“ Kieran hält mir seinen Arm hin, und ich brauche keine Sekunde, bis ich mich bei ihm eingehakt habe und wir Seite an Seite die Gaststätte betreten.

Wenig später steht ein dampfender Burger mit geschmolzenem Käse vor mir, und mir läuft das Wasser im Mund zusammen.

„Jetzt entscheidet sich alles, Malu.“ Kieran sieht mich herausfordernd an.

„Was meinst du?“, frage ich, und er blickt ganz ernst. „Wenn du deinen Burger jetzt wirklich mit Messer und Gabel isst, dann werden sich unsere Wege ab hier trennen.“ In seiner Stimme finde ich keinen Spott, kein Lachen. Man könnte fast meinen, dass dieses Detail, wie ich meinen Burger esse, über das Ende der Welt entscheiden kann.

Ich lege mir die Serviette auf den Schoß und schiebe die Ärmel hoch. Mit einem Blick, der hoffentlich genauso ernst ist wie seiner, greife ich nach dem Besteck. Ich sehe Entsetzen in seinen Augen, dann lege ich es wieder ab und nehme den Burger in die Hand. „Auf ein Abenteuer, das wir niemals vergessen werden.“

„Auf sich bekleckern beim Burger essen, weil es dazu gehört“, raunt er, als er seinen Burger gegen meinen drückt und wir quasi anstoßen.

Als ich hineinbeiße, verbrenne ich mir glatt die Zunge, bevor ich genüsslich aufstöhne. „Wow“, sage ich mit vollem Mund, und Kieran nickt bestätigend. Das Rindfleisch ist medium, und der Saft, der auf meinen Teller tropft, spricht für die Qualität. Der Bacon ist nicht zu kross, und der geschmolzene Cheddar sowie die würzige Barbecuesoße in Kombination mit den Silberzwiebeln lassen mein Herz höherschlagen. Als ich den ersten Bissen heruntergeschluckt habe, hält mir Kieran seinen Burger hin.

„Magst du probieren?“ Sein Mund ist mit der Burgersoße verschmiert, und wahrscheinlich klinge ich wie ein Teenager, aber es macht ihn total sexy. Ich zögere nicht lange, lege meinen Burger auf den Teller und beiße in seinen.

Wirkt diese Mahlzeit irgendwie aphrodisierend? Ich habe zumindest das Gefühl, dass es im Raum zehn Grad wärmer wird, als wir uns anblicken.

Wir stehen auf einem zugefrorenen See, um uns herum viele andere Menschen, und wenn Finnjas uns nicht einen guten Platz besorgt hätte, dann wären wir wahrscheinlich in der Flut der Leute untergegangen. Es treten zehn Rentiere gegeneinander an. Finnjas ist bisher ungeschlagen, und er ist natürlich sehr motiviert, auch dieses Rennen zu gewinnen. Wir stehen neben seiner Familie, die aus seiner Frau und zwei Töchtern besteht. Während des Rennens ist die Farm mit der Gastronomie geschlossen, und alle Anwesenden scheinen ein bisschen aufgeregt zu sein. Die Reiter – kann man sie wirklich so nennen? – stehen auf Skiern, und es scheint echtes Vertrauen zwischen Mensch und Tier zu herrschen. Ich kann meine Gedanken und Gefühle nicht einordnen, als das Startsignal ertönt und die ersten Rentiere losspurten. Anscheinend gibt es mehrere Gruppen, aus denen dann die besten weiterkommen und immer wieder gegeneinander antreten.

Automatisch fallen Kieran und ich in die Anfeuerungsrufe mit ein, natürlich für Finnjas, und ich beobachte gespannt das Rennen. Die Geschwindigkeit ist wirklich beeindruckend, kein Vergleich zu der Fahrt, die wir gemacht haben. Die Tiere tragen Geschirr mit Zügeln. Kieran neben mir reißt gerade seine Faust nach oben, als Finnjas an uns vorbeifährt. Er ruft Finnjas immer wieder Mut zu, und ich lächle. Ich würde ihn gerne in den Arm nehmen und ihm für diesen schönen Tag danken, doch das wäre nicht angebracht. Die Aufregung in meiner Magengrube kribbelt, fühlt sich gut an.

Vielleicht könnte ich ... als meine Gedanken gerade in eine verrückte Richtung gehen, sieht Kieran mich an und beugt sich nah zu mir. „Alles okay?", haucht er, und sein Atem kitzelt meine Lippen. Es wäre nur ein minimaler Abstand zu überbrücken, um ihn ...

„Ja", hauche ich zurück, und er mustert mich, als könnte er so herausfinden, ob ich lüge. Dann nimmt er meine Hand und reckt sie mit meiner in die Höhe, um Finnjas anzufeuern.

Mein Herz schlägt zu schnell, und das gefällt mir ganz und gar nicht.

„Danke Finnjas, es war so schön, dich kennenzulernen", sage ich, als er mich in eine herzliche Umarmung zieht. Ich muss aufpassen, dass ich die Schleife mit der großen Eins darauf nicht zerdrücke. Natürlich hat er gewonnen, und zwar mit einer Runde Vorsprung. Jetzt ist es allerdings schon dunkel geworden, und für uns ist es Zeit, ins Hotel zurückzukehren.

„Danke euch, dass ihr da wart."

Kieran gibt ihm die Hand, und ich steige derweil schon einmal ins Auto. Dieses Mal verbringen wir die Fahrt nicht auf der Ladefläche. Ein großer SUV holt uns ab, und ich öffne meine Jacke, als mich die warme Luft im Auto empfängt.

Kieran lässt sich wenig später neben mir nieder. Wir schweigen, und es dauert nicht lange, bis ich in einen Dämmerschlaf gleite, weil die Aufregung des Tages mich unfassbar müde gemacht hat.

„Wach auf“, höre ich eine Stimme, doch sie klingt so weit weg. „Malu. Wir sind da.“

Wo? Ich schlage die Augen auf, als ich etwas an meiner Wange spüre und dann in Kierans Gesicht blicke, der mir über die Haut streichelt.

„Tut mir leid, aber wir sind vor rund zehn Minuten am Hotel angekommen, und der Fahrer muss die nächsten Reisenden abholen.“

Er hat mich weiterschlafen lassen? Ich ignoriere das Flügelschlagen meines Herzens und nicke, bevor ich aussteige und ihm in die Lobby folge.

„Hast du noch Hunger?“, fragt Kieran mich, und ich nicke.

„Schon, und du?“

„Heiße Dusche, und dann treffen wir uns bei dir?“, fragt er.

Ich liebe die Selbstverständlichkeit in seiner Stimme, die besagt, dass wir den Abend gemeinsam verbringen. „Nur, wenn du deine Gitarre mitbringst.“ Ich zwinkere, und er grinst nur. Dann haucht er mir einen Kuss auf den Scheitel, der so flüchtig ist, dass ich mir nicht sicher bin, ob ich ihn mir durch meine Müdigkeit nur eingebildet habe.

Eine Stunde später liege ich in einer Leggins und einem weiten Shirt auf dem Bett und warte auf Kieran. Noch immer traue ich mich nicht, mein Handy anzuschalten. Hier befinde ich mich in meiner sicheren Blase, die allerdings so zerbrechlich ist, dass ich nicht weiß, ob ich bereit bin, sie zerplatzen zu lassen. Als ich mich gerade dazu durchringen will, weil ich vielleicht langsam ein Lebenszeichen von mir geben sollte, da klopft es an der Tür. Das Flattern in meinem Magen ignoriere ich, und mein Herz schlägt noch einen Takt schneller, als ich öffne und Kieran sehe. Er hält eine schwarze Akustikgitarre in der Hand. Wie viele Gitarren er wohl auf seiner Inspirationsreise dabei hat?

Er trägt ein weißes Shirt, eine dunkelgraue Jogginghose, und seine nackten Füße stecken in Pantoffeln, die wir wohl alle vom Hotel bekommen haben. Nur, dass auf seinen nicht groß *Misses* steht und er sie auch nicht deshalb im Müll entsorgt hat.

„Hey", haucht er, als wäre es nicht erst siebzig Minuten her, seit wir uns das letzte Mal gesehen haben.

„Hey", antworte ich, und das schiefe Lächeln, das er mir schenkt, sorgt für einen Purzelbaum meines Herzens. Vor drei Tagen war ich mir nicht sicher, ob es jemals wieder schlagen könnte, und nun das. Es überschlägt sich, wenn ich Kieran mit seinem schiefen Lächeln und dem Piercing auch nur ansehe. Ich fühle mich, als hätte man mich seit meinem gescheiterten Versuch einer Hochzeit in einen Liebesroman geworfen, und ich bin dabei, mein Happy End kennenzulernen.

„Darf ich reinkommen?"

Ich blinzele zweimal. Verdammt, wir stehen noch immer in der Tür! Schnell trete ich zur Seite.

„Meine Suite ist zwar auch nicht ohne, aber wow, das ist echt eine Nummer."

„Vor allem hast du die volle Schönheit verpasst. Die ganzen Rosen habe ich entsorgen lassen." Er sieht mich an, und es kommt mir vor, als würde seine Miene einfrieren. Auf einmal ist die lockere Stimmung verschwunden.

„Ich habe eine Einzelsuite, diese hier wäre ja für zwei gewesen." Seine Stimme klingt angespannt, und ich frage mich, was ich falsch gemacht habe. Mein Magen zieht sich zusammen; vielleicht bilde ich mir das alles aber auch nur ein.

„Ja, eine Hochzeitsreise allein ist etwas außerhalb der Norm", lache ich tonlos, aber er fällt nicht mit ein. Ich scheine sein Stimmungstief nur noch zu verschlimmern, also schließe ich die Tür und schweige. Weil Schweigen manchmal Gold ist, auch wenn es Reden sein sollte.

Wir bestellen zwei große Pizzen beim Zimmerservice, und als sie vor uns stehen, hat sich die Stimmung noch immer nicht gebessert. Das Schweigen wird immer unerträglicher, und schließlich halte ich es nicht mehr aus. „Habe ich etwas Falsches gesagt?"

Kieran sieht mich an, ein Stück Pizza in der Hand. „Nein, warum fragst du?"

Ich ziehe spöttisch eine Augenbraue nach oben. „Na ja, als ich die Honeymoonsuite erwähnt habe, ist dein Gesicht eingefroren, als wären wir gerade in einen Eisberg gekracht und würden die Katastrophe auf uns zurollen sehen."

Er verschluckt sich, und ich muss fast grinsen. „Nein. Es ist alles gut, ich bin ein Idiot." Er zuckt mit den Schultern.

„Wieso?"

„Weil ich manchmal vergesse, dass du gerade erst mit einem gebrochenen Herzen hier angekommen bist."

„Was spielt das für eine Rolle? Also mein Herz?", hake ich nach, und es pocht schneller.

„Weil du meins höherschlagen lässt, und ich dann manchmal vergesse, dass du gerade noch Dinge verarbeiten musst und die Wunden zu groß sind, als dass ich sie schließen könnte."

Ich schlucke. „Vielleicht ja nicht?", hauche ich, und der intensive Blick, den er mir zu wirft, lässt meinen Atem stocken.

„Deine Wunde ist tief, Malu. Ich verstehe absolut, wenn dir das alles zu viel ist, und ich spiele nicht mit dir. Das würde ich nicht wagen." Sein Blick ist stechend, und ich würde am liebsten über den Tisch krabbeln, auf seinen Schoß, und mich in sein Shirt krallen.

„Du weißt nicht, was ich fühle", sage ich und meine es genau so. Immerhin habe ich ja selbst keine Ahnung von dem Chaos, das sich in mir gerade zu einem großen Gewitter zusammenbraut.

„Nein, das weiß ich nicht, aber ich kann deinen Schmerz sehen. Ich sehe ihn in deinen Augen, ich spüre ihn, wenn du von dem Zimmer sprichst, und obwohl du lächelst, ist da ein kleiner Funken Hoffnungslosigkeit." Er stockt, und ich würde ihn in diesem Moment gerne küssen, weil er der Einzige ist, der mich versteht. „Es ist nicht fair, dass ich dich mag. Es ist auch nicht fair, dass ich dich am liebsten an mich ziehen würde. Das alles ist nicht okay, Malu. Weil du erst heilen solltest."

Ich will etwas sagen, doch er schüttelt den Kopf. „Ich würde nichts lieber tun, als dir näherzukommen, aber du musst erst wieder lernen, dich selbst zu mögen, bevor du jemanden da rein lässt." Er zeigt auf meine Brust, und ich nicke, resigniert. Er hat recht, und das weiß er.

„Deshalb ... soll ich dir was vorsingen?"

Ich lache, weil sein Themenwechsel so abrupt und schlecht platziert ist. Aber er bewirkt genau das Gegenteil von dem, was er sollte: Ich mag Kieran nicht weniger, sondern der Drang, ihm nahe zu sein, steigt weiter – so lange, bis es irgendwann unerträglich wird.

Neun

Ich muss irgendwann eingeschlafen sein, denn am nächsten Morgen erinnere ich mich nicht mehr daran, dass Kieran gegangen ist. Die Melodien, seine Stimme und das Gefühlschaos in mir beherrschen meinen Kopf, und ich weiß nicht, was ich davon halten soll.

Das Frühstück ist einsam. An meinem Tisch sitzt niemand außer mir, und ich weiß nicht warum, aber ich vermisse Kieran. Dabei ist das absolut absurd, wir haben uns ja vor wenigen Stunden noch gesehen. Feige wie ich bin, traue ich mich aber auch den ganzen Morgen über nicht, an der Rezeption nach seiner Zimmernummer zu fragen. Stattdessen gehe ich mit einer leisen Hoffnung schwimmen, nur um den nächsten Dämpfer zu bekommen, weil er auch dort nicht ist. Geht er mir aus dem Weg? Oder sind meine Gedanken komplett unbegründet? Immerhin verbringen wir den Urlaub nicht zusammen, sondern sind nur durch Zufall gemeinsam hier gelandet.

Ich weiß es nicht, ich weiß nur eines: Mit jedem weiteren Gedanken habe ich ein Problem, denn sie alle drehen sich um den Musiker mit den Augen, die mich an einen Schokoladenbrunnen erinnern. Und das größere Problem? Ich weiß nicht, ob er auch an mich denkt, und außerdem hat er recht. Das Gespräch gestern hängt mir noch ein wenig nach, denn ja, ich sollte mich erst selbst lieben und mein neues Ich, meine gesamte neue Situation, akzeptieren, bevor ich ihm Einlass in mein Herz gewähre.

Nach dem Mittagessen, bei dem ich ihm nicht begegne, mache ich mich auf dem Weg zum Hoteleingang. Heute soll eine Schneemobilsafari stattfinden. Ich habe nun doch einen Blick in die Broschüre auf meinem Zimmer geworfen, und mein verräterisches Herz pocht, als ich nach Kieran Ausschau halte. Als ich ihn sehe, kann ich ein Lächeln nicht zurückhalten. Er trägt einen dicken Anorak und eine schwarze Mütze. Seine Finger stecken in Handschuhen, und er lächelt mich an. Auf seiner Nase sitzt eine Sonnenbrille, weil die Sonne heute über den Wäldern Lapplands scheint und die Welt erstrahlen lässt.

„Hi", raunt er, als er vor mir steht, und ich umarme ihn ein wenig zu stürmisch. Er fängt mich lachend auf, als wir beide von dem Schwung drohen, nach hinten zu kippen. „Womit habe ich das denn verdient?", raunt er in mein Haar, und ich grinse verschmitzt und zucke mit den Schultern.

„Mir war danach", sage ich, und er streicht mir eine Locke aus dem Gesicht.

„Sorry, dass ich nicht beim Frühstück war. Ich hatte eine kurze Besprechung."

Ich nicke verständnisvoll. Sollte er nicht im Urlaub sein? Er hat was von Inspirationsreise gesagt, deshalb bin ich automatisch davon ausgegangen, dass er frei hat. Ich erinnere mich gerade, als ich Luft holen möchte, um nachzuhaken, an unseren Deal. Es fällt mir jetzt schon nicht leicht, nicht nachzufragen, ich würde so gerne mehr über ihn wissen.

„Hey. Wir fahren nun ungefähr zehn Minuten, dann geht es richtig los. Sie beiden sind die einzigen Teilnehmer." Unser Guide lächelt uns an, und wir steigen ins

Auto. Als ich aus dem Fenster auf die schneebedeckte Landschaft blicke, spüre ich einen inneren Frieden. Eine willkommene Abwechslung zu dem Drama in Deutschland, und das liegt nicht nur an dem Rockmusiker neben mir. Mittlerweile bin ich mir sicher, dass es die richtige Entscheidung war, die Reise anzutreten. Vielleicht war es sogar die beste meines Lebens, denn wenn ich es mir recht überlege, wie es wäre, jetzt in Frankfurt zu sitzen, da habe ich ein klares Bild vor Augen: Meine Heizdecke bis zum Kinn hochgezogen, dazu viele Tafeln Schokolade, und wenn es gut liefe, würde ich die Serien gucken, bei denen ich richtig heulen müsste. Nicht vergleichbar mit den Szenen, die ich jetzt erlebe. Ich wünsche mir, ich könnte sie irgendwie abspeichern, um mich immer an sie zu erinnern. Mein Blick wandert zu Kieran, der ebenfalls aus dem Fenster blickt. Mir fällt ein kleiner Hügel an seiner Nase auf. Ob sie mal gebrochen war?

Das Lippenpiercing schimmert, wenn die Sonne drauf fällt, obwohl es schwarz ist. Werde ich je in den Genuss kommen, es zu spüren? Meine Wangen färben sich bei dem Gedanken dunkel, und als Kieran mich anblickt, bin ich froh, dass er nicht lesen kann, was ich denke.

„Alles okay?“, fragt er liebevoll, besorgt, und ich nicke nur.

„Ich denke manchmal an Deutschland und was ich jetzt dort tun würde.“

Er nickt. „Ich denke, es war eine gute Entscheidung, dass du hierhergereist bist. Sonst hätten wir uns ja nie kennengelernt.“ Er zwinkert mir verschwörerisch zu, als würde all das hier zu einem Plan gehören, zu dem Beginn einer verrückten Geschichte.

Als er mir seine Hand hinhält, ergreife ich sie, und wir verschränken die Finger miteinander. Die ganze Fahrt über – ich wünschte, sie wäre noch länger – halten wir uns fest.

„Die Tour geht um die drei Stunden, je nachdem, wie lange Sie brauchen. Bitte bleiben Sie auf den ausgewiesenen Wegen. Das ist sehr wichtig." Wir stehen vor einem Schneemobil, dessen Motor verdächtig laut röhrt. „Nach ungefähr der Hälfte der Strecke finden Sie einen See. Wenn Sie möchten, können Sie dort Eisangeln, allerdings müssen Sie nicht." Er sieht uns fragend an, und wir zucken fast zeitgleich mit den Schultern.

„Wir werden sehen", sagt Kieran und spricht damit aus, was ich denke.

„Hier meine Handynummer, wenn Sie wieder zurück sind, einfach kurz anrufen." Der junge Mann, dessen Locken unter seiner Mütze hervorschauen, drückt uns einen Zettel in die Hand, auf dem die Nummer steht. Mir fallen seine kleinen Hände auf.

Kieran zückt sein Smartphone und speichert die Nummer ein. „Ich hoffe, du hast genug Akku, denn mein Handy ist im Hotel", lache ich und verschweige, dass es seit meiner Ankunft und gescheitertem Bund der Ehe in einer Ecke liegt.

„Später, wenn es dunkler wird, kann es sein, dass Sie die Nordlichter erblicken. Jedoch ist derzeit Nebel angesagt."

Ich sacke enttäuscht zusammen, das steht auf jeden Fall noch auf der Liste mit meinen Reisewünschen.

Kieran bemerkt es und legt locker einen Arm um meine Schultern. „Wir werden sie schon noch sehen." Mit seinem Lächeln ist die Enttäuschung fast schon wieder vergessen.

„Magst du zuerst fahren?"
Der Guide hat uns nach einer kurzen Einweisung allein gelassen, und Kieran steht fragend vor mir. Das Schneemobil ist warmgelaufen, und ... wie sagt man noch mal? Es ist bereit, geritten zu werden, oder so ähnlich.
„Nein, ich lasse dir den Vortritt", sage ich, und Kieran lacht.
„Alles klar, Mylady. Dann setzen Sie sich mal auf das edle Ross."
Dieser Spinner. Aber irgendwie mag ich genau das. Mit seiner Hilfe steige ich auf, und er setzt sich vor mich. Ich schlinge die Arme um seine Taille und drücke mein Gesicht gegen seine Jacke. Heute schneit es nicht, dadurch sind die Klamotten noch nicht völlig durchnässt. „Bist du bereit für ein bisschen Action und Adrenalin?", ruft er über die Lautstärke des Schneemobils hinweg.
„Ich spucke schon, wenn ich eine Achterbahn nur von Weitem sehe", rufe ich zurück. Ich höre sein Lachen nicht, aber ich spüre es an der Vibration seines Oberkörpers. Dann rast er los, und mir bleibt das Herz stehen, bevor ich anfange zu schreien.
Irgendwann beruhige ich mich, als ich feststelle, dass Kieran sicher fährt. Außerdem ist der Weg durch die Neonflaggen an den Rändern so gut ausgeschildert, dass ich mir fast sicher bin, dass uns nichts passieren

kann. Durch den Fahrtwind habe ich gar nicht so viele Möglichkeiten, mich umzusehen, und weiß nicht, ob mir das gefällt. Ein flaues Gefühl macht sich in meinem Magen breit, und die Nudeln, die ich zum Mittagessen hatte, machen sich mit einem Ziehen bemerkbar.

„Alles okay?", ruft Kieran, doch ich kann ihm nicht antworten, weil ich damit beschäftigt bin, meine Übelkeit wegzuatmen. Er fährt langsamer, hält an, und als er aufsteht, sacke ich nach vorne. „Malu. Malu! Hörst du mich?"

Ich hebe die rechte Hand, um ihm zu signalisieren, dass ich anwesend bin … irgendwie. Dann übergebe ich mich im weißen Schnee, weil sich alles um mich herum dreht. Ich brauche eine Weile, bis ich mich wieder aufrichten kann.

Um durchzuatmen, setzen wir uns nebeneinander auf den Boden, mit ausreichend Sicherheitsabstand zu dem Schneehaufen, unter dem ich mein Erbrochenes verbuddelt habe.

„Du musst doch einfach nur mit mir reden, wenn ich zu schnell bin. Ich hab nicht gewusst, dass du so anfällig bist." In Kierans Stimme schwingt ein besorgter Unterton mit, und ich zucke mit den Schultern.

„Alles gut. Es geht schon wieder." Ich lächele ihn an, und er zieht beide Augenbrauen hoch.

„Du hast ungefähr dieselbe Hautfarbe wie der Schnee, auf dem wir sitzen, und das gefällt mir nicht." Ich lehne meinen Kopf an seine Schulter und spüre, wie er sanft seinen daranlegt.

„Ich bin als Kind mal auf einem Rummel gewesen mit meiner damaligen besten Freundin und meinen Eltern. Es war ungefähr dreißig Grad im Schatten, und ich hatte nicht wirklich viel getrunken." Es fühlt sich an, als wäre es gestern gewesen, dabei muss es schon über zwanzig Jahre her sein. „Wir waren auf einem Fahrgeschäft, das sich um die eigene Achse dreht, und da nicht viel los war, hat der Betreiber uns Extrarunden geschenkt."

„Nein, oder?"

„Doch. Ich habe dann irgendwann Stopp gerufen, aber er hat nicht angehalten. Seitdem vertrage ich keine Fahrgeschäfte aller Art mehr, mir ging es so dreckig, sogar noch einen Tag später."

„Wenn ich den Mann finde, der daran schuld ist, dann mache ich ihn kalt."

Zum Glück höre ich das Grinsen, das in seinen Worten mitschwingt, und seufze. „Man wird nicht jünger. Es war schon etwas anderes damals, als alles noch so unbeschwert war." Kieran nickt.

„Das stimmt. Einer meiner Freunde hat seiner Freundin einen Antrag gemacht. Die beiden wollen dann wohl bald Kinder, und ich stehe noch gefühlt am Anfang." Er schweigt kurz, und ich weiß nicht, was ich dazu sagen soll, weil ich mich genauso fühle. Dabei dachte ich bis vor kurzem noch, dass ich schon vor der Ziellinie bin. Nun ist gerade erst der Startschuss losgegangen, und ich bin noch nicht allzu weit gekommen.

„Ich liebe mein Leben, versteh mich nicht falsch, aber manchmal habe ich das Gefühl in einer endlosen Spirale zu stecken." Er seufzt. „Musik war schon immer mein Leben, und ich freue mich, dass ich jetzt hier Inspiration finden darf. Es passiert nicht oft, dass ich die Zeit dafür finde."

Ich nicke.

„Ich dachte bis vor wenigen Tagen noch, dass ich die Liebe meines Lebens heiraten würde. Habe mir eingebildet, dass alles perfekt war, und nun, na ja, jetzt sitze ich hier, Single, allein und verzweifelt." Ich lache auf, doch die Wahrheit, die in meiner Stimme mitschwingt, die kann ich nicht verschweigen.

„Du bist nicht allein", flüstert Kieran, und ich blicke ihn an. Seine schokoladigen Augen fangen mich in diesem Moment auf.

Ich drohte über Bord zu gehen, im Meer meiner schlechten Gedanken zu versinken, doch ein Blick von ihm reicht aus. Es reicht, um wieder auf das Boot zu klettern und weiter zu segeln.

Ab in ein Abenteuer mit einem Mann an meiner Seite, der Musik mehr zu lieben scheint als alles andere. Sogar so sehr, dass er manchmal vergisst, dabei anzuhalten, um innezuhalten.

Zehn

Als wir die riesige Eisfläche vor uns glitzern sehen, da frage ich mich, ob er es auch spürt. Die Unendlichkeit des Lebens. Hier, just in diesem Augenblick, fühlt sich alles so friedlich an, als würde es keine Probleme in meinem Leben oder gar auf der Welt geben.

„Willst du Eisangeln oder nicht?", hakt Kieran nach. Die Besorgnis ist noch immer nicht ganz aus seiner Stimme verschwunden, und ich finde es fast ein bisschen süß. „Wie du magst." Er zeigt auf eine Crew, die auf uns zukommt, um uns anzuleiten.

„Herzlich willkommen, ich bin Sven – habt ihr Lust auf ein finnisches Highlight?" Der junge Mann begrüßt uns herzlich, während sich seine Freunde an die anderen wenden, die mit uns hier angekommen sind.

Sven scheint noch nicht volljährig zu sein, sein dunkler Teint sticht in der weißen Jacke hervor, er wirkt fast schon gebräunt.

„Klar, gerne."

Wir bekommen einen Crashkurs. Hier lernt man wohl als Kind schon die Angelarten, vor allem Eisangeln gehört zur Tradition. Was einst mal der Nahrungsbeschaffung diente, ist nun zu einer Art Sport geworden. Wir werden mit Eisbohrer, Angelzubehör und Höckerchen ausgestattet. Auch Getränke und Sandwiches werden uns in die Hand gedrückt. „Wir sind dahinten, wenn was ist. Ansonsten Viel Spaß!" Der Junge verabschiedet sich, und ich mustere Kieran, der wahnsinnig interessiert aussieht. Sein Haar leuchtet in der Sonne.

„Dann such dir doch mal einen Platz aus, wo wir das Loch bohren." Kieran lächelt mich an, und ich komme seinem Wunsch nach. Nur wenige Meter weiter werde ich fündig und stelle meinen kleinen Hocker ab. „Hier bitte, der Herr." Er lacht, und ich kann mich an diesen Klang gewöhnen. Langsam macht es mir Angst, wie vertraut alles mit ihm ist. Ich würde so gerne mehr über ihn erfahren, doch gleichzeitig ist die Angst groß, dass ich ihm noch mehr verfalle.

„Dann fange ich mal an zu bohren." Kieran sieht ein bisschen unbeholfen aus, und genau das gefällt mir. Ich beobachte ihn genau dabei, wie er den Bohrer ins Eis steckt und nach – ich hätte gedacht, es dauert länger – kurzer Zeit ein Knacken ertönt. Genau wie der Junge uns es erklärt hat. „Magst du vielleicht schon mal einen Köder fertig machen?"

Ich nicke und nehme mir die sehr dünne Angelschnur. Meine Finger zittern, als ich den Regenwurm anhänge. Ich bin zwar in allen möglichen Gewässern geschwommen, doch Fische fangen war nie wirklich mein Ding.

Kieran nimmt neben mir auf seinem Hocker Platz, und dann werfen wir die Angeln aus.

„Wenn du eine Sache in deinem Leben rückgängig machen könntest, was wäre das?" Kieran blickt in die Ferne. Hat er sich Gedanken gemacht, was er noch über mich wissen möchte?

Ich muss nicht lange darüber nachdenken. „Ich hätte mich niemals auf meinen Ex eingelassen."

Er nickt. „Das war offensichtlich."

„Und du?"

„Nein, das zählt nicht. Du musst dir eine neue Frage ausdenken.“

Ich überlege, wann ich das letzte Mal so etwas gemacht habe. Frage-Antwort-Spiele – sind wir dafür nicht zu alt? Weil Kieran allerdings gerade so friedlich aussieht, steige ich mit ein. „Wenn du dir jetzt sofort einen Wunsch erfüllen könntest …“

Er lässt mich nicht ausreden. „Meine Schwester zurückholen.“

Ich atme tief ein, als ich die Trauer spüre, die sich wie eine Mauer aufbaut, und als sich seine Miene verhärtet, wohl weil ihm bewusstwird, dass dieser Wunsch niemals real werden kann.

„Nutella mit oder ohne Butter?“ Ein Kichern entfährt mir, weil er die Themenwechsel grundsätzlich total falsch platziert, und irgendwie liebe ich genau das.

„Ich bin nicht so der Palmöl-Fan, aber wenn ich eine andere Schokocreme esse, dann bitte ohne.“ Er sieht zufrieden aus mit meiner Antwort, und ich wünschte, auf seinem Hocker wäre noch Platz, sodass ich mich an ihn schmiegen könnte.

„Deine Meinung zu Albus Dumbledore?“

„Ich habe Harry Potter nie gesehen, aber der Typ sieht schon so komisch aus.“

Ich muss mich zusammenreißen, um nicht aufzuspringen und ihn zu schütteln. „Nie nie?“, hake ich nach, und er zieht einen Mundwinkel nach oben. Ich würde ihn gerne küssen.

„War ein Spaß. Ich mag Albus nicht, weil er Harry so lange hinters Licht geführt und kein Wort darüber verloren hat, dass er einen *fucking* Teil von Voldemort in sich trägt. Von seiner Seele! Ich meine, wie krank ist das?“

Ist es übertrieben, wenn ich irgendwie erleichtert bin, dass er wie ein normaler Mensch Harry Potter kennt und anscheinend sogar mit dem Fandom vertraut ist?

„Absolut. Dafür liebe ich Severus Snape.“

„After all this time?“

„Always“, hauche ich.

Es fühlt sich nicht an, als würden wir hier nur ein Filmzitat wiederholen, nein. Eher wie ein Versprechen, das wir uns geben.

Wir sehen uns einen Moment zu lange an; ich verliere mich in seinen Augen und irgendwie auch ein bisschen in mir. Ich kann mich nicht dagegen wehren, aber irgendwas ist zwischen uns, *mit* uns beiden. Ich mag ihn, sehr sogar. Er gibt mir ein gutes Gefühl; mein Herz schlägt zu schnell in seiner Gegenwart.

Wenn er mich weiter so ansieht, dann kann ich für nichts garantieren. Ob seine Lippen so kalt sind wie meine? Ich fahre mir mit meiner Zunge darüber und sehe, wie sein Blick dorthin wandert. Als er ihn wieder hebt, sind seine Augen eine Nuance dunkler.

Bitte. Küss mich, jetzt, hier, das wäre der perfekte Moment.

Die Angel bewegt sich, und ich springe vor Schreck auf.

„Wir scheinen echt einen Fisch gefangen zu haben“, rufe ich aus. Mein Herz pocht vor Aufregung, und Kieran erhebt sich ebenfalls.

Der Junge von vorhin kommt auf uns zu, als er bemerkt, dass wir etwas am Haken haben. Er hilft uns, denn der Fisch hat natürlich keine Lust darauf, aus dem Wasser gezogen zu werden.

„Wow, wow, wow." Dann sagt er etwas auf Finnisch, und Kieran und ich sehen uns nur fragend an, weil Sven auf einmal nervös wird. Wir stehen daneben, als er den Fisch herauszieht. Die Jungs, die vorhin mit ihm hier waren, kommen auf uns zugejoggt. Sie sehen sich freudestrahlend an, während ich verwirrt bin. Was ist denn jetzt passiert?

Kieran räuspert sich. „Das ist ein absoluter Glückstreffer, passiert nur selten."

„Das ist ein Seesaibling, man findet ihn nicht oft", sagt Sven. „Seht ihr den roten Bauch?" Er zeigt auf die Unterseite des Fisches – er hat recht, er sieht rötlich aus, fast orange. „Das ist wirklich hervorragend, Wahnsinn." Mir wird auf die Schulter geklopft, und ich lache, da alles aktuell einfach gut läuft.

„Lasst uns ein Bild von euch mit dem Fisch machen, danach nehmen wir ihn mit. Wahrscheinlich wollt ihr ihn nicht selbst ausnehmen?"

Ich bin angewidert und ein bisschen geschockt, obwohl ich mir schon gedacht habe, dass sie ihn auf den Grill werfen werden. Mein Gesicht muss Bände sprechen.

Schnell machen wir ein Erinnerungsfoto mit dem Fisch, und dann war es das auch schon. Es ist absurd. In einem Augenblick freut man dich über eine Sache, und kaum blinzelt man, ist es schon wieder vorbei.

„Wollen wir noch unsere Sandwiches essen und uns dann wieder aufs Mobil schwingen?"

Mein Magen knurrt, was Kieran als Zustimmung deutet, und wir schnappen uns die eingepackten Sandwiches.

Es ist nur Brot mit Tomate und Käse, doch mir kommt es vor, als wäre es ein Drei-Sterne-Menü.

Wir packen unser Zeug zusammen, geben es ab, und dann nimmt Kieran meine Hand, als wir uns auf den Weg zurück zum Schneemobil machen.

„Magst du dir noch die Beine vertreten?"

Ich nicke. Seine Hand passt perfekt mit meiner zusammen; ich liebe es, wie er über meine Finger streicht. Ich spüre seine Wärme auch durch die Handschuhe und wünschte, dieser Moment würde für immer anhalten. Wir laufen nebeneinander, und die kleinen Wolken, die unser Atem bildet, sind das einzige, auf das ich achte. Zu sehr hänge ich meinen Gedanken nach.

Wie verwerflich ist es, sich schon jetzt, kurz nach dem Untergang, wieder in einem Rettungsring wiederzufinden? Ist es naiv, dass sich gerade alles gut anfühlt und ich mir einfach nur wünsche, dass es so bleibt?

Habe ich das überhaupt verdient? Ich habe auch schon Fehler in meinem Leben begangen, also warum sollte ich jetzt mit Kieran an meiner Seite belohnt werden?

Ich schlucke die Tränen herunter. Diese Gedanken sind böse. Sie sind hinterhältig, finden deine Schwachstelle, und dann zerfressen sie dich. Schlechte Gedanken sind kleine Tiere, die ihren Weg in jede Ritze finden und dich vergiften wollen.

Kieran bleibt stehen. „Du denkst so laut, ich kann die Zahnräder arbeiten hören. Magst du darüber reden?"

Nein. Ich kann nicht darüber reden, weil ich ihm dann verraten würde, dass ich mehr für ihn empfinde. Mehr, als ich selbst glauben möchte. Also widerstehe ich, gebe dem Drang nicht nach, auch wenn sich alles in mir danach sehnt. Ich lechze danach, ihn an der Jacke zu packen und an mich zu ziehen, meinen Kopf leicht schräg zu legen und seine Lippen zu schmecken, die so perfekt geschwungen sind. Ich will wissen, wie sich sein Piercing anfühlt. Ich möchte alles von ihm spüren, kann mein Verlangen selbst nicht greifen, weiß nicht, woher es kommt. Ich weiß nur, dass ich die Hand, die er nicht in seiner hält, zu einer Faust balle, damit ich etwas anderes als diese Neugier spüre.

Ich kann es nicht riskieren, ihn zu überfallen, immerhin war ich so idiotisch und habe ihm meine Geschichte betrunken erzählt. Ich kann nicht.

Also schüttele ich den Kopf und laufe weiter. Mein Herz fühlt sich an, als würden die Wunden, die mühsam heilen, wieder aufbrechen.

Aber lieber ein paar offene, alte Wunden als neue, oder?

Elf

Leider geht der Ausflug früher zu Ende als gedacht. Nebelschwaden haben sich über Lappland gebildet, und unser Guide hat uns mitgeteilt, dass es bei den Wetterbedingungen unmöglich ist, Nordlichter zu sehen.

Die Rückfahrt läuft gut. In mir herrscht Chaos, aber ich versuche, mir nichts anmerken zu lassen. Die Stille zwischen mir und Kieran ist zwar unangenehm, aber ich ertrage sie lieber, als mit der Tür ins Haus zu fallen. *Hey, ich würde dich gerne küssen und wahrscheinlich auch mehr, aber ich bin noch nicht mal eine Woche Single. Was hältst du davon?*

Das wäre zwar die Wahrheit, aber es sind Worte, die ich mich einfach nicht traue, auszusprechen. Immerhin muss ich doch erst alles verarbeiten, oder? Ich möchte ihn nicht nur als Pflaster benutzen, und mein Herz hat so viele Wunden, dass ich nicht weiß, wie gut es für mich wäre, diesem Drang in mir nachzugeben.

Eines weiß ich allerdings genau: Kieran nicht nah bei mir zu haben ist auch nicht das Wahre, denn dann sehne ich mich nach ihm. Ich würde ihn liebend gerne schon wieder an mich ziehen, als wir im Hotel ankommen.

„Heute Abend eine Runde schwimmen?", fragt er, und ich würde am liebsten den Kopf schütteln. Wie soll ich ihm denn widerstehen, wenn er nur in Badehose vor mir steht, wo ich mich schon beim Schneeanzug kaum zusammenreißen kann?

Natürlich nicke ich, weil ich Zeit mit ihm verbringen will. „Vor oder nach dem Abendessen?“, hake ich nach.

„Bitte, lass mich in deinen Kopf. Du zerdenkst doch irgendwas.“ Kieran presst die Lippen aufeinander.

„Vor oder nach dem Essen?“, wiederhole ich, weil ich nicht zulassen kann, dass er noch mehr meiner Gedanken beherrscht.

„Wir treffen uns in einer Stunde zum Essen, okay?“

Ich nicke und gehe dann auf mein Zimmer; ich brauche dringend eine heiße Dusche. Vielleicht ein Telefonat mit meiner Mutter. Aber wie soll ich nur anfangen? Ich muss meine Gedanken und Gefühle loswerden. Mit irgendjemandem reden, doch gleichzeitig kann ich nicht zulassen, dass jemand von dem hier erfährt. Ich will nicht, dass mir jemand an den Kopf wirft, dass ich eine – ja, was überhaupt? Was bin ich?

Ich bin eine Frau, die sehr verletzt wurde, und jetzt heile ich, und wer mir dabei hilft, das hat eigentlich niemanden zu interessieren. Warum zerbreche ich mir dann überhaupt den Kopf darüber?

Als ich in der Suite ankomme, bin ich froh, die schwere Kleidung auszuziehen. Kurz darauf fühle ich mich zehn Kilogramm leichter. Ich hoffe, der Skianzug wird morgen wieder trocken sein, aber ich denke schon. Muss irgendwie klappen. Wobei ich gar nicht weiß, was morgen ansteht. Gerade ist mein Kopf einfach zu schwer, und vor allem lacht mein Bett mich an. Die Versuchung ist riesig, mich kurz hinzulegen.

Ich widerstehe, wie so oft schon an diesem Tag, und entscheide mich erst einmal für eine heiße Dusche in der leisen Hoffnung, dass diese meine Gedanken wegschwemmt.

Anschließend fühle ich mich schon besser, schiebe meine Gedanken in den Hintergrund und blicke auf die Uhr. In einer halben Stunde treffe ich Kieran beim Abendessen. Ich ziehe den Bademantel enger um meinen noch leicht feuchten Körper, bevor ich mich in den Sessel setze und auf das Handy starre. Soll ich es wagen? Wäre es nicht fair, wenigstens ein kurzes Lebenszeichen von mir zu geben?

Allerdings bin ich mir nicht sicher, ob mein Herz und mein heute wirklich sehr matschiger Kopf noch mehr aushalten. Also lasse ich das Handy liegen und mache mich für das Abendessen fertig.

„Ein Glas Wein?", fragt Kieran, als ich ihm gegenübersitze und noch immer geflasht bin, dass er hier ist und ich auch. Ich nicke und sehe, wie er die dunkelrote Flüssigkeit in mein Glas füllt. „Du siehst sehr müde aus", stellt er fest.

„Ich bin auch platt, gerade geht alles so schnell."

Kieran fasst an sein Kinn, was ihn irgendwie nachdenklich wirken lässt.

„Ich weiß, was du meinst. Es ist immer dasselbe: Die Zeiten, in denen es dir gut geht, die verfliegen geradezu. Dann gibt es die Momente, in denen es dir dreckig geht." Seine Stimme stockt, und ich greife über den Tisch nach seiner Hand, male mit meinen Fingern kleine Muster darauf, um ihn zu beruhigen. „Da bleibt die Zeit stehen, als wäre kein Morgen möglich."

Ich nicke und frage mich, warum das so ist.

„Stell dir doch mal vor, die Zeit wäre eine kleine Uhr." Ich schmunzele bei dem Gedanken.

„Immer, wenn etwas Schlechtes passiert, dann erfährt die kleine Uhr etwas Großartiges, und sie hält an, um den Moment auszukosten.“

Kierans Augen leuchten schon wieder mehr, ein bisschen belustigt, und ein kleines Lächeln schleicht sich auf meine Lippen.

„Irgendwie fühlt sich dann selbst der beschissenste Moment nicht mehr so schlimm an, oder?“, hake ich nach, und er nickt.

„Das könnte aber auch an deiner Hand auf meiner liegen.“

Es ist einer dieser besonderen Augenblicke, in denen er solche Sätze einfach nebenbei fallen lässt, ehe er etwas zu essen für uns bestellt. Genau in diesen Sekunden wird mir klar, dass es zu spät ist. Ich bin verliebt in ihn, ob ich will oder nicht.

„Lass uns am besten noch kurz die Liegen hier nutzen. Da gibt es Wärmelampen, die sind gut für die Verdauung.“ Kieran legt eine Hand auf seinen Bauch, und ich lache, weil da keine Wölbung ist und er trotzdem darüber streicht wie über einen Babybauch.

Das Abendessen war vorzüglich. Wir haben uns für Fisch entschieden, passend zum Tag sozusagen, dazu gab es Kartoffeln, und noch immer kann ich die buttrige Note der Soße schmecken. Nun haben wir uns umgezogen und sind in den Wellnessbereich gegangen. Derzeit ist das Hotel nicht gut besucht. Für uns natürlich ein großer Vorteil, weil der Schwimmbereich wie ausgestorben ist. Wir lassen uns nebeneinander auf den Liegen nieder, dann schalten wir die Wärmelampen ein.

Ich liege auf dem Bauch, die Arme unter dem Kopf verschränkt, und habe die Augen geschlossen. Frieden liegt in der Luft, und die leise Musik, die aus den Boxen kommt, sorgt für zusätzliche Entspannung.

„Soll ich dich eine Runde massieren? Ich kenne einen Physiotherapeuten, der hat mir mal ein bisschen was beigebracht.“

„Oh, woher kennst du ihn?“

„Arbeit, Deutschland, Deal.“, sagt er nur knapp. „Willst du nun eine Massage oder nicht?“, fragt er dann fast schon gereizt, aber vielleicht spinne ich auch.

„Klar, zeig mal, was du kannst.“

Als seine kühlen Hände meine Schulterblätter berühren, bildet sich eine Gänsehaut. Er bringt meine Muskeln mit kreisenden Bewegungen dazu, sich zu entspannen. Ich stöhne genüsslich auf, als er zwischen meinen Schulterblättern mit seinen Daumen nach unten fährt.

„Mach das noch mal, und ich kann für nichts garantieren“, raunt er nah an meinem Ohr, und ich bin ganz kurz davor, es zu provozieren. Mein Puls rauscht in meinen Ohren, und als er mit seinen Händen weiter nach unten wandert, halte ich die Luft an. Ein dummer Spruch liegt auf meinen Lippen, doch ich schweige, weil ich zu sehr darauf konzentriert bin, nicht erneut vor Genuss zu stöhnen. Ein Seufzen kann ich mir dennoch nicht verkneifen, als seine Fingerspitzen fast federleicht über mein Bikinihöschen streifen, viel zu kurz, aber doch lang genug, um zu wissen, dass die Berührung da gewesen ist.

Mit mehr Druck umfasst er meine Oberschenkel, und wir wissen beide genau, dass diese Berührungen nichts mehr mit einer klassischen Massage zu tun haben. Wir befinden uns auf einer Brücke, die nur noch von zwei Seilen gehalten wird. Es fehlt nicht viel, bis wir fallen, und noch nie habe ich einen Sturz so herbeigesehnt wie jetzt.

Seine Finger sind geschickt, und ich frage mich, was er damit noch anstellen könnte. Als er meine Waden kräftig massiert, stöhne ich noch mal kurz auf. Er erwidert es mit einem Raunen, doch mehr passiert nicht. Es ist fast, als wäre eine unsichtbare Mauer zwischen uns, die niemand wagt, einzureißen. Obwohl sie schon so sehr bröckelt, dass sie fast von selbst auseinanderfällt.

Seine Fingerspitzen finden den Weg zurück nach oben; dieses Mal streicht er einen Moment länger über den Ansatz meines unteren Rückens. Bitte, will ich flehen, doch ich presse meine Lippen aufeinander.

„Na hast du dich entspannt?" Er räuspert sich, und ich weiß nicht, ob ich je in der Lage sein werde, aufzustehen. Wie soll ich ihn jetzt ansehen, ohne ihn auf die Liege zu drücken, auf ihn zu steigen und es einfach passieren zu lassen?

Ich versuche, meinen Atem zu beruhigen.

„Ich gehe noch kurz auf die Toilette", sagt er, als ich schweige. „Und wenn ich wiederkomme und du bist nicht aufgestanden, dann wird die Liege mit dir im Wasser landen."

Ich frage mich, wie oft ich ihm noch zur Dankbarkeit wegen seiner schlechten Themenwechsel verpflichtet sein werde.

Als wir beide unsere Bahnen schwimmen, höre ich nichts mehr um mich herum. Ich konzentriere mich voll und ganz auf meinen Atem, auf meine Arm- und Beinbewegungen. Im Laufe der Jahre habe ich sie immer mehr perfektioniert, so dass ich mich im Wasser fast lautlos bewegen kann. Als ich kurz zu Atem kommen will, setze ich mich an den Beckenrand und lasse die Füße im Wasser baumeln.

Ich sehe zu Kieran, der mit wirklich schnellen Zügen im Kraul die Bahnen zieht. Ich genieße das Spiel seiner Rückenmuskeln und beiße mir auf die Lippe. Ich wusste, dass es unter Anbetracht meiner Gefühle eine Qual werden könnte, mit ihm zu schwimmen. Nach der Massage allerdings habe ich den Eindruck, dass die Luft knistert. Wir müssten nur ein Feuerzeug fallen lassen, und schon würde alles in Flammen stehen – und wir mittendrin.

Als könnte Kieran meine Gedanken hören, lässt er sich neben mir nieder. Sein Atem geht schnell, und ich kann nicht anders, als an ihm hinunterzublicken. Ich sehe die Tropfen, die sich, getreu der Schwerkraft, den Weg über seinen Bauch bahnen, in Richtung des kleinen Haarstreifens, der in seiner Badehose verschwindet.

„Da denkt man immer, Frauen spannen nicht. Meine Augen sind hier oben", sagt Kieran und lacht.

Mit heißen Wangen hebe ich den Blick. „Ich habe nicht gespannt", erwidere ich möglichst ernst.

„Nein, gar nicht. Ich konnte deinen Blick förmlich auf mir brennen spüren."

Ich grinse ihn entschuldigend an, und er rutscht näher an mich heran. Fast automatisch lege ich meinen Kopf an seine Schulter, und seine Hand verweilt an meiner Taille.

„Gerade wäre mein größter Wunsch, diesen einen Abend zu vergessen, an dem dein betrunkenes Ich mir deine Geschichte erzählt hat." Seine Stimme ist nicht mehr als ein Flüstern.

„Wieso?", hauche ich heiser.

„Weil ich dann nicht weiter nach Gründen suchen müsste, um dich nicht zu berühren. Ich müsste mir nicht den Kopf über dein gebrochenes Herz zerbrechen, weil ich dich einfach an mich ziehen könnte." Sein Griff um meine Taille verstärkt sich.

Ich bin mir sicher, man kann mein Herz pochen sehen, so stark, wie es klopft.

„Ich würde dich einfach an mich ziehen und dich küssen, weil ich es will und mich nach nichts mehr sehne, als endlich zu erfahren, wie du schmeckst."

Ich kann nichts sagen, aber ich kann etwas tun. Also nehme ich meinen ganzen Mut zusammen, drehe meinen Kopf und hauche ihm einen federleichten Kuss auf den Hals. „Vielleicht sollten wir die Vergangenheit einfach vergessen und das tun, was wir uns wünschen?"

Es passiert so schnell, dass ich nicht einmal mehr weiß, wer wen küsst. Ich weiß nur: Das Lippenpiercing fühlt sich kühl an auf meinen hitzigen Lippen.

Zwölf

Es ist, als würden alle Steine von meinem Herzen purzeln und mich endlich wieder atmen lassen. Kierans Zunge erforscht meinen Mund, und als er den Griff in meinem Haar verstärkt, entkommt mir ein Keuchen. Er lässt von mir ab – genauso abrupt, wie der Kuss begonnen hat, endet er auch. Unser Atem geht schneller, alles um uns herum ist still.

Wir sehen uns in die Augen, und es gibt keine Worte auf der Welt, um diesen Augenblick zu beschreiben. Genau deshalb schweige ich weiterhin, und vielleicht ist es ein Fehler, denn dadurch haben die Gedanken mehr Platz, um sich zu entfalten. Wer hat wen geküsst? Bereut er es in diesen magischen Sekunden danach schon? Was könnte ich jetzt sagen, um diese gar unerträgliche Stille zu unterbrechen?

Kieran kommt mir zuvor.

„Wer als erstes zehn Bahnen schwimmt, zahlt die Cocktails an der Bar."

Ich bin noch zu verwirrt, um seinen Worten Taten folgen zu lassen, deshalb reagiere ich nicht, als er sich ins Wasser gleiten lässt und loslegt. Als ich aus der Starre erwache und mein klopfendes Herz beruhigt habe, hat er bereits eine halbe Bahn Vorsprung. Ich folge ihm, konzentriere mich nur auf mich und das Wasser und genieße das Adrenalin des Wettkampfes, das durch meine Adern pumpt.

„Zwei Margheritas bitte, der Mann bezahlt." Das Siegerlächeln noch auf den Lippen, bestelle ich uns Cocktails beim Barkeeper und genieße Kierans niedergeschlagenen Blick. „Ich war immer der beste Schwimmer in meiner Schule, aber du bist echt eine Maschine", sagt er, und ich bin geschmeichelt.

Der Barkeeper stellt uns die Getränke hin, und ich nehme mein Glas, sodass wir anstoßen können.

„Auf deinen Sieg", sagt er.

„Auf deine Niederlage", antworte ich feixend, dabei könnten wir auf so viel mehr anstoßen. Seit dem Kuss, den ich noch immer spüre, haben wir uns ganz normal unterhalten. Ich würde gerne ansprechen, was zwischen uns passiert ist, doch wieder einmal ist meine Angst größer als mein Mut, Probleme direkt aus dem Weg zu räumen. Potenzielle Probleme nicht einmal aufkommen zu lassen, würde alles so viel einfacher machen. Stattdessen genieße ich den Geschmack des Drinks auf meiner Zunge.

„Da drüben steht eine Dartscheibe, sieh mal." Kieran zeigt auf einen kleinen Nebenraum, dessen Holztür bisher immer verschlossen gewesen ist.

„Wollen wir?", frage ich ihn.

Er erhebt sich von seinem Barhocker und geht voraus. Ich würde gerne nach seiner Hand greifen, doch tue es nicht.

Der Nebenraum zeichnet sich als wahre Spielhölle aus. Eine Dartscheibe, ein Billardtisch und sogar m Air Hockey Tische stehen darin, und das Kind in mir reibt voller Vorfreude die Hände aneinander. Wir sind die Einzigen, und erneut stellt sich mir die Frage, ob das Hotel ein Geheimtipp war oder warum es nicht gut besucht ist. Bisher fühle ich mich sehr wohl. Das liegt nicht nur an dem Mann neben mir, sondern vor allem an der Atmosphäre Lapplands. Es ist einfach magisch hier, und auch wenn ich ein bisschen enttäuscht bin, dass wir bisher keine Nordlichter gesehen haben, sind allein die schneebedeckten Landschaften eine wahre Augenweide.

„Klar. Wir spielen 501, beendet werden darf nur mit einem Doppel." Kieran scheint sich mit Dartspielen auszukennen, ganz im Vergleich zu mir. Ich runzele die Stirn, als er mir drei Pfeile in die Hand drückt. „Hast du schon mal gespielt?", fragt er, und ich schüttele den Kopf. „Kein Problem." In knappen Worten erklärt er mir die Aufteilung der Dartscheibe, dass das Bulls Eye in der Mitte fünfzig Punkte gibt und so weiter.

„Die Dartscheibe zeigt dir oben automatisch, was du geworfen hast. Du musst also nicht mitrechnen. Der beste Wurf sind 180, die erreichst du durch drei Würfe mit Triple 20." Ich nicke wieder, schiele zur Scheibe und suche das magische Feld. Ich stelle mich auf die Position, die mit Klebeband auf dem Dielenboden gekennzeichnet ist. Der erste Pfeil landet an der Wand und prallt ab, der zweite auf dem Gerät, allerdings außerhalb der Scheibe.

„Du musst versuchen, deine Hand ganz ruhig zu halten. Am besten konzentrierst du dich am Anfang nicht darauf, ein bestimmtes Ziel zu treffen, sondern wirfst einfach mal drauf los."

Kierans Tipp ist Gold wert, und auch wenn er mich in der ersten Runde abhängt, landen zumindest manche Pfeile auf der Scheibe. Als er sich das erste Mal neben mich stellt und in fast routinierten Bewegungen die

Pfeile durch die Luft sausen lässt, sorgt er wieder einmal dafür, dass ich kurz sprachlos bin.

„Hast du neben deiner Karriere noch Dartspielen studiert?"

Kierans Lachen ist wie Balsam für meine Seele.

„Nein, aber ganz viel Dart mit meinem Dad geschaut und auch mit den Jungs, und irgendwann haben wir dann eine eigene Dartscheibe bekommen. Ich bin riesiger Fan von Phil Taylor, einer Dartlegende." Wie immer, wenn er in Erinnerungen versinkt, sieht er in die Ferne, und seine Hände zittern leicht. „Meine Schwester und ich haben wie die Verrückten gespielt. Bis der Punkt kam, an dem die komplette Wand durchlöchert war." Jetzt lacht er fast tonlos, und ich merke, wie sehr er sie vermisst, wie sehr er sich wünscht, dass sie noch hier wäre. Was würde ich dafür tun, um ihm diesen Schmerz zu nehmen. „Meine Mutter hat irgendwann wutentbrannt die Scheibe abgenommen. Papa hat sie in der Garage platziert. Die hätte danach eigentlich wöchentlich neu gestrichen werden müssen. Wir wurden nicht besser, aber wir hatten riesigen Spaß."

Ich bin wieder an der Reihe und versuche, die Pfeile in der Scheibe zu versenken, doch wieder landen sie nur an der Wand. „Vielleicht hätte mich deine Mutter auch nicht gerade für meine Wurftalente gemocht."

„Sie hätte dich bestimmt gehasst bei deinen Versuchen, die Scheibe zu treffen. Ansonsten hätte sie dich natürlich geliebt", sagt er, und dann ist er wieder dran. Natürlich trifft er das Bulls Eye, als wäre das nicht fast unmöglich.

„Billard kann ich besser", sage ich.

Kieran sieht mich an und schluckt hörbar. „Weißt du eigentlich, wie wunderschön du aussiehst?", haucht er, als würde ihm das jetzt erst bewusstwerden.

Ich sehe an mir herab. Ich trage eine schwarze Lederhose mit einem dunkelblauen Hemd, das zu groß ist, aber bequem genug war, um es über meinen vom Schwimmen noch leicht feuchten Körper zu ziehen. Meine Haare habe ich zusammengebunden und auf Make-up verzichtet.

„Es liegt nicht an dem, was du anhast", sagt er und kommt näher, streicht mir eine lose Haarsträhne hinters Ohr. „Du wirkst entspannt, deine Augen leuchten. Ich genieße die Zeit mit dir." Er zögert. „Sehr sogar." Seine Worte bereiten mir eine Gänsehaut. Noch nie habe ich körperlich so auf einen Mann reagiert und genieße, dass er mir einen leichten Kuss auf die Schläfe drückt.

„Billard oder Airhockey?"

„Airhockey", grinse ich, und während er zur Musikbox geht und sie anschaltet, schlendere ich hinüber zu dem Tisch und freue mich darauf, ihn in dieser Disziplin abzuzocken.

Wir haben es uns in der Lobby auf einer Ledercouch gemütlich gemacht, mein Kopf ruht auf Kierans Brust, und die Glasfront vor uns zeigt die Dunkelheit, die über der Welt liegt. Er zeichnet Kreise auf meinen Oberarm, und ich male im Gegenzug mit dem Zeigefinger Herzen auf seinen Oberschenkel. Wir sitzen hier, seitdem wir weitere Cocktails geleert haben, ich ihn beim Billard und er mich beim Airhockey besiegt hat. Die Müdigkeit kriecht langsam in meine Knochen, doch es kommt mir vor, als würden wir beide nicht wollen, dass dieser Abend endet. Deshalb kämpfe ich dagegen an und blicke stur geradeaus. Die Versuchung, die Augen zu schließen, ist groß.

„Seitdem ich dich kenne, fühlt sich alles irgendwie anders an. Man wartet immer auf das Irgendwann. Das Irgendwann, an dem du endlich glücklich bist." Seine Stimme ist leise, und ich höre die Müdigkeit heraus. „Aus dem Irgendwann wird immer mehr ein Jetzt, und irgendwie ist das furchteinflößend."

„Warum?", frage ich nach, da ich nicht will, dass er aufhört zu reden.

„Unsere Leben sind komplett unterschiedlich. Ich könnte dir nicht genug Zeit schenken, dir nicht die Aufmerksamkeit geben, die du verdienst."

Der Ernst in seiner Stimme lässt mich erschauern.

„Wir können doch aber auch einfach die restliche Reise gemeinsam genießen, daraus nicht gleich ein Riesending machen und dann sehen, was passiert." Meine Stimme zittert leicht, weil ich zwar genau das meine, was ich sage, es aber nicht fühle. Ich baue eine Mauer um mich herum und versperre ihm den Zutritt.

„Und was wäre, wenn ich daraus am liebsten ein Riesending machen würde?", fragt er leise nach.

Ich zucke mit den Schultern, weiß nicht, was ich sagen soll. Ich würde das auch gerne, aber woher soll ich wissen, welches Leben mich in Frankfurt erwartet? Ich muss meine komplette Welt neu aufbauen. Das ist nicht nur ein kleiner Schritt, sondern fühlt sich an, als müsste ich das Laufen neu lernen. Kieran rennt einen Marathon, und ich mache meine ersten Schritte.

„Ich verliebe mich in dich“, sage ich, und mein Herz springt fast aus meiner Brust, weil die Worte vor allem dem Alkohol geschuldet sind, aber stimmen. „Doch mein verdammtes Leben ist ein Scherbenhaufen, und sobald ich wieder in Deutschland bin, muss ich komplett neu anfangen. Ich muss mir eine neue Arbeit suchen, eine neue Bleibe, und verdammt, ich traue mich ja nicht mal, mein Handy einzuschalten, weil ich Angst habe, aus diesem Traum, den ich hier mit dir erlebe, zu erwachen.“ Er zieht mich in eine festere Umarmung, und ich merke, wie die Tränen drohen, mich zu ersticken. „Ich habe Angst davor, erneut zu lieben, wieder in den Abgrund zu fallen ohne Sicherheitsnetz. Ich habe keins mehr. Alles, von dem ich immer dachte, es wäre beständig, ist einfach weg.“ Nun rollt die erste Träne über meine Wange, und meine Schultern beben. Ich blicke ihn mit tränenverschleiertem Blick an. „Ich habe Angst davor, dich wahrhaftig zu lieben, weil ich nicht weiß, ob mein Herz diesen Schmerz noch einmal ertragen kann.“

In seinen Augen glitzert es verdächtig, als er mich auf seinen Schoß und fest an sich zieht.

„Ich verstehe dich“, sagt er. „Ich habe noch nie geliebt. Das mag für dich dumm klingen, aber bisher habe ich es nie zugelassen, dass jemand mir zu nahekommt.“ Seine Stimme zittert, und mein lautloses Weinen sorgt dafür, dass ich sein Shirt durchnässe. „Hier allerdings ist es anders, vielleicht liegt es auch daran, dass wir weit weg vom Alltag sind.“

Ich nicke. Davor habe ich auch Angst. Was wenn wir uns nur hier mögen, ich mein Herz an ihn verliere und dann in Frankfurt merke, dass es nur ein Urlaubsflirt war? Passiert das nicht wahnsinnig oft?

„Ich merke allerdings, dass mein Betonherz zum ersten Mal richtig schlägt, und das genieße ich einfach gerade. Trotzdem kann ich dir nicht versprechen, dass ich in Deutschland für dich da sein kann."

Seine Ehrlichkeit ist bewundernswert, trotzdem sorgt sie dafür, dass ich von der Klippe stürze.

Das, was ich aktuell brauche, sind keine wahren Gefühle mit der Aussicht, dass er trotzdem nicht genug Zeit für mich haben wird. Ich brauche Alkohol, um zu vergessen, und deshalb rappele ich mich auf und gehe zur Bar, lasse ihn zurück, obwohl sich alles in mir danach sehnt, bei ihm zu bleiben.

Während sein Betonherz anfängt zu schlagen, bricht meines langsam wieder in tausende Teile, und das halte ich nicht aus.

Dreizehn

Er kommt zu mir an die Bar, fast lautlos, wie eine Katze auf Raubzug. Ich bemerke ihn erst, als er sich auf den Barhocker neben mir plumpsen lässt und mich ansieht … nein, anstarrt. „Warum hast du mich sitzen lassen?", fragt er, und schon wieder spielt ihm seine Ehrlichkeit in die Karten.

„Ich habe Angst davor, vor allem", sage ich, und der Alkohol sorgt dafür, dass meine Zunge ganz schwer ist und das Sprechen mir nicht mehr so leichtfällt.

„Vor mir?", hakt er nach und seine Augen verraten, dass auch er Alkohol getrunken hat. Ich frage mich, ob er daher noch ehrlicher ist als sonst.

„Nein, vor dem Gefühl, das du in mir auslöst. Als würde ich bei dir in einer Blase leben, und nichts kann mir etwas anhaben, weißt du?" Er nickt, streckt seine Hand nach mir aus, und ich nehme sie. „Was ist aber, wenn sie zerplatzt? Wenn wie immer eben kein Happy End auf mich wartet? Was soll ich dann nur tun?" Ich blicke ihm ganz tief in die Augen und liebe es, wie intensiv er mich ansieht, wie aufmerksam er mir zuhört. Ich verfalle ihm mit jeder Minute mehr.

„Ich habe eine Idee", sagt er plötzlich, und ich nippe an meinem Drink. Mittlerweile schmeckt er nicht einmal mehr bitter. „Wir nutzen jetzt einfach die Momente, wir genießen die Zeit gemeinsam, und am Ende entscheiden wir." Hat er so was Ähnliches nicht schon einmal gesagt?

„Was entscheiden wir dann?"

In seinen Augen schimmert Vorfreude, aber auch Angst. „Ob du deinen Neustart mit mir in Berlin wagst oder in Frankfurt die Wogen glättest."

Ich stutze. Es ist, als würde die Welt um uns herum kurz stehenbleiben. Als hätte ich auf Pause gedrückt. „Du bietest mir gerade an, dass wir nach der Reise entscheiden, ob ich all meine Sachen nehme und mit dir ein gemeinsames Leben beginne?" Ich kann nicht anders, als aufzustehen und ihn in eine Umarmung zu ziehen. Ich denke, die Geste reicht als Antwort. Wir werden die Reise genießen und danach sehen, was daraus wird.

Die Vernunft siegt, sodass wir nicht gleich gemeinsam im Hotelzimmer landen, sondern er mich bis zur Tür meiner Suite begleitet und sich dann verabschiedet. Er drückt mir einen Kuss auf die Stirn, und das ist so viel mehr, als wenn wir jetzt gemeinsam in der Kiste gelandet wären.

Es klopft an meiner Tür, als ich mir gerade die Haare zusammenbinde und meine Schuhe anziehen möchte. Ein Lächeln schleicht sich auf meine Lippen, als ich öffne und Kieran mit einem schiefen Grinsen davorsteht. Irgendwie habe ich fast ein bisschen Angst, denn die leichten Kopfschmerzen sagen mir, dass gestern doch mehr Alkohol geflossen ist, als wir beide vielleicht wollten.

„Guten Morgen, Schönheit", sind die ersten Worte, die seinen Mund verlassen, und die einzigen, bevor er mich in seine Arme zieht. Er drückt mich fest an sich, als wäre es nicht erst wenige Stunden her, dass wir uns das letzte Mal gesehen haben. Als wäre ihm das genug gewesen, um mich zu vermissen, und genau das lässt mein Herz stolpern. „Hast du gut geschlafen?", haucht er in meine Haare, bevor er mir einen hauchzarten Kuss auf den Kopf gibt.

Ich seufze und nicke. „Ja, wie ein Stein, und du?"

„Genauso, auch wenn meine Bettseite ein wenig zu leer war." Er zwinkert mir kokett zu, und meine Wangen färben sich. „Freust du dich heute auf die Husky-Schlittenfahrt?"

„Huskys?" Ich habe heute noch gar nicht auf den Plan gesehen.

„Ja, nach dem Mittagessen geht es los. Oder bei dir etwa nicht?"

Ich ziehe ihn ins Zimmer, und er schließt die Tür hinter sich. Auf dem Tisch, genau neben meinem noch immer ausgeschalteten Handy, liegt der Plan. Ja, die Huskyfahrt steht heute an. „Irgendwie endet danach allerdings die Liste", sage ich verwundert und drehe sie hin und her, als würde auf magische Weise noch mehr Text erscheinen.

„Wie? Zeig mal her." Zu schnell, als dass ich reagieren kann, nimmt Kieran mir die Liste aus der Hand. „Hattest du nicht gesagt, eure Hochzeitsreise wären drei Wochen lang?" Ich nicke und bin froh über meine Selbstbeherrschung, obwohl er das böse H-Wort benutzt.

„Dann lassen wir uns einfach überraschen, oder?" Ich lache unsicher und schiebe das böse Gefühl in meiner Magengrube ganz weit von mir fort.

„O mein Gott, sind die niedlich", quieke ich vergnügt, als ich in rund achtzehn teilweise kristallblaue

Augenpaare blicke. Wir werden mit einem lauten Bellen herzlich begrüßt, und ich weiß gar nicht, welchen Husky ich zuerst streicheln soll, damit niemand leer ausgeht. Die Aufregung der Hunde sorgt dafür, dass ich selbst voller Vorfreude bin und die Bauchschmerzen, die mich seit heute Vormittag begleiten, fast schon vergesse.

Auf dem Schlitten muss einer von uns lenken, der andere fahren. Wir bekommen eine Einleitung, bevor man uns allein losschickt.

Ich entscheide mich fürs Lenken, und als die Hunde nach einem Pfiff losstürzen, da drückt es mich fest in den Schlitten. Kierans Lachen hallt durch die Schneelandschaft, und die Sonnenstrahlen sorgen dafür, dass ich auch diesen Moment gerne in mein Erinnerungsglas stecken würde, um es ganz fest zu verschließen. Das Lenken klappt nach einigen Anläufen auch ganz gut, und so kann ich mich entspannen und die Fahrt genießen. Die Huskys wissen genau, wo es lang geht.

Die Fahrt ist viel zu schnell vorbei, und als es auf dem Heimweg anfängt zu schneien, kommt es mir vor, als wären wir im Winterwunderland gelandet.

„Das war ..." Kieran stockt, als wir im Foyer des Hotels stehen.

„Ohne Worte?", frage ich, und er nickt, lächelt mich an, und ich hoffe, ich kann ihn noch oft so strahlen sehen. Er streicht mir eine Haarsträhne hinters Ohr und drückt federleicht seine Lippen auf meine. Ich verliere mich in seinem Kuss und kralle mich an ihm fest, weil meine Beine plötzlich zittern.

Auf einmal höre ich ein Klicken neben mir, und wir fahren auseinander. War das ein Fotoapparat? Kierans

Blick verfinstert sich, und er schiebt sich vor mich. Ich runzele die Stirn, denn irgendwie wirkt das so routiniert, dass ich stutzig werde. „War das eine Kamera?", hauche ich atemlos und wundere mich über seine Reaktion.

„Nein, ich denke nicht", sagt er, als er die Umgebung noch einmal gescannt hat.

„Warum sollte uns auch jemand fotografieren?"

„Keine Ahnung, ich … ich muss telefonieren. Wir sehen uns beim Abendessen."

Dann lässt er mich nach einem kurzen Kuss auf meine Lippen einfach stehen und sprintet fast schon in den Aufzug. Irgendwas stimmt hier doch nicht, oder?

Als ich auf dem Weg in meine Suite bin, geht mir Kierans Reaktion nicht aus dem Kopf. Warum ist er so? Warum hat er so reagiert, und wer zum Teufel sollte uns fotografieren und warum? Vielleicht hat das was mit seinem Beruf zu tun? Noch immer weiß ich nicht, was er macht. Musik scheint etwas zu sein, das einen hohen Stellenwert in seinem Leben hat, ich muss zugeben, er hat wirklich eine großartige Stimme. Der Deal wiegt schwer auf meinem Herzen, und ich würde so gerne nachfragen, doch die Angst, einen Streit zu provozieren, ist größer, immerhin habe ich der Abmachung zugestimmt.

Ich sitze auf der Couch in meiner Suite, frisch geduscht, eingekuschelt in meinen Bademantel, und starre auf mein Handy. Soll ich seinen Namen googeln?

Nein, das würde bedeuten, dass ich ihm nicht vertraue, oder? Ich bin doch einfach neugierig. Außerdem würde es dem Deal widersprechen. Wie soll das mit uns dann überhaupt laufen? Nein. Er hat gesagt, uns hat niemand fotografiert, und das mysteriöse Telefonat hat auch nichts zu bedeuten.

Meine Finger zittern, als ich das Smartphone wieder weglege und weiterhin anstarre. Ich sollte es anschalten, mittlerweile ist es fünf Tage her. Was wohl in dieser Zeit passiert ist? Ich schließe die Augen, und die Momente der vergangenen Tage ziehen an mir vorbei. Es ist heftig, wie sehr ich vom Abgrund in den Höhenflug gewechselt bin. Ich bin in einem Wirbelsturm der Gefühle gelandet, und nun will auch nicht mehr raus, obwohl der Sturm droht, wieder recht viel zu zerstören. Vielleicht zieht er aber auch vorbei.

Ich schalte den Fernseher an, um mich abzulenken, zappe durch das Programm und bleibe bei einer Dokumentation über Huskys hängen. Ich kuschele mich auf die Couch und sehe zu, wie die Welpen zu Schlittenhunden ausgebildet werden. Ich merke gar nicht, dass ich langsam in den Schlaf gleite.

Ich wache mitten in der Nacht auf. Habe ich Kierans Klopfen überhört, oder war er gar nicht da? Als ich mich aufrappele, reibe ich über meinen Nacken. Verdammt, ich bin in einer schlechten Position eingeschlafen. Mir tut alles weh, die Müdigkeit steckt noch in meinen Knochen, also gehe auf die Toilette und lege mich dann ins Bett.

Warum war er nicht hier?

Die Gedankenspirale sorgt dafür, dass ich in einen unruhigen Schlaf finde, durchzogen von verrückten Träumen, vermischt mit Zweifeln.

Vierzehn

„Haben Sie das Zimmer schon geräumt, Miss Liebert?“

Ich bin auf dem Weg zum Frühstück und sehe die Rezeptionistin mit großen Augen an. „Ich?“ Obwohl sie meinen Namen genannt hat, muss sie mich verwechseln.

„Die Buchung endet heute. Bis elf Uhr muss das Zimmer frei sein. Ein kostenpflichtiges Shuttle kann Sie zum Flughafen bringen.“

„Verlängern Sie meinen Aufenthalt bitte“, sage ich, und die Nervosität in meiner Stimme droht überzuschwappen, doch irgendwie schaffe ich es, die Kreditkarte zu zücken und ihr zu geben. „Ein normales Standardzimmer reicht allerdings aus.“ Ich beiße mir auf die Unterlippe. Die Hochzeitssuite ist eindeutig nicht mehr gewünscht.

Die Dame schiebt mit einem kalten, professionellen Lächeln die Karte ins Lesegerät, und als ein Piepsen ertönt, will ich schon aufatmen.

„Autorisierung nicht erfolgt. Die Karte scheint gesperrt zu sein.“

Ich runzele die Stirn, mein Herz fängt an zu rasen. Ich habe noch eine Debitkarte und zwei andere Kreditkarten, die auf unser gemeinsames Konto laufen. Ansonsten hätte ich jetzt ein großes Problem.

Das habe ich trotzdem. Jeder einzelne Versuch zu bezahlen scheitert daran, dass die Karten nicht autorisiert werden können. „Ich muss die Bank anrufen. Ich ... das kann alles nicht sein“, stammele ich.

„Elf Uhr", erwidert die Dame nur kalt, und tippt dann irgendwas auf ihrem Computer ein. Ich bin wie gelähmt, fühle mich vor den Kopf gestoßen. Der Appetit ist mir vergangen, ich mache auf dem Absatz kehrt und stürme zurück in die Suite. Tränen verschleiern meinen Blick. Das kann doch jetzt nicht wirklich schon das Ende der Reise sein? Immerhin ist der Rückflug erst in zwei Wochen, und wenn all meine Karten nicht mehr funktionieren, dann kann ich auch keinen anderen Flug buchen. Ich wusste nicht, dass ein Hotelwechsel geplant war, das ist die einzige Erklärung. Vielleicht hätte ich mich doch mehr für diese Reise interessieren sollen.

Ich drücke mehrmals auf den Knopf, doch schneller kommt der Aufzug nicht, und genau das macht mich irre. Als endlich das erlösende *Pling* ertönt und die Türen auseinander gleiten, laufe ich blindlings hinein und knalle gegen irgendetwas. Autsch. Ich reibe mir meine schmerzende Stirn und blicke nach oben. Schokobraune Augen sehen mich an.

„Guten Morgen", sagt Kieran, und ich muss mich wirklich zusammenreißen, um ihm nicht um den Hals zu fallen und komplett in Tränen zu versinken. „Was ist los?", fragt er, doch ich halte lediglich meine Schlüsselkarte vor das Kontaktfeld, damit ich nach oben fahren kann, um meine Sachen zu packen. Um meine Bank anzurufen und meinem Ex die Hölle heiß zu machen. Da ist so viel in meinem Kopf, ich weiß gar nicht so recht, wo ich anfangen soll. Das macht mich fertig, ich drehe durch, ich ...

„Oh", entfährt es mir, als Kieran mich in seine Arme zieht und sich meine Muskeln entspannen. Ich atme seinen männlichen Duft ein. Er riecht nach den Wäldern draußen, einfach himmlisch, und das ist genau das, was ich gerade brauche: eine Umarmung, um wieder klarer denken zu können.

„Psst", murmelt er immer wieder, während er über mein Haar streicht, und ich beruhige mich allmählich. Mit einem *Pling* öffnen sich die Türen, und ich löse mich aus seinen Armen. Kieran folgt mir schweigend zu meiner Suite und nimmt mir die Karte aus der Hand. Meine Finger zittern noch immer.

„Erklärst du mir jetzt bitte, was los ist", sagt er, als ich anfange, alle herumliegenden Klamotten in meinen Koffer zu packen. Ich bin wie im Wahn. Ich mache weiter, vergesse, dass ich erst mal bei der Bank anrufen wollte, als mir Kieran den Koffer aus der Hand reißt und sich alles wieder auf dem Boden verteilt.

„Jetzt beruhige dich mal Malu, und rede mit mir."

Ich sehe ihn an, und das ist der Fehler, denn nun fange ich hemmungslos an zu schluchzen. „Die Buchung des Hotels endet heute. Ich kann nicht verlängern, weil keine meiner Bankkarten funktioniert. Mein Flug geht erst in zwei Wochen, und ich habe kein Geld mehr", sage ich und klinge dabei leicht hysterisch. Es tut fast noch mehr weh, die Worte auszusprechen, weil mir bewusstwird, dass ich aktuell einfach aufgeschmissen bin. „Okay. Warum funktionieren die Karten nicht?" Kierans sachliche Stimme nervt mich fast; ein Teil von mir wünscht sich, dass er auch ausrastet. Andererseits wären zwei tickende Zeitbomben in einem Raum mindestens zwei zu viel.

„Autorisierungsfehler. Die Rezeptionistin befürchtet, sie wären gesperrt."

Er runzelt die Stirn. „Dein Ex?“

Ich zucke mit den Schultern. „Ich weiß es nicht. Ich bin am Ende, verstehst du das denn nicht?“

„Nein. Bist du nicht. Wenn deine Karten nicht funktionieren, gibt es immer noch meine. Außerdem würde uns ein Tapetenwechsel doch guttun, oder nicht?“

„Was meinst du?“ Ich stehe auf dem Schlauch.

„Vertraust du mir?“, fragt er mich, und ich zögere nicht lange.

„Ja“, sage ich, und dann küsst er mich.

„Pack deine Sachen, wir ziehen um. Scheiß auf deinen Ex und die blöde Situation, wir machen das Beste draus. In einer halben Stunde in der Lobby zum Auschecken, okay?“

Er küsst mich erneut und ist dann schneller verschwunden, als dass ich begreife, was er gerade überhaupt gesagt hat. Was meint er mit *umziehen*? Wohin denn? Ich kann nicht einfach von ihm verlangen, die restlichen zwei Wochen der Reise zu bezahlen, das kann ich nicht. Ich werde ihm alles zurückzahlen, wenn ich wieder in Deutschland bin. Ich muss daran denken, ihn nach seinen Kontodaten zu fragen.

Ein Lächeln schleicht sich auf meine Lippen, als ich meine Klamotten falte, um sie in den Koffer zu legen. Die Aufregung in meiner Magengrube fühlt sich fast an, als hätte ich zu viele Brausestäbchen gegessen.

Kieran will weiter mit mir unterwegs sein, ich will weiter Zeit mit ihm verbringen. Bisher war die Reise wunderschön, doch jetzt kann unser gemeinsames Abenteuer richtig beginnen. Als ich im Badezimmer meine Kosmetiksachen in das Beautycase packe, sehe ich in den Spiegel.

Vor sechs Tagen bin ich hier angekommen, in meinem weißen Kleid, das eigentlich den schönsten Tag des Lebens widerspiegeln sollte. Tränenüberströmt, voller Verzweiflung, verloren in einem Meer aus Hoffnungslosigkeit.

Nun sehe ich anders aus. Ich lasse meine Schultern nicht mehr hängen, ein glückseliges Lächeln liegt auf meinen Lippen, das Funkeln in meinen Augen ist unübersehbar. Trotz meiner Tränen zuvor erkenne ich etwas, von dem ich vor knapp einer Woche gedacht hätte, ich würde es nie mehr sehen: Hoffnung. Eine Gänsehaut bildet sich auf meinen Armen, als ich das letzte Detail in dem Funkeln meiner Augen: Liebe, die so groß werden kann.

„Ich finde es sehr schade, dass Sie uns nicht so nett verabschiedet haben. Die Aktivitäten waren super, aber mit Ihnen an der Rezeption tut man dem Hotel keinen Gefallen.“

Ich muss mir ein Lachen verkneifen, als Kieran der Dame, die mich vorher noch so kalt angegrinst hat, seine Meinung geigt. Die Ehrlichkeit, die in diesem Mann steckt, macht ihn so attraktiv.

„Herr Stehle, da muss ein Missverständnis vorliegen“, stammelt sie.

„Sie lassen eine Frau weinend abziehen, anstatt ihr Lösungen anzubieten?“, hakt er kalt nach, und die Röte auf den Wangen der Frau spricht Bände. Ich lege eine Hand auf Kierans Oberarm, um ihm zu signalisieren, dass es nichts bringt, noch weitere Szenen zu machen. Vielleicht bin ich auch ein wenig paranoid, denn kurz vorher habe ich wieder ein Klacken gehört, als würden wir fotografiert werden. Ich sollte dringend damit aufhören.

„Wir fahren erst mal zum Flughafen – ich hoffe, du bist spontan. Ich habe was für die nächsten Tage organisiert." Kieran greift nach meiner Hand, als wir in den Shuttlebus steigen und uns nebeneinandersetzen.

„Ich bin gespannt, aber ich möchte dir, sobald ich wieder Zugriff auf alles habe, jeden Cent zurückzahlen." Ich sehe ihn ernst an, und Kieran nickt. „Aber natürlich, mach dir aber darüber keine Gedanken. Ich habe nicht so oft Zeit für Urlaub, da möchte ich das jetzt einfach genießen, okay?" Er zwinkert mir zu und legt dann locker einen Arm um mich. Immerhin sind wir auf dem Weg zu unserem ersten ... gemeinsamen Urlaub. Alles in mir kribbelt vor Aufregung, weil das doch was sehr Besonderes ist, oder?

„Helsinki, wirklich?" Ich grinse, als Kieran mir ein Flugticket in die Hand drückt. „Erste Klasse?", frage ich ungläubig nach einem Blick darauf. Sein Job scheint nicht so schlecht zu laufen, oder aber er denkt, dass ich im Büro weit mehr verdiene, als es der Realität entspricht.

„Ich dachte, wir sollten uns die Hauptstadt des Landes ansehen, in dem wir sind. Außerdem ist es eine tolle Abwechslung zu den Landschaften, die wir jetzt erlebt haben, oder?" Er kratzt sich unsicher am Hinterkopf, und ich lache.

„Ich freue mich sehr", sage ich und drücke ihm einen Kuss auf die Lippen.

„Unser Flug geht in drei Stunden, lass uns nach dem Securitycheck und der Gepäckaufgabe noch eine Kleinigkeit essen."

Wir sitzen uns gegenüber und genießen unsere Hot-
dogs. Ich habe mich für eine Chili-Cheese-Variante mit
Veggie-Wurst entschieden und Kieran für Barbecuesoße und rote Zwiebeln. „Das ist echt gut", sage ich und
wische mir mit der Serviette den Mund ab.

„Fast Food ist eine tolle Erfindung. Es gab Zeiten, da
habe ich fast ausschließlich davon gelebt. Ich habe mal
für eine Band gejobbt und da mit im Tourbus geschlafen, da war Fastfood das schnellste und beste Essen."

„Tourbus?", hake ich neugierig nach und beiße erneut
in den Hotdog. Er nickt nur, und ich bin skeptisch.

„So ein richtiger Nightliner, wie die großen Stars ihn
haben?" Solche habe ich bisher nur in Filmen gesehen.

Nun schüttelt er den Kopf und verdrückt seinen Hotdog mit wenigen Bissen. Kommt es mir nur so vor, oder
lenkt er immer wieder vom Thema ab? Noch nicht einmal eine Woche ist vergangen, und nicht nachzuhaken
wird immer schwieriger für mich. Vor allem, weil er
mir immer wieder kleine Brocken hinwirft, die ich versuche, zu einem großen Ganzen zusammenzubauen,
ohne ihm dabei zu nahe zu kommen. Nur weil er meine
Lebensgeschichte kennt, muss ich nicht gleich in seiner
herumbohren. Vielleicht ist es ihm auch unangenehm,
über seine Arbeit zu sprechen. Natürlich, das muss es
sein. Er hat selbst gesagt, dass er seit Ewigkeiten zum
ersten Mal wieder im Urlaub ist. *Malu, das ist wirklich
sehr nett von dir.* Ich schlage mir innerlich vor die
Stirn, weil mich mein Taktgefühl mal wieder im Stich
gelassen hat. Ich bin echt eine Idiotin.

„Hast du noch Hunger?", fragt Kieran, als ich mit meinem Hotdog fertig bin. Ich schüttele den Kopf. „Ein

Milchshake passt aber noch rein, oder?" Er grinst mich schief an, und ich nicke. Natürlich, was für eine Frage.

Vollgefressen, überglücklich und noch mehr verliebt als zuvor steigen wir ins Flugzeug. Es ist das erste Mal, dass ich in der ersten Klasse fliege, daher bin ich total aufgeregt. Kieran ist die Ruhe selbst, als wäre es völlig normal, dass wir als Erstes ins Flugzeug dürfen und eine Stewardess sich fast allein um uns kümmert.

„Bei dem Kurzstreckenflug gibt es nur einen kleinen Snack für Sie, den servieren wir, sobald wir Flughöhe erreicht haben. Herr Stehle, für Sie wie immer ein Helles?"

Ich ziehe beide Augenbrauen nach oben. Wie immer? In welchem Jetset-Film bin ich denn jetzt gelandet?

„Ja gerne", sagt er verlegen und sieht mich dann an.

„Ich fliege ab und an mal mit der Band, für die ich gearbeitet habe, die Jungs sind Freunde von mir geworden. Irgendwie scheinen sie sich meinen Namen gemerkt zu haben. Keine große Sache. Was möchtest du trinken?"

„Was gibt es denn?"

„Kommt ganz drauf an, nach was es dir beliebt." Er zwinkert mir zu, und ich lasse mich darauf ein.

Weil das alles so verrückt ist, bin ich es einfach auch. So bestelle ich bei einem Mittagsflug einen Tequila Sunrise, und er schmeckt tatsächlich sehr gut. Als der Flieger abhebt, begrüße ich das Kribbeln im Bauch und die Aussicht auf Lappland – sie ist wirklich atemberaubend. Unter mir wird die Welt kleiner. Kieran sitzt entspannt neben mir und hat die Augen geschlossen. Es gäbe keinen größeren Kontrast zu meiner Aufregung und dass ich am liebsten dauerhaft „Wow" und „Ah" schreien würde. Er scheint eindeutig schon öfter geflogen zu sein als ich.

Da er mich nicht ansieht, nutze ich die Chance, ihn zu betrachten. Sein Bart ist länger geworden, das Lippenpiercing, das sich immer kühl so bei unseren Küssen anfühlt, glitzert. Seine Lippen sind voll, richtig einladend, und seine ganzen Züge wirken einfach entspannt. Ob er mittlerweile Inspiration gefunden hat? Ich hoffe, dass ich ihn nicht nerve mit meiner Anwesenheit, immerhin ist er aus ganz anderen Gründen hier als ich. Ich auf der Reise nach mir selbst, er möchte Inspiration für seine neuen Songs finden. Als er seine Augen öffnet und mich beim Starren erwischt, lädt er mich mit einem Lächeln ein, mich an ihn zu schmiegen. Und schon sind alle Zweifel weggezaubert.

Fünfzehn

Als wir in Helsinki landen, ist die Mittagssonne bereits aufgegangen und begrüßt uns mit den hellsten Strahlen. Der blaue Himmel ist fast wolkenlos, und wenn mich Kieran nicht an meine Jacke erinnert hätte, wäre ich wahrscheinlich so aus dem Flugzeug gestiegen und erfroren. Wenn man die Sonne sieht, denkt man automatisch, dass es warm wäre, doch sie kann dem Winter in Finnland einfach nicht standhalten. Mit klappernden Zähnen machen wir uns Hand in Hand auf dem Weg in die Halle, um auf unser Gepäck zu warten.

„Wie bist du so schnell auf Helsinki gekommen?"

„Ein Freund hat seine Studienzeit hier verbracht, der hat mir den Tipp gegeben und auch das Hotel ausgesucht. Ich selbst war erst einmal hier für ein Konzert. Da habe ich aber nicht viel von der Stadt gesehen." Er lacht, und ich sehe ihn verwundert an. „Bist du bereit für ein kleines Abenteuer, Malu?", fragt er und ich nicke. Ich bin bereit, alles mit ihm zu tun.

Der Taxifahrer ist irgendwie urig. Er hat einen langen Bart, muss mindestens sechzig Jahre alt sein, und die Zigarette in seinem Mundwinkel qualmt das Auto voll. „Wie lange hast du gesagt, fahren wir zum Hotel?", hake ich nach und muss ein Husten unterdrücken, als die nächste Rauchwolke nach hinten zieht. Zigaretten sind ein Mysterium, das ich noch nie verstanden habe und auch niemals verstehen werde. Mehr als stinken und zur Sucht führen tun sie doch eh nicht.

„Eine Stunde.“

Ich merke bereits, wie es hinter meinen Schläfen pocht. Als der Fahrer die Musik lauter dreht und seinen Wagen zu Elvis Presley durch Helsinkis Straßen lenkt, weiß ich nicht, ob ich mich willkommen fühle oder direkt wieder zurück nach Lappland zu den ruhigen Rentieren fliegen soll.

Die Stunde dauert ewig, vor allem, weil wir in den Mittagsverkehr geraten und die Straßenbahnen Vorfahrt haben. Sie scheinen aus demselben Jahrzehnt zu stammen wie der Taxifahrer, haben kleine grüne, abgenutzte Waggons, fahren in einem fast gemächlichen Tempo an uns vorbei und stoppen hier und dort. Fast einhundert Minuten, nachdem wir ins Taxi gestiegen sind, befinde ich mich wieder an der frischen Luft, die ich sogleich tief einatme. Meine Lungen danken es mir. Wahrscheinlich ist meine Lebenszeit durch all den Rauch direkt um ein Jahr gesunken. Kieran bezahlt den Taxifahrer – zumindest war die Fahrt relativ günstig, auch wenn ich fast der Meinung bin, der Fahrer hätte uns bezahlen müssen.

„Alles okay?“

„Ich bin nur kein Fan von Rauch“, sage ich und ziehe meinen Koffer hinter mir her.

„Ja, das war irgendwie uncool mit dem Rauchen, aber wenn ich gewusst hätte, dass dich das so stört, hätte ich was gesagt.“

Ich zucke mit den Schultern. „Schwamm drüber, ich möchte mir Helsinki nicht von einem Taxifahrer vermiesen lassen.“

Als ich mich umdrehe, sehe ich das Hotel. „Wow“, hauche ich, und die schlechte Laune ist direkt verflogen. Vor der Drehtür ist ein roter Teppich ausgelegt, und ich kann mir nicht vorstellen, dass das so sein soll. „Das ist nicht unser Hotel, oder?"

Kieran zieht eine Augenbraue hoch. „Doch, klar. Emilian hat mir die Adresse geschickt, und bezahlt haben wir auch schon." Er grinst, und ich schlage die Arme über dem Kopf zusammen. Ich atme tief durch. „Das ist zu viel. Ich weiß nicht, was du in deinem Geheimjob verdienst, aber ich habe nur einen Bürojob." Ich lache verzweifelt auf. „Ich möchte mich gerne beteiligen, aber nach einem First-Class-Flug ist mir ein Hotel einfach zu viel, in dem wahrscheinlich die Nacht so viel kostet wie mein Monatslohn hergibt." Als er Luft holt, um etwas zu sagen, hebe ich eine Hand. „Die Suite hat mein Ex bezahlt, da er eine gute Position hat in der Firma, war das kein Problem. Aber ich …"

Kieran beugt sich zu mir und küsst mich. Er erstickt die Zweifel mit seinen Lippen, und als er sie meine sanft mit seiner Zunge teilt, ist mein Kopf wie leergefegt. Als der Kuss viel zu schnell endet – ich hätte ewig weitermachen können –, sieht er mich an. „Mach dir keine Gedanken ums Geld, vertrau mir einfach. Wir finden eine Lösung, okay?"

Ich höre in mich hinein, habe leichte Bauchschmerzen, aber welche Optionen bleibt mir? Das Hotel ist schon gebucht, die Zimmer wahrscheinlich bezahlt, und wir sind nun mal hier. Außerdem weiß ich nicht, ob ich unbedingt noch mal mit dem Taxifahrer Bekanntschaft machen möchte.

„Okay", sage ich also und greife nach seiner Hand. Dann betreten wir das Hotel, das ich mir sonst wahrscheinlich niemals hätte leisten können.

„Die Suite? Kieran, echt jetzt?" Ich könnte ihn erwürgen, als er zur Antwort wieder nur mit den Schultern zuckt.

„Das war ich nicht, das war Emilian."

Ich sehe genau, wie er versucht, den Mund nicht zu einem Grinsen zu verziehen.

„Kann ich mit dem Mal ein ernstes Wörtchen reden?"

„Klar, ruf ihn nachher einfach an."

Die Ernsthaftigkeit in seiner Stimme bringt mich zum Lachen. „Du weißt hoffentlich, dass ich das alles hier nicht brauche, oder? Die Suite in Lappland hat vielleicht ein falsches Bild von mir gezeichnet." Ich lege eine Hand auf seine. „Luxus ist mir nicht wichtig – das alles hier ist nicht, was ich will. Ich will dich kennenlernen und eine unvergessliche Reise erleben, okay?" Ich beiße mir auf die Lippe, um nicht nach knapp einer Woche meine Gefühle zu gestehen. Oder sind wir über den Punkt schon hinaus?

„Wollen wir heute noch entspannen, oder hast du Lust, dir die Stadt anzusehen? Emilian hat mir den Tipp gegeben, dass es hier recht viele Shoppingmöglichkeiten gibt."

„Entscheide du", sage ich, und Kieran blickt mir fest in die Augen. „Es ist mir egal, Hauptsache wir machen das zusammen."

Wir befinden uns mitten im Design District, und ich bin mir ganz sicher, dass ich mich in Himmel und Hölle gleichzeitig befinde. Obwohl ich keine Suite und kein Designerbett brauche, kann man mich dennoch mit Shoppen überzeugen. Wir laufen an den Schaufenstern vorbei, und ich bleibe immer wieder kurz stehen, als ich Kleider entdecke, die ich mir genauer ansehen möchte. Kieran läuft stumm neben mir her und beobachtet mich, bis er irgendwann stehen bleibt. „Ich dachte eigentlich, das wäre klar, aber können wir vielleicht kurz vergessen, dass wir nicht als Paar hier sind? Bitte, mein Geld ist deins, mach dir darüber keine Gedanken.“

„Das sagst du so leicht. Ich muss immer wieder daran denken, dass ich nicht weiß, welches Chaos in Deutschland auf mich wartet. Ich weiß ja noch nicht einmal, ob er die Wohnung schon ausgeräumt hat ... oder vielleicht komme ich gar nicht mehr rein.“ Ich schlage die Hände vors Gesicht. „Vielleicht hat er einfach die Schlösser austauschen lassen. Genau wie das mit dem Bankkonto, ohne darüber nachzudenken, was mit mir ist. Vielleicht ist er auch schon mit seiner neuen Flamme abgehauen.“

Meine Stimme überschlägt sich, und ich merke, wie ich mich in die Sache hineinsteigere. Die Wut und die Unsicherheit kochen in mir hoch, und die Bombe ist kurz davor, zu zünden und alles in Trümmer zu legen. Kieran nimmt meine Hände in seine. „Vielleicht sollten wir heute Abend endlich mal dein Handy einschalten, hm?“

Ich presse die Lippen aufeinander. „Das ist keine gute Idee.“.

„Vielleicht doch, aber jetzt lenken wir uns erst mal ab. Wir sind nicht in Deutschland, sondern in Finnland. In Helsinki. und wir haben noch ein paar Wochen zusammen, okay? Über Sorgen machen wir uns später Gedanken.“

Er hat recht. Es bringt nichts, wenn ich mich jetzt verrückt mache, immerhin bin ich nicht in Frankfurt und kann eh nichts machen. „Dann lass uns mal hier reingehen, da hängt ein wunderschönes Kleid, siehst du?"

Ein Lächeln schleicht sich auf seine Lippen, und er verschränkt seine Finger mit meinen. „Das ist die Malu, die ich liebe."

Hat er ... er hat lieben gesagt, oder? Das hat er nicht so gemeint, das sagt man einfach nur so. Mein Herz, das ich als Verräter abstempele, schlägt verdächtig schneller, und ich kann nicht anders, als Kieran einen kurzen Kuss auf den Oberarm zu geben. Er sieht auf mich hinab, und ich grinse ihn an. Wir beide, hier in Helsinki. Vor einer Woche hätte ich jeden, der mir das gesagt hätte, wohl für verrückt erklärt. Eindeutig.

Wir verlassen den Laden mit einem Hemd, das mit kleinen Notenschlüsseln bedruckt ist, einem blauen Cocktailkleid sowie einem Armband aus Leder, an dem eine kleine, silberne E-Gitarre baumelt. Kaum hat sich die Tür hinter uns geschlossen, da knurrt mein Magen.

„Hunger?", fragt Kieran.

„Ja, und du?"

Er nickt. „Streck mal deinen Arm aus." Er bindet mir das Lederband ums Handgelenk und knotet es zu – damit habe ich jetzt wirklich nicht gerechnet. „Weil es dich immer daran erinnern soll, wie wir uns kennengelernt haben. Egal wohin unsere gemeinsame Reise noch führt, der Abend im Hotel war unser Anfang."

„Lass es nicht wie ein Abschied klingen", murmele ich, weil seine Worte mich stark daran erinnern.

„Nein. Ich bin noch lange nicht bereit, Lebewohl zu sagen. Dennoch darfst du nie vergessen, wer ich wirklich bin."

Seine Worte hinterlassen erst ein warmes Gefühl, doch die kalte Faust, die sich um meinen Magen ballt, gefällt mir nicht. Warum spricht er in Rätseln, und warum sollte ich vergessen, wer er ist?

Ich sehe ihn. Ich sehe das, was er mir von sich zeigt, und es gefällt mir. Der emotionale Typ, der mit seiner Musik viel ausdrücken möchte, seine Maske ablegt, sobald er singt. Derjenige, der von Schmerz umgeben ist und immer weiter versucht, die Mauern aufrecht zu halten. Und manchmal, wenn die Sonne hell scheint, dann kann ich durch die kleinen Schlitze zwischen den Backsteinen sein wahres Ich sehen und sein Lächeln. Weil Kieran echt ist, weil er sein Päckchen trägt, genau wie wir alle. In seinen Augen liegt so viel mehr als nur der Glanz des heutigen Tages. Ich sehe Kierans Narben, und auch wenn ich noch lange nicht all seine Geschichten kenne, kann ich es nicht erwarten, dass er mich über seine innere Mauer hebt.

So, wie er sich auf die Lippe beißt, würde ich ihn am liebsten schon wieder küssen.

Sechzehn

„Es gibt einen Wellnessbereich – hast du Lust, noch eine Runde in die Sauna zu hüpfen?" Mir tun die Füße weh; das viele Laufen heute macht sich bemerkbar, und die Müdigkeit steckt in meinen Knochen. Dennoch lächele ich bei Kierans Vorschlag. Saunieren könnte mir guttun, zumindest nach dieser Achterbahn der Gefühle. Nach dem Shoppingabenteuer hat es eine recht große Ausbeute mit ins Hotel geschafft. Immer, wenn ich Klamotten weggehängt habe, hat sich Kieran Ausreden einfallen lassen, warum er mir genau dieses Teil kaufen muss. Ich habe mich dabei nicht wohlgefühlt, mich aber auch nicht wirklich gewehrt, weil es sich … Ich kann es kaum beschreiben. Irgendwie ist es einfach schön, so auf Händen getragen zu werden, vor allem, wenn man die Tatsache bedenkt, dass mein Ex mich einfach zu Boden geworfen hat und dann noch mal auf mir und meinem Herzen rumgetrampelt ist. Ich habe mir die mentale Auszeit also verdient.

Anschließend haben wir zu Abend gegessen und uns wieder einmal für Burger entschieden, und es war wirklich lecker. Wahrscheinlich halten uns die Finnen für verrückt bei der Auswahl an Spezialitäten, die uns vor allem dieses Luxusresort hier zu bieten hat.

Jetzt gehen wir in den Saunenbereich. In diesem Hotel ist eindeutig mehr los als in unserer letzten Bleibe, aber das stört mich nicht. Wir laufen an einer Gruppe Mädels vorbei, die gerade für die kleine Sonnenbank anstehen. Sie stecken die Köpfe zusammen und tuscheln, allerdings so laut, dass wir es hören.

„Ist er das? Nein das kann nicht sein.“

„Doch – es hieß, doch er ist auf Reisen. Aber mit einer Frau? Niemals.“

Ich spitze die Ohren, und mein Herz klopft zu schnell, fast so, als würde es mich warnen wollen.

„Kommst du?“, zischt Kieran mir zu und ich runzele die Stirn, als sich seine Schritte beschleunigen. „Vielleicht war das alles hier einfach eine dumme Idee.“, murmelt er.

„Was meinst du?“ Kurz scheint es, er hätte mich vergessen. Vergessen, dass ich hier bin, aber das kann nicht sein. Über wen haben die Mädels gesprochen? Vielleicht werde ich paranoid, weil gerade alles so gut läuft.

„Ich habe nur vor mich hin gebrabbelt. Wollen wir vielleicht lieber morgen in die Sauna? Ich bin ziemlich k.o.“

Nun stutze ich doch. War er nicht derjenige, der den Vorschlag gemacht hat? Hat es doch etwas mit den Kommentaren der Mädchen zu tun? Was ist los mit ihm? Auf einmal wirkt er angespannt.

„Klar“, sage ich, obwohl alles in mir schreit, ihn zu schütteln. Innerlich flehe ich ihn an, mir alles zu erklären: sein Verhalten, seine Unsicherheit, sobald Menschen um uns sind. Ich würde alles tun, um für einen kurzen Augenblick in seinen Kopf sehen zu können. Nur einen Moment lang, um herauszufinden, ob ich dabei bin, durchzudrehen. Ist es nicht normal, dass die Psyche einem ein paar Streiche spielt? Nach allem, was ich in der letzten Woche erlebt habe?

„Kieran. Sag mir die Wahrheit. Wer war das?" Ich stemme meine Arme in die Hüften und blicke ihn an, Nervosität pumpt durch meine Adern, doch ich möchte die Wahrheit wissen.

Er scheint seine Antwort kurz abzuwägen, zumindest wirkt es auf mich so. Er beißt sich auf die Unterlippe und leckt dann einmal darüber, bevor er sich an mich wendet. „Ich glaube, sie haben mich verwechselt. Die Jungs, mit denen ich auf Tour war, die Band für die ich gearbeitet habe, du erinnerst dich? Einer der Sänger sieht mir seit seinem neuen Haarschnitt ziemlich ähnlich."

Er lächelt entschuldigend, und ich ziehe beide Augenbrauen nach oben.

„Jetzt echt?"

Er nickt. „Manchmal werde ich dann verwechselt, deshalb bin ich auch mit dir abgehauen. Ich will doch einfach nur Zeit mit dir haben." Er nimmt meine Hand, und damit verschwinden meine Sorgen.

Kieran geht mit schnellen Schritten in Richtung Suite. Irgendwas hat sich verändert. Er blickt die ganze Zeit zu Boden, hat die Kapuze seines Hoodies hochgezogen und sein Tempo beschleunigt. Die Tür fällt hinter uns ins Schloss, und Kieran schiebt die Kapuze zurück. Dann strahlt er mich an. Ich sehe ihm in die Augen – das Funkeln darin lässt nicht auf Müdigkeit schließen, und ich weiß nicht, warum er nicht in den Wellnessbereich wollte.

„Was ist los?", fragt er, doch ich schüttele nur den Kopf. Er streicht mir über die Wange. Ich verliebe mich noch mehr in ihn, obwohl eine kleine Prise Zweifel bleibt. Ich habe Angst, nicht vor ihm, sondern vor mir selbst. Was tue ich, wenn ich mich erneut verliere?

„Hier gibt es noch einen Raum. Warst du da schon drin?" Ich habe meine Tasche mit dem Saunatuch abgestellt und sehe mir die Suite genauer an. Kieran hat es sich gerade auf der Couch gemütlich gemacht, steht nun aber auf. Ich musterte die graue Tür, die Oberfläche ist angeraut. Sie macht neugierig und wirkt einladend.

„Vielleicht ist das die Luxusvariante der Besenkammer von Harry Potter." Kieran gluckst, und ich grinse ihn an.

„Ja, wer weiß das schon."

„Komm, wir sehen rein." Kieran stößt die Tür auf, und ich verstecke mich hinter seinem breiten Kreuz, als würde gleich ein Mörder vor uns stehen. „Das ist ja der Hammer", sagt er, und ich blinzle an ihm vorbei. Er hat recht.

Wir stehen vor einem extra Badezimmer, in dem ein Whirlpool eingelassen ist. Die Glasfront zeigt uns die Lichter Helsinkis, im Hintergrund sieht man ein GebirgePuderzuckerhut aus Schnee. Wir treten ein, und ich lasse meine Finger über die kühlen Fliesen gleiten, die in Grau gehalten sind. Wow, es ist einfach wunderschön.

Der Whirlpool, viereckig, ist eine Majestät, die mitten im Raum steht. Ich bin mir sicher, die Düsen können alle Verspannungen des heutigen Tages beseitigen.

„Sieh mal, Malu, da ist echt noch eine Sauna."

„Was?" Tatsächlich. Eine kleine Sauna ist in den hinteren Teil des Raumes eingelassen. Mit diesem Ausblick ist sie ein wahrer Traum.

Wir sehen uns an und verstehen auch ohne Worte,
was zu tun ist.

„Es ist wirklich eine Schande, dass die Rezeptionistin
uns das nicht gesagt hat. Ich meine die Stunde, die die
Sauna jetzt zum Hochheizen gebraucht hat, ist okay,
aber dennoch.“

Wir haben ein kleines Fläschchen mit Duftaroma gefunden, und die Hitze, gepaart mit dem leichten Geruch
nach Kardamom und Vanille, lässt die Entspannung in
jede Pore meines Körpers ziehen. „Aber irgendwie hat
es sich fast angefühlt, als hätten wir einen Schatz aus-
gegraben.“

Kieran sitzt neben mir, feine Schweißperlen auf der
Stirn. Ich lehne mich an die Wand und strecke die
Beine aus; meine nackten Zehen berühren sein Handtuch. Als er meine Füße in seine Hände nimmt, da lache
ich. „Das kitzelt“, sage ich und stöhne im nächsten Augenblick auf, als Kieran routiniert anfängt, meine
schmerzenden Füße zu massieren. Ich schließe genüsslich die Augen, und als er eine mir unbekannte Melodie
summt, frage ich mich, ob das hier der Himmel ist. Anders kann ich mir dieses Gefühl der Unbeschwertheit,
gepaart mit dem Kribbeln im Bauch, das mich an Flü-
gelschläge erinnert, nicht erklären. Ich genieße die
Hitze auf meiner Haut, Kierans Hände, die sich einen
Weg über meine Waden bahnen, und öffne die Augen.
Kieran sieht entspannt aus, aus dem Summen ist ein
leises Singen geworden, und bringt Gänsehaut auf
meine Arme.

Er füllt mit seiner Melodie den gesamten Raum. Es ist,
als würde er sich in einen anderen Menschen

verwandeln. Ich höre nicht auf den Text, sondern nur auf seine Stimme. Ich kann ohne diesen Mann nicht mehr sein, vielmehr will ich es nicht. Mein Herz bleibt für einen Moment stehen, als ich daran denke, dass ich ihn eventuell verlieren könnte, dass es immer noch sein kann, dass wir die Reise nicht gemeinsam beenden. Dass es in Deutschland dieses *Wir* gar nicht gibt. Doch als seine Stimme verstummt und er sich über mich beugt, um meine feuchten Lippen zu küssen, da ist die Angst vor der Zukunft für einen Moment begraben.

„Was hättest du gesagt, wenn dir jemand erzählt hätte, dass wir beide heute hier sitzen?" Kierans Stimme ist leise, im Hintergrund läuft irgendeine Pianoversion von *Chasing Cars,* und wir beide sitzen im Whirlpool. Ich zwischen Kierans Beinen, meinen nackten Oberkörper an seinen gelehnt. Es ist schwer, die Spannung, die sich hier zwischen uns aufbaut, zu ignorieren, doch ich mag es, dass wir uns der Leidenschaft nicht direkt hingeben. Ich mag dieses Spiel, und irgendwie habe ich fast Angst, ihm noch näher zu kommen.

„Ich hätte der Person einen Vogel gezeigt", sage ich, und Kieran lacht leise hinter mir, direkt in mein Ohr, was trotz der Hitze des Wassers für eine Gänsehaut sorgt.

„Ich hätte gesagt, dass ich es niemals zulassen würde, dass mir jemand so den Kopf verdreht. Dabei wollte ich doch nur ein paar Ideen für Lieder sammeln."

Ich schlucke. „Du tust ziemlich viel für deine Musik, oder?"

Er zögert.

„Ja. Alles." Er zieht mich noch näher an sich.

„Was ist das Kostbarste für dich? Die Musik?"

„Bevor ich dich kannte, hätte ich einfach Musik gesagt." Er drückt einen Kuss auf den Hals, bevor er seine
Lippen an mein Ohr bringt.

„Jetzt habe ich keine Lust mehr, dass mir die Zeit weg-
läuft, die ich bald nicht mehr haben werde. Diese Momente, in denen ich hier mit dir sitze und über alles
rede, das ist das Kostbarste auf der Welt. Zeit mit Menschen, die man liebt."

Liebt. Dieses Mal hat er es wirklich gesagt und ich
kralle die Fingernägel in meine Handinnenflächen,
presse die Lippen aufeinander, um ihm nicht die magischen drei Worte entgegen zu rufen.

Siebzehn

Das erste Mal neben jemandem einzuschlafen, sorgt für ein Kribbeln im Bauch. Zum allerersten Mal neben jemandem die Augen aufzuschlagen, sorgt für ein wohliges Gefühl in der Magengrube, das an das Schlagen von Schmetterlingsflügeln erinnert. Genauso fühle ich mich, als ich neben Kieran die Augen öffne, und er seine Arme um mich geschlungen hat. Ich drehe mich vorsichtig zu ihm um und habe Zeit, ihn zu betrachten. Was steckt hinter dieser Fassade, hinter der Maske, die er trägt? Warum meidet er manchmal Menschenansammlungen, das ergibt als Musiker keinen Sinn. Verheimlicht er mir doch irgendwas? Das kann ich mir einfach nicht vorstellen, immerhin weiß er von dem Verrat, den ich erleben musste.

Gerade, als meine Zweifel drohen, mich zu übermannen, öffnet er flatternd die Augen, und ein Lächeln schleicht sich auf seine Lippen.

„Guten Morgen, Schönheit." Seine ohnehin schon kratzige Stimme ist von der Müdigkeit noch rauchiger, und ich beuge mich zu ihm, um ihm einen kurzen Kuss auf die Lippen zu hauchen. „Guten Morgen." Er schlingt die Arme um mich und kuschelt sich an mich. „Ich habe gestern Abend, als du schon eingeschlafen warst, noch nach Ideen für die kommenden Tage gesucht. Was hältst du davon, wenn wir uns heute hier noch umsehen und mit dem Nachtzug weiterfahren?"

Ich dachte eigentlich, wir wären zusammen eingeschlafen, anscheinend habe ich mich da getäuscht.

„Klar, das klingt super." Er drückt mich an sich, und ich genieße diese starken Arme um mich, als wäre er mein sicherer Hafen. Er ist nicht nur mein Happy Place, sondern entwickelt sich immer mehr zu einem Zuhause, und ich habe Angst, dass dieser Traum platzt.

Das Frühstück ist reichhaltig, und die Büfettauswahl übertrifft die in Lappland bei Weitem, was wahrscheinlich an der Sternenkategorie dieses Luxushotels liegt. Dennoch fehlt mir fast dieses kuschelige, gemütliche Flair zwischen all den Businessleuten, die neben uns an den Tischen sitzen, die Nase in Macbooks vertieft, ein Handy am Ohr. Es kommt mir nicht real vor, dass das hier nur Urlaub ist und ich in zwei Wochen wieder zurück nach Deutschland fliege, um dort weiter meinen Weg zu gehen. Seit der gescheiterten Hochzeit stehe ich irgendwie neben mir, und in manchen Momenten fühlt es sich an, als würde ich mir selbst dabei zusehen, was ich erlebe. Alles passiert so schnell, dass ich manchmal nicht hinterherkomme. Ich werde sicher in ein tiefes Loch fallen, sobald ich in Frankfurt ankomme. Ich weiß nicht, ob ich dafür bereit bin, vor allem, wenn mein Sicherheitsnetz namens Kieran nicht mehr bei mir ist.

„Alles okay?", fragt er mich, bevor er eine Gabel Rührei in seinem Mund verschwinden lässt.

„Ich frage mich, wie es in Deutschland werden soll. Ich weiß, wir wollen den Moment genießen, aber irgendwie versteht das mein Kopf nicht so ganz." Ich lache unsicher auf, und er blickt mich verständnisvoll an.

„Das ist ganz normal, und ich verstehe es. Wenn man ein geregeltes Leben hat, dann ist es aufregend, wenn die Welt sich auf einmal schneller dreht." Ich nicke, aufregend trifft es ganz gut. „Andererseits, wenn du dauerhaft in einem Schnellzug sitzt und dir die Landschaft ansiehst, die an dir vorbeizieht, und der Zug eine Vollbremsung hinlegt, dann ist es auch nicht so leicht."

Er hat recht, und eigentlich bin ich nicht unzufrieden mit der Situation. Ich sitze in einem teuren Hotel in Helsinki einem Mann gegenüber, der mir viel bedeutet. Das ist mehr als okay.

„Wollen wir los?"

Ich nicke. Auf in ein neues Abenteuer mit ihm, ich kann es kaum erwarten.

„Wow, mit dem Schnee wirkt es irgendwie ..." Mir fehlen die Worte.

„Mystisch?", schlägt Kieran vor, und ich nicke verzaubert. Wir stehen vor Helsinkis Dom, und er ist mit seiner Kuppel wunderschön. Die Schneeberge davor passen einfach ins Bild. Auf der Statue, die vor dem Dom steht, liegt ebenfalls eine leichte Schneedecke, und die Laternen, die leuchten, obwohl es nicht dunkel ist, sorgen für eine magische Atmosphäre. Ein kleines Schild sagt, dass der Herr dort Alexander der Zweite ist, dies ist eine Art Memorial für ihn. Er trägt eine Uniform, die alt wirkt, was zu ihm passt.

„Wusstest du, dass in Helsinki trotz der Kälte der Fährbetrieb aufrecht erhalten bleibt?" Kieran reißt mich aus meinen Gedanken.

Ich schüttele den Kopf, bin ganz fasziniert. Kieran hat seine Finger mit meinen verschränkt, und wir sehen uns den Dom genauer an, gemeinsam mit vielen anderen Touristen, die man vor allem an ihren gezückten

Handys erkennt. Erst da fällt mir ein, dass ich nicht viele, fast gar keine Fotos von der Reise habe, und Kieran habe ich bisher auch nicht fleißig fotografieren sehen. Ich verziehe den Mund, was Kieran sofort bemerkt.

„Was ist los? Hab ich was Falsches erzählt?", fragt er.

„Nein, ach was. Das mit den Fähren wusste ich nicht und finde es irgendwie erstaunlich. Aber mir fällt auf, durch mein ... na ja, Handyproblem haben wir kaum Bilder unserer Reise." Er nickt und zieht mich an sich, dann holt er sein Smartphone heraus, und schneller, als ich reagieren kann, hat er ein Selfie geschossen. Ich sehe total verwundert darauf aus, aber irgendwie freue ich mich dennoch.

„Ich bin kein großer Fan davon, jeden Moment festhalten zu müssen. Ich finde, Erinnerungen schaffen so viel wichtiger, als dass ich immer in eine Kamera blicke und dann sowieso ein künstliches Grinsen draufhabe."

Er wirkt fast ein bisschen verbittert.

Ich kann das verstehen, Erinnerungen beginnen im Kopf und nicht auf dem Smartphone.

„Das ist das Paradies auf Erden", sage ich und grinse, als wir die Old Market Hall betreten. Über zwanzig Läden, alle eine unterschiedliche Art der finnischen Kulinarik vertretend – da fallen mir fast die Augen aus dem Kopf. Meine Nase kann gar nicht reagieren auf die vielen Gerüche.

„Was hältst du davon, wenn wir uns was mitnehmen und im Hotel verspeisen?"

Ich bin natürlich mit Kierans Vorschlag einverstanden. Nach diesem Urlaub werde ich bestimmt neue Hosen brauchen, aber das ist es mir wert. Was wäre auch eine seelische Auszeit ohne das passende Soulfood? An *Roberts Coffee*, das anscheinend laut der Auslage auf Frühstück spezialisiert ist, entscheiden wir uns für ein Sandwich mit frischem Lachs und Dill. Der Verkäufer gibt uns sogar eine halbe Zitrone mit. „Darauf auspressen, dann ist es der pure Genuss.“ In unsicherem Englisch erklärt er uns, dass wir gerne morgen zum Frühstück vorbeikommen können und, falls wir aus Frankreich kämen, ein wenig wie zuhause fühlen könnten.

Kieran und ich brechen in schallendes Gelächter aus, als wir weiterschlendern. „Wie war das mit diesem Voulez-vous coucher …?“

Ich tippe mit einem Finger auf seine Brust. „Unterstehe dich, mir so ein unmoralisches Angebot zu machen.“

Seine Augen blitzen auf, und ich sehe, wie er schluckt. „Würdest du es denn ablehnen?“, fragt er mich.

Ich fahre mir mit der Zunge über meine Lippen. Er beobachtet mich genau und schluckt erneut, seine Augen werden eine Nuance dunkler. „Würde ich nicht“, hauche ich und gehe zum nächsten Stand. „Sieh mal, frischer Karottensaft, das wäre doch was, oder?“ Dieses Mal beherrsche ich den Themenwechsel perfekt, und das ist auch gut so, weil ich sonst in einer Halle voller Delikatessen über ihn herfallen wäre, und ich bin mir nicht sicher, was Helsinki dazu sagen würde.

Als wir unsere Einkäufe auf dem Tisch in unserem Hotelzimmer ausbreiten, muss ich lachen. „Das würde locker für eine ganze Fußballmannschaft und die Trainer reichen.“

„Zum Glück gibt es einen Kühlschrank, und wir haben dann noch Proviant für unsere Fahrt im Nachtzug." Stimmt, das hatte ich fast schon wieder vergessen.

Das Pulled Pork Sandwich, das ich zuerst probiere, ist an Saftigkeit nicht zu übertreffen. Der Coleslaw darauf sorgt für die Frische, und auch wenn das Fleisch nur noch lauwarm ist, tut das der Geschmacksexplosion keinen Abbruch. Ich trinke einen Schluck Karottensaft und stöhne genüsslich auf. „Ich werde nie wieder in enge Hosen passen, aber das ist es wirklich wert."

Kieran lacht. „Mein Fitnesstrainer wird mich wohl dafür ziemlich hassen." Er schlägt sich auf den Bauch, und ich schmunzle, weil er sich verschluckt und wie ein Irrer hustet.

„Das kommt davon, wenn keine Fettpölsterchen vorhanden sind, die so einen Schlag abfedern können."

Kieran funkelt mich mit hochrotem Gesicht an, und ich lächele ihm zuckersüß zu, bevor ich ihm das halbe Sandwich rüberschiebe, um mich dem Lachs zu widmen.

Eine Stunde später liegen wir auf der Couch, und zum ersten Mal weiß ich, was Fresskoma bedeutet. „Meinst du man könnte uns zum Zug fahren? Ich bin mir nicht sicher, ob mich meine Beine heute noch tragen können." Kieran liegt neben mir, die Augen geschlossen, eine Hand auf seinem Bauch, der nach dem reichhaltigen Essen auch eine kleine Rundung zeigt. „Ich kann das bestimmt organisieren", sagt er langsam, als würde jedes Wort Anstrengung bedeuten, und ich winke ab.

„Zum Glück haben wir noch Zeit, uns ein bisschen auszuruhen, bevor es weitergeht." Er nickt und dreht sich zu mir, streicht mir eine Haarsträhne aus dem

Gesicht und sieht mich dann einfach nur an. Der Moment ist pure Magie. Ich lese so viel in seinen Augen: die Unsicherheit, die uns beide umgibt, weil wir nicht wissen, was kommt. Die aufkommenden Gefühle, von denen wir noch nicht ahnen können, wie groß sie werden. Werden sie einem Feuerwerk gleichen, wie in den großen Liebesschnulzen, oder langsam entwickeln?

„Du bedeutest mir mehr, als es zum jetzigen Zeitpunkt gut wäre." Kierans Flüstern ist kaum zu hören, und ich will antworten, doch er legt mir einen Finger auf die Lippen. „Jede Sekunde, die ich mit dir verbringe, sorgt dafür, dass ich mich mehr in dir verliere." Er beugt sich zu mir. „Wie soll es mir je wieder möglich sein, in der Realität anzukommen, wenn ich das hier haben kann?"

Seine Lippen treffen auf meine, und von den vorsichtigen Küssen ist nichts geblieben. Seine Zunge teilt meine Lippen, und ich umrunde seine mit meiner. Er zieht mich näher an sich, sein Becken trifft auf meines, und die wohlige Hitze, die sich in meinem Unterleib ausbreitet, sorgt für ein Kribbeln in meinem Bauch. Als er sich über mich beugt, sorgt sein Knie dafür, dass ich die Beine für ihn spreize. Unser Kuss intensiviert sich, und seine kühle Hand findet den Weg unter mein Oberteil, streicht über meine Rippen, als ich ein Klingeln höre.

Kieran löst sich von mir und stöhnt frustriert auf. „Dafür bringe ich ihn um."

Dann springt er auf und lässt mich mit viel zu schnellem Atem und pochendem Herzen zurück, weil er an sein gottverdammtes Telefon gehen musste. Argh.

Achtzehn

Als er zurückkommt, ist die knisternde Stimmung verschwunden, und er sieht mich mit entschuldigender Miene an. „Mein Chef, sorry, wenn der anruft, ist es meist wichtig." Er zuckt mit den Schultern, als hätten wir nicht gerade fast den nächsten Schritt getan. Dennoch sind wir zu erwachsen dafür, um daraus ein Problem zu machen, das gehört immerhin zum Leben dazu.

„Schon okay", sage ich und Kieran blickt mich einen Moment länger an, als wollte er herausfinden, ob ich lüge, aber das tue ich nicht. „Ich kenne das zu gut", sage ich, und er wirkt erleichtert.

Es ist so schwer für mich, nicht nachzuhaken, vor allem, weil ich wissen will, was er macht. Vielleicht ist er auch ein Serienkiller und macht nur in seiner Freizeit Musik? Oder er ist ein Autor, der vor seinen Deadlines wegrennt, und wenn der Agent anruft, dann warten Millionendeals auf ihn. Ich bin so neugierig und würde es so gerne wissen. Was war seine Aufgabe, als er für die Band gearbeitet hat? Vor allem – ist das vielleicht sogar eine, die man kennt? Ich bin nicht sonderlich interessiert an der Musikbranche und kenne mich deshalb auch nicht aus, wahrscheinlich könnten die meisten Rockstars an mir vorbeilaufen, und ich würde es nicht bemerken.

„Wollen wir langsam unsere Sachen zusammenpacken?"

Als er mir ein Lächeln schenkt, wird mir wieder warm.

„Ich bin noch nie nachts in einen Zug gestiegen mit der Gewissheit, dass ein Bett auf mich wartet." Die Kälte sorgt dafür, dass mein Atem in der Luft zu sehen ist, als wir am Bahngleis auf den Nachtzug warten, der uns nach Oulu bringen soll. Ich habe keinen blassen Schimmer, wo das ist, aber ich vertraue Kieran absolut. Mein Handy habe ich immer noch nicht dabei. Ich sollte ein Lebenszeichen von mir geben, das weiß ich, aber irgendwie vertraue ich stark auf den Mutterinstinkt und dass meine Mutter ahnt, dass ich in Sicherheit bin. Dass es mir gut geht, und sie nicht gerade vor Wut und Sorge platzt, doch so schätze ich sie ohnehin nicht ein. Sie mag Temperament haben, ist aber meist ziemlich ruhig und besonnen, ganz im Gegenteil zu mir. Wenn ich genervt bin, dann kann ich ein ziemliches Miststück werden, zumindest hat mir das mein Ex-Verlobter oft an den Kopf geworfen. Als ich merke, wie meine Gedanken abdriften, fährt der Zug ein, und ich ignoriere den stechenden Schmerz in meiner Brust. Auch wenn Erick dabei immer gelacht, ändert das nichts daran, dass in jedem vermeintlichen Witz immer ein Fünkchen Wahrheit steckt.

Kieran versperrt mir mit seinem breiten Kreuz die Sicht. Der Zug hat sich ruckelnd in Bewegung gesetzt, und ich kann mir nicht vorstellen, hier auch nur eine Minute Schlaf zu finden. Der Boden unter mir vibriert so stark, dass ich mir sicher bin, man müsste sich nicht einmal bewegen, wenn man sich selbst ... na ja, *etwas Gutes* tut. Ich ignoriere die Hitze in meinen Wangen, als ich daran denke, wie nah Kieran und ich uns vorhin noch waren, und schiebe ihn ein Stückchen beiseite. Dann fange ich lauthals an zu lachen.

Das Abteil ist winzig, und wenn wir auf irgendeine Möglichkeit gehofft haben, erneut nebeneinander einzuschlafen, sehe ich schon jetzt, dass das Ganze unmöglich wird. Die Betten, die an Jugendherbergen erinnern, in denen ich als Kind viel Zeit verbracht habe, sind so schmal, dass ich nicht weiß, ob Kieran überhaupt hineinpasst. Die froschgrüne Bettwäsche bringt mich erneut zum Schmunzeln, und Kieran wirkt ebenfalls belustigt. „Das ist doch eine ganz andere Art von Komfort, findest du nicht?"

Ich grinse ihn an. „Ich habe ja gesagt, dass mir Luxus nicht wirklich wichtig ist."

„Aber ich wäre schon gerne neben dir eingeschlafen."

Seine Worte waren wie eine wohlige Umarmung, und die Kälte, die gerade am Bahnsteig geherrscht hat, ist beinahe vergessen.

Wir machen es uns jeweils in einem Bett bequem. Das Hochklettern habe ich übernommen, und nun höre ich nur noch Kierans Atem und das Klappern der Züge. „Ich habe mir die Betten echt schlimmer vorgestellt", murmelt er, und ich schließe grinsend die Augen.

„So unbequem sind sie gar nicht, da hast du recht." Ich verkneife mir einen Kommentar über das Kissen. Es ist steinhart und ich bin mir nicht sicher, ob ich damit ein Loch in die Wand, die uns von dem Flur trennt, machen könnte, sollte ich es werfen.

Im Abteil neben uns geht auf einmal die Post ab. Ein rhythmisches Quietschen ertönt, und ich spitze die Ohren. Was ist das? Als ein langgezogenes Stöhnen zu hören ist, prusten Kieran und ich fast gleichzeitig los. „Die scheinen in dem kleinen Bett eine gute Position gefunden zu haben“, sagt Kieran.

„Anscheinend ist es nicht unmöglich. Oder die beiden sind Akrobaten oder keine Ahnung … Kamasutra-Profis?“

Kieran wird auf einmal still. „Du wirkst nicht so, als hättest du Kamasutra-Erfahrung.“

Aha, der Herr möchte mich also über mein bisheriges Sexualleben ausquetschen, und ich werde dieses Spiel wohl mitspielen. „Du wirkst auch nicht wie ein Rockstar, der reihenweise Mädels flachlegt in seinem Tourbus.“

Die Stille darauf ist fast ohrenbetäubend.

„Im Tourbus sind die Betten ungefähr so breit wie hier, aber man macht es möglich.“

Ich erkenne nicht so ganz, ob er das Gesagte ernst meint. Egal ob Spaß oder nicht, die Eifersucht in mir brodelt, obwohl es bescheuert ist. Wir beide haben eine Vergangenheit, und egal, wie viele Partner oder Partnerinnen der andere hatte, es bedeutet nicht automatisch, dass man dadurch weniger wert ist. Wo wären wir denn dann?

„Der Tourbus und damit auch die Betten darin können groß sein, wenn man entsprechend berühmt ist, aber irgendwie habe ich nie jemanden mitgenommen.“

Das klingt eher nach einem Nightliner und zerstört meine Idee von zerbeultem VW-Bully. Damit fangen doch alle Bands an, oder? Ich sehe eindeutig zu viele Musikfilme, aber irgendwie ist so ein kleiner Bus doch auch fast romantisch.

„Wäre auch komisch gewesen, oder? Als Angestellter neben seinen Chefs da mit jemandem rumzumachen?“

Kieran atmet hörbar aus. „Klar stimmt, da hast du recht."

Mich beschleicht das Gefühl, dass er etwas anderes sagen wollte, doch er schweigt.

In der folgenden Stille hängen wir beide unseren Gedanken nach.

„Lass uns Wahrheit oder Pflicht spielen." Die Idee platzt aus mir heraus.

„Schieß los", sagt Kieran sofort. Mich befällt einmal mehr Jugendherbergsfeeling, und ich bin mir sicher, die ein oder andere pikante Information zu bekommen. Dennoch behalte ich den Deal im Hinterkopf, keine Fragen rund um die Arbeit.

„Wahrheit oder Pflicht?", frage ich und sehe dabei an die Decke, die leichte Risse aufweist.

„Wahrheit."

„Du Langweiler." Ich denke über eine passende Frage nach. „Was ist deine heimliche Begierde? Etwas, wovon du noch nie jemandem erzählt hast?"

Bis auf das Stöhnen von nebenan, das langsam leiser und atemloser wird, sich also hoffentlich dem Ende zuneigt, ist nichts zu hören. Die Stimmung in unserem Abteil ist aufgeladen, ich fühle mich wirklich wie ein Teenager, außerdem ist es dunkel, und irgendwie macht mich das mutig. Ich bin zu schüchtern, um ihn so etwas zu fragen und dabei in die Augen zu sehen.

„Ich würde gerne einmal mit jemandem schlafen, den ich bedingungslos liebe."

Ich schlucke, weil mein Herz losrast. „Das bedeutet, es gab bei dir nur Techtelmechtel ohne Gefühle?"

Er atmet hörbar aus. „Nein. Aber bedingungslose Liebe war *bisher* nicht dabei." Die Schmetterlinge erwachen aus ihrem Schlaf und flattern in meinem Bauch. „Wahrheit oder Pflicht?", fragt er nach wenigen Sekunden, und auch ich entscheide mich für Ersteres. „Was war der kurioseste Ort, an dem du es dir selbst gemacht hast?"

Ich werde rot, als ich an meine Jugendzeit zurückdenke. „Auf der Schultoilette in der großen Pause."

Kieran fängt an zu glucksen, und ich grinse in mich hinein. „Du bist gar nicht so lieb, wie du aussiehst, Malu."

„Ich habe so etwas nie von mir behauptet." Ich fasse Mut. Wir haben nichts zu verlieren, wir sind nur zwei Liebende, die sich einander annähern wollen, aber immer kommt was dazwischen oder die Betten sind zu klein.

Hoffentlich hat er sein Handy auf lautlos gestellt, denn das hier fühlt sich fast an wie ein Vorspiel, und wir wissen noch nicht, wie lange wir es ausdehnen wollen, ehe wir zum Hauptakt übergehen.

Er entscheidet sich für Pflicht, und ich bitte ihn, mir etwas vorzusingen. Es gleicht einem Zufall, dass er eine Version von *Sex on Fire* der Kings Of Leon wählt und mich damit erneut um den Verstand bringt, ohne mich auch nur zu berühren. Als ich daraufhin ebenfalls Pflicht wähle, halte ich die Luft an.

„Fass dich an", raunt er. Meint er … ich … soll ich wirklich? „Fahr mit der Hand in deine Hose und fass dich an."

Ich schlucke, als meine Fingerspitzen sich den Weg bahnen und ich den Ansatz meines Schamhügels spüre. „Kieran", hauche ich, als er seine Bitte noch einmal wiederholt. Ich wünsche mir, es wäre er. Ich wünsche mir so sehr, dass es seine Finger wären.

„Du bist dran", flüstert er, und ich kann kaum sprechen, weil mich die Emotionen übermannen.

„Wahrheit oder Pflicht?", keuche ich, und meine Finger beschleunigen sich, als er Wahrheit wählt. Wie soll ich mir eine Frage überlegen, wenn ich das hier auf seinen Wunsch hin tue? Er ist so nah und doch so fern, nur eine Etage unter mir, er berührt mich nicht und tut es doch. Meine Gedanken sind schon wirr. „Sag mir, was du jetzt gerne mit mir tun würdest", hauche ich und schließe die Augen.

„Malu", höre ich, und anhand seines abgehackten Atems bin ich mir sicher, er berührt sich auch, er kommt meinem Wunsch nach, den ich bisher nicht ausgesprochen habe.

„Sag es."

„Ich würde dich küssen, deine liebreizenden Lippen mit meiner Zunge teilen und deinen Mund einnehmen." Das Keuchen in seinen Worten sorgt für eine Gänsehaut. Ich dringe mit einem Finger in mich ein und stöhne leise auf, als mein zuckendes Becken ihn begrüßt. „Dann würde ich mir einen Weg hinunter bahnen, deine Brüste, die so wunderschön sind, massieren, mit meinem Mund deine Nippel liebkosen."

Ich glaube, ich explodiere gleich. „Stopp", hauche ich deshalb und warte darauf, dass er mich fragt.

„Wahrheit oder Pflicht?" Seine Worte sind nicht mehr als ein Raunen und ich antworte mit einem gestöhnten *Pflicht.*

„Komm zu mir herunter, sofort."

Ich komme seiner Bitte sofort nach, immerhin ist das Wahrheit oder Pflicht, und wer kneift, verliert. Ich ziehe meine Hose vollends aus und mein Oberteil ebenfalls. Die einzige Lichtquelle im Zug sind die Lichter, die immer wieder hineinscheinen, und das kleine, grüne Notausgangsschild über der Tür.

Es reicht nicht aus, um etwas zu erkennen. Schemenhaft sehe ich Kieran. Die Hose hat er ausgezogen und ans Bettende geschoben. Seine Faust umschließt ihn. „Bitte, komm her", raunt er, und es ist unfassbar heiß, dass er dabei nicht aufhört, sich selbst zu verwöhnen. Ich komme näher, mein Herz pocht mir bis zum Hals. Jetzt kann nichts mehr dazwischenkommen, es sind nur wir beide. Wir zwei in einem Nachtzug quer durch Finnland. Perfekter könnte der Moment nicht sein.

Als seine Lippen fast schon brutal auf meine treffen und seine Hände meine Brüste umfassen, genau wie er es noch vor wenigen Augenblicken vorhergesagt hat, da weiß ich: Das ist der Beginn von *uns*, der Beginn von so viel mehr, als wir uns ausmalen können.

Ich bin die Leinwand, er ist der Pinsel, und gemeinsam ergeben wir das bunteste Gemälde.

Neunzehn

Irgendwie haben wir es nicht geschafft, uns zu trennen, deshalb tut mir alles weh, als die Durchsage kommt, dass wir in einer halben Stunde unser Ziel erreichen. Wir sind nackt und miteinander verschlungen – mein Bein liegt über seinem.

Die Sonne fällt nun durch die Scheiben, und das Rütteln ist nicht weniger geworden, dennoch haben wir nach den Ereignissen der Nacht in den Schlaf gefunden. „Guten Morgen", murmelt Kieran an meinen Lippen und drückt seine darauf. Er hebt sein Becken und berührt so erneut meine Mitte.

Wir schaffen es gerade noch, uns anzuziehen und die Sachen zusammenzupacken, als der Zug anhält und wir kurz darauf aussteigen. Ein schelmisches Grinsen liegt auf unseren Lippen, und mir ist, als hätte ich einen leuchtenden Pfeil über mir, der verrät, dass ich in dieser Nacht Sex hatte. Das leicht wunde Gefühl zwischen meinen Beinen lässt mich bei jedem Schritt daran denken.

Kieran läuft vor mir und sorgt dafür, dass ich meinen Blick seinen starken Rücken hinuntergleiten lasse. Sein Hintern sieht wirklich vorzüglich aus, und ich beiße mir auf die Lippe, um mein Verlangen zu zügeln. Kieran scheint meinen brennenden Blick zu spüren und sieht über seine Schulter hinweg genau in meine Augen. „Alles okay?"

Ich nicke, ein wenig zu enthusiastisch, und mein schmerzender Nacken beschwert sich direkt. „Mehr als okay", antworte ich dann, und er zwinkert mir zu, was ihn jungenhaft wirken lässt. Ich bin verliebt in ihn, das war ich schon vor der Nacht, aber die Gewissheit zu haben, dass es auch auf der körperlichen Ebene mehr als harmoniert, ist großartig. Jeder Mensch, der behauptet, ihm wäre es gleichgültig, wie es im Bett läuft, ist ein Lügner oder aber er verbirgt etwas. Ich bin froh darüber, dass ich mit Kieran ebenso lachen wie knutschen kann. Genau diese Mischung ist perfekt für mich.

„Was machen wir jetzt eigentlich hier in Oulu?"

„Ich habe eine kleine Überraschung geplant, ich hoffe, sie gefällt dir, aber du musst bis heute Abend warten. Wollen wir erst etwas frühstücken?"

„Ich bin ehrlich gesagt noch ziemlich satt, aber einen Kaffee würde ich nehmen." Wir haben vergangene Nacht die Reste unseres Einkaufs vernichtet. „Kaffee klingt super, sieh mal da vorne an der Ecke ist ein kleines Café."

Das grüne Holz des Lädchens fällt inmitten der Eichenfarben auf. In goldenen Buchstaben steht etwas geschrieben, doch sie sind verblasst, sodass man es nicht mehr wirklich erkennen kann. Die leichten Schneeflocken verschleiern unsere Sicht zusätzlich. Als wir eintreten, kündigt uns eine kleine Glocke an, und ich muss lächeln, weil mich das an einen Tante-Emma-Laden erinnert. Als ich klein war, war ich oft mit meiner Mutter in einem, der einer Frau namens Ursula gehörte. Ich durfte mir immer eine gemischte Süßigkeitentüte aussuchen, und jedes Mal habe ich denselben Vorsatz gefasst: einteilen bis zur nächsten Woche. Meist lag ich abends wie eine Schildkröte auf dem

Rücken, konnte mich nicht mehr rühren, weil ich mir alles reingezwängt habe.

„Hyvää huomenta." Ein dicklicher Mann begrüßt uns auf Finnisch. Wir wechseln dann ins Englische und bestellen zwei Tassen Kaffee.

„Wir trinken ihn hier, oder?", fragt Kieran, und ich suche schon einmal einen Platz, während er bezahlt.

Die Schneeflocken vor der Glasscheibe tanzen miteinander, und ein friedliches Lächeln legt sich auf meine Lippen. Ich habe Angst davor, dass dieser Traum endet. Als Kieran mit zwei dampfenden Tassen zurückkommt, kann ich nicht anders, als ihn anzustarren, und mir wird bewusst, wie dankbar ich bin, dass er da ist. Wie kann ein Mensch nur so viel für jemand anderen bedeuten? Manchmal, wenn ich ihn anblicke und mir bewusstwird, wie wertvoll es ist, dass wir beide hier gemeinsam gestrandet sind und Zeit miteinander verbringen, da könnte ich vor Glück heulen.

„Hier bitte." Kieran stellt die Tassen vor uns ab, und ich nehme meine. Die Hitze geht auf meine Hände über, und es fühlt sich toll an. „Bereust du, was gestern Nacht war?", fragt er. Wenn wir hier in Finnland Deutsch miteinander reden, kommt es mir fast wie eine Geheimsprache vor.

Ich bemühe mich, eine neutrale Miene zu wahren. „Du?" Mir fallen eine Millionen Steine vom Herzen, als er den Kopf schüttelt.

„Auf keinen Fall. Auch wenn es immer schwieriger wird daran zu denken, dass die Reise irgendwann enden wird." Trauer legt sich auf sein Gesicht.

Ich greife über den Tisch nach seiner Hand und streiche federzart darüber. „Wir werden bestimmt eine

Lösung finden, außerdem ist noch nicht einmal Halbzeit, weißt du?“ Ich will ihm Mut zusprechen, dabei sorgen meine Zweifel für diesen Druck im Magen, der die Schmetterlinge vertreibt. „Wir brennen einfach durch. Mich hält sowieso nicht mehr viel in Deutschland – wahrscheinlich komme ich heim und es ist nichts mehr so, wie es war. Welches Land ist als nächstes dran?“ Ich lache verzweifelt, weil mir die Tränen in die Augen steigen, obwohl der Abschied noch so weit weg ist.

„Wenn ich könnte, dann würde ich sofort mit dir um die Welt reisen. Wir bräuchten kein Zuhause, weil wir das füreinander sind.“ Er schweigt kurz. „Oder?“

Ich finde seine Unsicherheit wahnsinnig faszinierend, weil sie nicht zu dem Musiker passt. Aber Kieran ist so viel mehr als seine Musik, und ich glaube, dass er das auch allmählich begreift.

„Ja“, sage ich nur, und als er meine Hand in seine nimmt und einen Kuss darauf haucht, da schmerzt mein Herz kurz, weil der Abschied unausweichlich ist. Wie soll ich das nur aushalten? Wie soll ich je wieder einen Schritt gehen, ohne ihn an meiner Seite zu haben?

Nachdem wir unseren Kaffee in vollen Zügen genossen haben, schlendern wir durch die engen Gassen. Der Tag hat etwas Friedliches, und ich kann für einen Moment durchatmen. Ich genieße es, dass erst für heute Abend etwas geplant ist, denn langsam, aber sicher steckt mir das stetige Unterwegssein in den Knochen. In den vergangenen acht Tagen ist alles etwas viel gewesen und sehr aufregend, aber ich schaffe nicht, das Ganze zu verarbeiten.

„Tut mir leid, dass ich erst für heute Abend etwas geplant habe“, sagt Kieran zerknirscht. Wir halten uns wieder an den Händen, und das Zusammengehörigkeitsgefühl gefällt mir.

„Ehrlich gesagt genieße ich es einfach, spazieren zu gehen und dabei an nichts denken zu müssen.“

Er mustert mich. „Das war ziemlich viel in letzter Zeit, oder?“

„Ein bisschen schon“, gebe ich zu und lasse die Schultern hängen. „Ich kann das alles noch gar nicht richtig glauben, das mit der Hochzeit, mit der Reise und dann noch ... das mit dir.“

Er bleibt stehen und nimmt mich schweigend in die Arme. Der Geruch nach Kiefernadeln dringt an meine Nase. Ich vergrabe mein Gesicht an seiner Brust und atme tief durch.

„Falls du mal eine Pause brauchst, dann sag es mir einfach, okay?“

„Okay“ hauche ich, und dann bleiben wir noch einen Moment stehen, ineinander verschlungen, Halt gebend. Ich wünschte, ich könnte diesen Moment einfangen, damit ich nicht vergesse, wie es ist, in Kierans Armen zu liegen.

Nachdem wir eine Kleinigkeit zum Mittag gegessen haben, machen wir uns auf den Weg zu einem Bus, in den unsere Koffer geladen werden. Ich habe keine Ahnung, wohin das Gepäck geht, aber ich kann es nicht erwarten, unser Ziel zu sehen.

„Warum genau steigen wir nicht ein?“, frage ich neckisch, und meine schmerzenden Füße nehmen die Frage eindeutiger ernster als ich. „Der Weg dorthin soll sehr schön sein, daher dachte ich, wir laufen.“ Er grinst, und ich sage nicht, dass ich noch einen leichten Muskelkater in den Oberschenkeln von der vergangenen Nacht verspüre.

„Mir tut auch alles noch ein bisschen weh, aber vermutlich wird sich das in den nächsten Tage nicht ändern", raunt er mir ins Ohr und läuft dann einfach weiter, als hätte er mir mit seinen Worten keine Gänsehaut verschafft.

Ich hole schnell zu ihm auf, und er nimmt meine Hand in seine. Es ist zwar kalt, aber langsam gewöhne ich mich daran. Die Schneeflocken, die heute nur vereinzelt fallen, sorgen für ein wunderschönes Bild. Wir gehen in Richtung eines Waldes, der mit seinen schneebedeckten Nadeln eine gar mystische Umgebung malt. Ich sauge die frische Luft in meine Lunge ein. Wenn die Realität nicht warten würde, dann würde ich gerne hierbleiben. Vor allem mit Kieran, der immer mehr zu einem Teil meines Herzens wird.

„Ich würde nachher gern an meinen Songs weiterschreiben, sonst komme ich von meiner Inspirationsreise zurück und habe nichts weiter." Bei dem Wort Inspirationsreise malt er mit den Fingern Gänsefüßchen in die Luft, und ich kann mir ein Lächeln nicht verkneifen.

„Kein Problem, ich habe einen E-Book Reader dabei, wir müssen ja nicht dauerhaft aufeinanderhängen."

Er nickt. „Das wäre in meinem Job auch nicht möglich."

Dann sag mir doch, was du arbeitest, denke ich, presse aber die Lippen aufeinander, um ihn nicht anzuschreien, um endlich etwas zu erfahren. Ich weiß genau, dass er nicht von einer Stunde oder zwei spricht, sondern von dem großen *Danach.* Von der Zeit, vor der wir uns beide fürchten.

„Das wäre okay für mich", hauche ich, habe aber Angst, dass meine Worte zu viel sind.

Er bleibt abrupt stehen, als hätte ich ihn mit meinem Satz zu Eis gefrieren lassen. „Du weißt nicht, wovon du da sprichst." Seine Worte sind so leise, fast zischend, dass ich ihn für einen Augenblick nicht wiedererkenne. *Kieran? Bist du das noch?* „Bitte mach keine Versprechen, wenn du sie nicht halten kannst."

Da fällt mir auf, dass er nicht sauer ist, sondern verletzt und ängstlich. Ich blicke ihm in die Augen. „Ich meine das ernst. Ich weiß nicht viel über dein Leben, das ist mir klar." Ich hole tief Luft. „Trotzdem ist mir bewusst, dass ich keinen Luxus wie hier im Urlaub mit dir haben kann. Wir werden beide unabhängig voneinander unser Leben führen." Ich sage nicht, dass ich mich danach sehne, ihn immer bei mir zu haben, die Realität sieht im Normalfall anders aus.

„Du hast keinerlei Vorstellung von meinem Leben. Darauf kann dich niemand vorbereiten. Du glaubst mir nicht, dass ich dir nicht genug sein werde." Beim letzten Satz umklammert er meine Unterarme. Wie sehr muss diesem Mann wehgetan worden sein, dass er diese heftige Reaktion zeigt?

„Dann erkläre mir dein Leben, sag mir, was mich erwartet", sage ich unsicher, und er sieht weg.

„Kieran?"

„Du hast dem Deal zugestimmt, Malu. Lass uns den Tag einfach genießen, okay?"

Und weil er in diesem Augenblick so unfassbar gequält aussieht, stelle ich meine eigenen Bedürfnisse hinten an und nicke.

Zwanzig

„Überraschung", sagt Kieran und nimmt die Hände von meinen Augen. Ich blinzele und sehe mich dann um.

„Wow." Mitten im Wald steht eine kleine Villa komplett aus Glas. Im Inneren brennt ein Kaminfeuer, und auch so sieht es absolut gemütlich aus. Wir sind allein hier, lediglich der Wind fährt durch die Zweige der Bäume. Es ist Abend geworden. Wir sind den ganzen Nachmittag spazieren gewesen und haben uns angeschwiegen. Ich habe nichts gesagt, weil ich wütend auf mich selbst war. Ich darf meine Bedürfnisse nicht immer hintenanstellen, aber den nötigen Mut, um das Thema noch einmal anzuschneiden, hatte ich auch nicht. Demnach habe ich lieber geschwiegen als zugelassen, dass hitzige Worte alles um uns herum verbrennen.

„Das ist wunderschön", hauche ich und lehne mich an Kieran, der hinter mir steht.

„Die Villa gehört uns für zwei Tage, dann gehts weiter. WLAN ist inklusive, und wenn du magst, können wir später einfach gemeinsam entscheiden, wohin die Reise danach gehen soll. Morgen habe ich schon etwas geplant, aber im Anschluss bin ich offen für alles." Ich frage mich, wann genau er das gemacht hat und ob er ein Superheld ist oder etwas in der Art. Vielleicht besitzt er auch einen Zeitumkehrer wie Hermine in Harry Potter und war schon einmal hier, um alles zu planen. Oder meine Fantasie geht wieder einmal mit mir durch, was eindeutig logischer ist. „Das wäre toll“, sage ich und genieße, dass er seinen Kopf an meinen legt.

„Dann lass uns mal unsere Glasvilla beziehen, Mylady.“ Ich nicke, und die Aufregung in meiner Magengrube steigt ins unermessliche.

Von innen sieht die Villa noch viel imposanter aus als von außen. Hitze schlägt mir ins Gesicht, und wir entledigen uns schnell unserer Mäntel. Meine durchgefrorenen Beine fangen an zu kribbeln, und erst da merke ich, dass wir erneut einen ganzen Tag in der Natur verbracht haben. Klar, ich habe eine Thermohose angehabt, aber dennoch merke ich jetzt, dass ich anscheinend doch ein bisschen gefroren habe. Ich ziehe mir die Handschuhe von den Fingern und sehe mich um, während Kieran unsere feuchten Klamotten aufhängt. Der Kamin taucht den Raum in einen orangenen Ton und sorgt für eine kuschelige Atmosphäre. Im Wohnzimmer steht ein riesiges Sofa, daneben ein Beistelltisch, und der flauschige Teppich passt super zu dem Grau der Möbel. Es gibt eine Essecke sowie eine kleine Küchenzeile im rustikalen Stil. Das Schlafzimmer muss in der oberen Etage liegen, und ich kann es kaum erwarten, es zu sehen.

„Ich habe Lebensmittel besorgen lassen, damit wir noch etwas kochen können. Ich hoffe, das passt für dich.“

„Ich glaube nicht, dass man sich hier etwas bestellen kann“, sage ich und lache.

Kieran kommt auf mich zu und erinnert mich dabei an eine Raubkatze. „Hier ist niemand außer wir beide“, raunt er, drückt mich an die gläserne Wand und küsst mich. Mir bleibt der Atem weg, als er mit seinen noch kühlen Fingern unter mein Shirt fährt und sich seinen Weg sucht.

„Was ist, wenn uns jemand sieht?"

„Wird nicht passieren", raunt er, bevor er erneut meine Lippen erobert und mit seinen Fingerspitzen meine Nippel berührt. Ich trage einen Sport-BH, den er ohne große Mühe beiseiteschiebt. Mit einem Mal lässt er von mir ab, aber nur für einen Augenblick. Ich will ihn gerade fragen, was los ist, da fasst er unter meine Oberschenkel und hebt mich hoch. „Wir sollten uns mal das Schlafzimmer ansehen", murmelt er an meinen Hals, den er liebkost, während er die Glastreppe hinaufsteigt.

„O ja, das sollten wir", hauche ich, als seine Mitte gegen meine drückt und ich genau spüren kann, was er … nein, was wir beide wollen.

Ich trage einen von Kierans Pullovern, der bis kurz über meine Knie geht. Während er unter der Dusche steht – ich habe Hunger und daher darauf verzichtet, ihm zu folgen –, mache ich mich auf den Weg in die Küche. Im Kühlschrank finde ich allerhand Gemüse, und in den Schränken sind die gängigen trockenen Lebensmittel wie Nudeln und Reis. Es gibt sogar Linsen. Ich koche gerne, habe aber nur selten Zeit dazu, und auch wenn ich das sehr schade finde, bin ich meistens nicht motiviert, um mich in die Küche zu stellen. Was nicht bedeutet, dass ich sonntags keinen Kuchen auf den Tisch bringe. Backen ist schon eher meine Passion, und während mein Ex-Verlobter sonntags meistens gekocht hat, habe ich mich um den Kuchen gekümmert.

Irgendwie waren wir immer wie ein altes Ehepaar, schon lange bevor wir vorhatten zu heiraten. Ich warte auf den lodernden Schmerz, der mir bei dem Gedanken bisher immer den Atem geraubt hat, doch er kommt nicht. Kurz bin ich irritiert, dass ich nichts spüre außer Erleichterung, endlich jemanden zu haben, der mir mit Respekt begegnet.

Als hätte er meine Gedanken gelesen, rieche ich sein Aftershave hinter mir und drehe mich zu ihm um. Kiefernadeln gemischt mit einem Hauch Moschus – wie soll ich je wieder bei solchen Gerüchen nicht an ihn denken?

„Wollen wir gemeinsam kochen?", fragt er und haucht dabei federzarte Küsse auf meinen Nacken.

Ich drehe mich um. „Was hältst du davon, wenn du an deinen Songs arbeitest und ich uns eine Kleinigkeit zaubere?"

Seine Augen leuchten auf, und er legt den Kopf schief. „Bist du sicher?", hakt er nach, und ich zucke mit den Schultern. „Klar, warum nicht. Immerhin ist die Küchenzeile sowieso nicht groß genug, und so kann ich dir wenigstens etwas für all das hier zurückgeben."

Er drückt mir einen Kuss auf die Lippen. „Meinst du, es wäre dumm, dich direkt jetzt zu fragen, ob du mich heiraten willst?"

Ich höre den Schalk in seiner Stimme, und trotzdem bleibt mein Herz kurz stehen. „Vermutlich." Ich grinse, und er grinst genauso spitzbübisch zurück.

„Ich werde diesen Korb in einem Song verarbeiten." Er greift sich theatralisch an die Brust, und ich lache auf.

„Du wirst darüber hinwegkommen."

Er zieht einen Schmollmund. „Spätestens bei einem Album wirst du hören, wie sehr du mich verletzt hast." Er zwinkert mir zu und verschwindet.

Wäre es dumm, wenn ich vielleicht nicht ablehnen würde, wenn er jetzt ernsthaft darum bitten würde, mich zur Frau zu nehmen?

Ich schneide das Gemüse in mundgerechte Stücke. Von jeder Sorte ist genau so viel da, dass es für zwei Personen reicht. Als ich die Champignons geschnitten habe, schäle ich Karotten, und den Brokkoli teile ich in Röschen. Diese beiden werde ich kurz blanchieren. Ich bin fast etwas nervös. Wird das Essen Kierans Geschmack treffen, oder liege ich völlig daneben?

Während ich darauf warte, dass das Wasser kocht, finde ich ein paar Äpfel. Damit könnte ich einen perfekten Nachtisch für unsere Linsenreispfanne zaubern, oder?

Von oben ertönen Gitarrenklänge, und ich spitze die Ohren, als ich seine leise Stimme höre. Leider verstehe ich wegen der Umgebungsgeräusche kaum etwas und seufze. So ein menschliches Radio wäre doch die ideale Ergänzung für jede Küche. Aber anscheinend kann man nicht alles haben.

Eine Stunde später duftet es köstlich, und ich stelle den dampfenden Topf auf den Tisch. „Essen!", rufe ich die Treppe hinauf, und es fühlt sich fast normal und irgendwie ungewohnt an, diese Art Alltag – zumindest, wenn wir die Tatsache außen vorlassen, dass wir in einer Glasvilla mitten in einem Wald in Finnland sitzen. Es rumpelt, und dann steht er auch schon hinter mir.

„Das riecht ja mega." Er grinst und küsst meine Wange, bevor er sich an den gedeckten Tisch setzt.

„Daran könnte ich mich gewöhnen, ich mache Musik und du das hier."

Ich zeige ihm liebevoll einen Vogel. „In welchem Jahrhundert leben wir denn? Jagst du dem Fleisch noch hinterher?"

Er schüttelt prustend den Kopf. „Du bist mir eine."

Ich fülle ihm das Essen auf. „Was denkst du?"

Er sieht mich ernst an. „Das ist mit Worten nicht zu beschreiben."

Mein Herz stolpert, und ich kann ihn nur anlächeln, sonst würden so viele Wörter aus mir heraussprudeln, die alle zu viel für unseren Drahtseilakt sind.

Nachdem Kieran insgesamt drei Teller leert und ich nach anderthalb pappsatt bin, lehnen wir uns zurück. „Das Gemüse war echt eine Abwechslung nach dem Schlemmen der letzten Tage", sagt er mit vollem Mund, und ich nicke. Mein Vitaminhaushalt fühlt sich auch direkt aufgefüllt an. Pure Einbildung, aber bekanntlich ist der Placeboeffekt sehr effektiv.

„Möchtest du das Dessert sofort oder lieber später?", frage ich, und Kieran wackelt mit den Augenbrauen. „Das kommt drauf an, was er beinhaltet." Seine Stimme ist rau, und ich weiß, worauf er hinauswill, doch so meinte ich das eigentlich nicht. Wobei ... wenn ich mir das so recht überlege: ein erotischer Gang zwischen Hauptspeise und Dessert? Da wäre ich auch nicht abgeneigt.

„Ich meinte eigentlich die Apfeltartelettes, die ich improvisiert habe, aber wenn du so fragst ..."

Er grinst mich an, wird aber schnell ernst. „Dann würde ich Äpfel vorziehen." Er sieht so betont auffällig auf meine Brüste, dass ich in schallendes Gelächter ausbreche.

„Das war echt schlecht, Kieran. Unterirdisch." Ich schüttele mich, als müsste ich seine Worte loswerden, und er zwinkert mir zu.

„Du bist meinem Charme auch ohne Anmachsprüche erlegen. Anscheinend hab ich irgendwas richtig gemacht."

Es kommt mir vor, als wäre eine Ewigkeit vergangen, seit ich ihn angeheitert in der Bar in Lappland getroffen habe. Was seitdem passiert ist und wie schnell ein Herz wieder heilen kann, das hätte ich nie für möglich gehalten. „Ja, du hast mich wohl um den Finger gewickelt." Stille folgt auf meine Worte, in der wir uns nur ansehen und der Moment zur Ewigkeit wird, bis ich mich räuspere.

„Wobei deine Gitarre keine unwichtige Rolle gespielt hat."

Das Lachen, das die Glasvilla erhellt, leuchtet mehr als der orangefarbene Schein des knisternden Feuers.

Einundzwanzig

Am nächsten Morgen weckt uns die aufkommende Sonne; die Schneeflocken liegen auf dem Glasdach und mein Kopf auf Kierans nackter Brust. In der vergangenen Nacht haben wir vergessen, dass uns jeder sehen kann – unsere Leidenschaft war größer als die Angst, erwischt zu werden.

„Guten Morgen, ich werde es hassen, nicht jeden Tag neben dir aufzuwachen." Kieran krault meinen Rücken. Seine Stimme ist noch vom Schlaf kratzig, und er küsst meinen Kopf. Ich sehe zu ihm auf, und er schenkt mir ein verschlafenes Lächeln.

„Vielleicht sollten wir einfach nicht mehr allein schlafen", sage ich und ein trauriger Schleier überschattet sein Lächeln. Ich kuschele mich wieder an ihn, damit die Gedanken und die Gewissheit, dass es nicht möglich ist, jedes Mal neben ihm einzuschlafen, verschwinden. Das werden unsere Leben nicht hergeben. So traurig es auch ist.

Ich bin fast froh darüber, dass Kieran nichts weiter dazu sagt. Schweigen ist nicht immer die beste Lösung, aber ich bin mir nicht sicher, wie ich auf Worte reagieren würde. Wie ich den Schmerz ignorieren sollte, wenn er mir jetzt sagen würde, dass ich keinen Platz an seiner Seite haben kann.

„Du bist meine Inspiration, Malu." Dann küsst er mich, und ich vergesse die Schwere, die in unserer Unterhaltung lag, und lasse mich auf ihm nieder. Ich will ihn einfach spüren und vor allem genießen, bevor die gemeinsame Zeit endet.

„Sind die Wanderschuhe wirklich nötig?", frage ich theatralisch, während ich mit einem Fuß in den Schuh rutsche.

„Ja, zumindest wenn ich demjenigen glaube, der den Reisebericht geschrieben hat." Er grinst mich schief an, während ich in den zweiten Schuh schlüpfe. Sie sind bequem, auch wenn sie klobig wirken. Ich habe sie mir extra für die Hochzeitsreise bestellt und bin so schlau gewesen, sie in der Wohnung eine Runde einzulaufen, damit ich mir beim ersten richtigen Einsatz keine Blasen hole.

„Komm, ich helfe dir." Bevor ich realisiere, was er damit meint, kniet Kieran schon vor mir und bindet meine Schuhe zu. Ich lächle, weil das noch kein Mann für mich gemacht hat, und irgendwie bedeutet mir die Geste echt viel. Es sind die Kleinigkeiten bei diesem Mann, die mein Herz zum Hüpfen bringen.

„Unser Fahrer ist in fünf Minuten da, hast du alles?", fragt er.

„Der Rucksack ist schwer genug, also ich glaube ja." Kieran nickt, auch er trägt einen Rucksack, in dem wir den Proviant für den heutigen Tag verstaut haben. „Sagst du mir endlich, wo die Reise hingeht?" Er schüttelt den Kopf, ich liebe sein spitzbübisches Grinsen. „Ich hasse doch Überraschungen", schnaube ich, und Kieran blickt mir tief in die Augen, als würde er die Seiten meines Lebensbuchs lesen wollen.

„Das glaube ich dir nicht." Er grinst. „Hopp Hopp, beweg deinen süßen Hintern."

Ich lache, und natürlich wackele ich extra mit besagtem Körperteil, als ich vor ihm herlaufe. Als er hineinkneift, keuche ich auf und erröte, als ich einen Geländewagen vor uns entdecke und der Chauffeur uns peinlich berührt ansieht.

„Guten Morgen", sagt Kieran nur, und als er versucht, betont ernst zu bleiben, muss ich kichern.

Als wir ins Auto steigen, kann ich nicht anders und fange doch an laut zu lachen, so wie Kieran. Selbst dem jungen Chauffeur mit der ernsten Mine entlockt die Situation ein Grinsen.

Wir fahren nicht weit, nur rund zwanzig Minuten, und die Aufregung steigt ins Unermessliche. Auch wenn ich behauptet habe, Überraschungen zu hassen, was eigentlich auch stimmt, sind Kierans immer etwas Besonderes. Bisher lag er zumindest nie daneben, wenn er etwas geplant hat.

Ich nehme seine Hand in meine, als wir auf einem Parkplatz halten und aus dem Auto steigen. Der Chauffeur verabschiedet sich, nachdem er sich verbeugt hat und mir vielsagend zuzwinkert. Meine Wangen erröten.

„Was machen wir hier?" Ich erkenne kaum mehr als den Parkplatz. Ihm gegenüber liegt ein See, aber irgendwie weiß ich noch immer nicht, was mich heute erwartet.

„Wir laufen heute die kleine Bärenrunde", sagt Kieran und holt sein Smartphone heraus. „Ich habe hier alles drauf, aber ab dem Parkplatz sollte das eigentlich auch ausgeschildert sein."

Ich bin verwirrt. „Ich habe wenig Lust, das Frühstück eines Bären zu werden." Ich lasse es wie einen Scherz klingen, aber der Ernst in meiner Stimme kommt durch. Zum Frühstück haben wir noch Honig im Schrank gefunden, den wir großzügig auf den Brotscheiben verteilt haben. Als würden die Bären wirklich Honig wittern, wie Winnie Pooh in seinem roten Shirt. Ich muss über mich selbst schmunzeln, und Kieran, der mich beobachtet hat, ebenfalls.

„Der Honig war natürlich ein Trick von mir, damit du noch süßer wirst. Vielleicht will ich auf diese Weise ja Bären anlocken und dich loswerden." Er sagt es bitterernst, fängt aber einen Wimpernschlag später so sehr an zu lachen, dass er sich den Bauch hält. „Du hättest deinen Blick sehen müssen", sagt er.

Ich bemühe mich um einen bösen Blick, schlage ihm gegen die Brust, bin verunsichert von seinen Gedankengängen und irgendwie auch belustigt. „Wenn du mich loswerden willst, wirf mich doch gleich in den See da hinten."

Kieran hält inne. „Stimmt, die Idee ist auch gut, wobei ein Bär an dir nicht genug zu knabbern hätte." Ich zeige ihm liebevoll den Mittelfinger und stampfe dann los, in Richtung des Schildes, wo ich schon den Umriss eines kleinen Bären erkennen kann.

„Wir sind jetzt am Oulanka Basecamp, dort ist der See. Man kann hier auch schlafen, aber die Glasvilla fand ich schon irgendwie romantischer." Kieran hört sich an, als würde er den Reisebericht zitieren, den er auf seinem Handy geöffnet hat. Immer, wenn ich ihn so sorgenlos an seinem Smartphone beobachte, merke ich, wie die Handysucht mit ihren Krallen wieder nach mir greifen will. Trotzdem widerstehe ich dem Drang, gönne meiner Psyche noch das Detox, das sie braucht, und ehrlich? Ich glaube, die Reise wäre nie so geworden, wenn ich nur an meinem Handy gehangen hätte.

Das Holzhaus ist flach, mit einem grauen Dach und riesigen Fenstern. Ich kann mir gut vorstellen, dass eine Nacht hier bestimmt auch cool und irgendwie urig wäre. Dennoch weiß ich nicht, ob ich mir eine Übernachtung mitten in der Wildnis zutrauen würde, immerhin muss ich auch an die Bären denken.

„Sieh mal, wir gehen hier lang, ab jetzt sollte alles ausgeschildert sein." Kieran läuft vor mir her, und schon nach den ersten Metern wird mir klar, warum wir die Wanderschuhe an den Füßen haben. Der Boden ist matschig und noch leicht vereist von den vergangenen Tagen, es ist nicht angenehm, hier zu laufen, und ich bin sehr vorsichtig. Ich habe keine Lust, mich langzulegen, vor allem weil ich mich mit dem finnischen Krankensystem nicht auskenne. Ob mich hier ein Krankenwagen abholen könnte? Gibt es hier so etwas überhaupt? Ich bin mir sicher, aber die Vorstellung, im verschneiten Wald zu liegen und auf Rettung zu warten, sorgt für die verrücktesten Szenarien in meinem Kopf. Vor meinem inneren Auge sehe ich einen Huskyschlitten, die Hunde tragen blaue Hüte, die Sirenen darstellen sollen. Es ist absurd. Dennoch bekomme ich das Bild der Huskyambulanz nicht aus dem Kopf.

Wir schlängeln uns durch das Gestrüpp des Nationalparks, und ich wünsche mir einen Säbel. Kieran geht vor mir und versucht, die Äste von mir wegzuhalten, aber ich musste mich mehrmals ducken, weil mir sonst einer ins Gesicht geknallt wäre. Mein Atem geht schneller, als wir einen kleinen Hang hinauflaufen und dann stehen bleiben. „Das ist der erste Stopp, eine alte Wassermühle.“

„Wow“, sage ich und sehe mir das Gebäude an. Das Holz splittert, die Feuchtigkeit scheint sich hineingebissen haben. Das Wasser fließt, auch wenn einzelne Eisbrocken zu sehen sind.

„Auch hier soll man wohl übernachten können.“ Kieran zieht mich mit sich, und das Spektakel ist es wirklich wert. Das Mühlrad arbeitet und sorgt fast schon für Wellen im Wasser. Es ist wahnsinnig faszinierend. Das Wasser spritzt so hoch, dass Tropfen auf meinen Wanderstiefeln landen, und ich lehne mich näher an Kieran. „Du Wasserratte hast bestimmt keine Angst“, grinst er, zieht mich an sich und hält mich in den Armen.

Der Blick über die vereisten Bäume, gepaart mit den Geräuschen der Natur, sorgt für ein schönes Schauspiel, das ich niemals vergessen werde.

Als Kieran sich zu mir umdreht und mir tief in die Augen blickt, da weiß ich genau, dass sich nicht nur dieser Ort in mein Herz brennen wird. Kierans Blick graviert seinen Namen hinein wie eine Tätowierung, die ich nicht mehr loswerde.

Zweiundzwanzig

„Da gehe ich nicht rüber", sage ich und verschränke die Arme vor der Brust.

„Wenn wir jetzt umdrehen, dann verpasst du die restlichen Highlights."

Ich schüttele vehement den Kopf und beiße mir auf die Lippe.

Wir stehen vor einer Hängebrücke, an der ein großer Warnhinweis angebracht ist, dass sie nur für eine Person ausgelegt ist. Außerdem bin ich mir ganz sicher, dass jeder, der sie betritt, ein bisschen lebensmüde sein muss. Sie ist schmal, die Holzbretter sind vereist, und wackelig sieht sie auch noch aus.

„Ich weiß, dass du das schaffst. Ich gehe auch vor."

Ich halte Kieran an seiner Jacke fest, als er einen Schritt auf die Brücke zugehen möchte. „Ich habe keine Lust, dich vom Flussboden zu bergen." Zu der wackeligen Brücke kommt nämlich die Tatsache dazu, dass unter uns der Fluss peitscht und der Wind, der aufgezogen ist, kleine Schneeflocken mit sich bringt – das alles macht die ganze Situation nicht unbedingt einfacher.

„Komm jetzt", sagt Kieran, und dann läuft er einfach los. Ich bin mir sicher, dass mein Herz nicht einmal schlägt und ich die ganze Zeit den Atem anhalte, bis er die Brücke überquert hat. Als er auf der anderen Seite ist, sehe ich ihn nur noch schemenhaft und höre auch nicht, was er mir zuruft. Es gibt nun zwei Möglichkeiten: Ich drehe um, gehe zurück und warte auf dem Parkplatz auf Kieran. Er kann diese blöde Tour dann allein zu Ende bringen. Aber wahrscheinlich wäre ich von mir selbst enttäuscht und noch viel schlimmer: Kieran bestimmt auch. Also atme ich noch einmal tief durch und setze den ersten Schritt. Meine Beine fangen zittern, als bestünden sie aus Wackelpudding, und dann wackelt auch die gesamte Brücke. Bisher bin ich davon ausgegangen, dass ich keine Höhenangst habe, doch diese Brücke ist mein Endgegner. Ich sehe nach vorn, zu Kieran, der mehr oder weniger geduldig auf mich wartet. Wenn ich mich nur auf ihn konzentriere, dann sollte ich es schaffen. Also setze ich vorsichtig einen Fuß vor den anderen und klammere mich immer wieder neu an die Seile, die die Brücke tragen. Ich rutsche leicht und bleibe sofort stehen.

„Du hast es gleich geschafft", ruft Kieran. Ich sollte zurückschauen, um zu sehen, wie viel ich geschafft habe. Ich erinnere mich an meinen Aufenthalt im Schullandheim, bei dem wir auf einen Berg laufen mussten, um zu einer Hütte zu kommen. Ich war total fertig, und ehrlicherweise hatte ich auch keine Lust mehr. Meine Lehrerin hat mir damals gesagt: „Sieh immer nach vorne, du wirst merken, dass dein Ziel dir immer näherkommt."

Also befolge ich ihren Rat und blicke wieder zu Kieran. Es ist nicht mehr weit, gleich bin ich da. Ich setze einen Fuß vor den anderen, gehe die letzten Meter, und als Kieran mich in seine Arme zieht und mich anstrahlt, da weiß ich: Es hat sich gelohnt, meine Ängste zu überwinden.

Für diesen Mann würde sich alles lohnen, ich würde noch über tausend Brücken laufen, um dann bei ihm zu sein. Oder aber es reicht die eine, und ich hoffe einfach, dass unsere Route keine Kletterfelsen oder Ähnliches beinhaltet.

„Du bist der Hammer, Malu. Ich liebe dich", sagt Kieran auf einmal, noch komplett im Freudetaumel, über meinen Mut. Hat er …? „Also ich liebe das an dir, ich … du …" Er stammelt weiter vor sich hin, und ich lege meine Hände an seine Wangen. Ich muss nicht eine Sekunde nachdenken.

„Ich liebe dich auch."

Auf einmal kommt mir alles viel magischer vor. Besonders. Als hätten uns die Worte beflügelt, während die Natur um uns für eine tolle Atmosphäre sorgt. Wir gehen weiter, ich halte mich dicht hinter Kieran, bis wir eine Hütte erreichen, vor der ich eine erloschene Feuerstelle entdecke.

„Wir können unsere Sandwiches in der Hütte essen und dann weiterlaufen."

Ich finde Kierans Vorschlag super, mein knurrender Magen ebenfalls, also machen wir eine erste Rast. Wir setzen uns vor die schneebedeckte Hütte, und es sieht fast so aus, als würde hier in den Sommermonaten ein kleiner Garten blühen. Kieran nimmt zwei Wasserflaschen aus seinem Rucksack, und ich ziehe aus meinem die eingepackten Sandwiches. Wir haben sie mit Honig oder mit Käse belegt, eben mit dem, was der Kühlschrank unserer Unterkunft hergegeben hat. „Findest du es wirklich eine gute Idee mit dem Honig?", frage ich skeptisch und nehme mir lieber erst ein Käsebrot, bevor ich mich an das süße Erlebnis wage.

„Jap", grinst Kieran und beißt demonstrativ in sein Brot, nur um mich dann mit vollem Mund anzugrinsen. „Das ist eine hervorragende Idee, glaube mir."

Krümel kleben auf seinen Lippen, was mich schmunzeln lässt. Für diesen Idioten von Musiker würde ich mich sogar mit Honig einschmieren und vor einen Bären legen, wenn das bedeuten würde, noch mehr Zeit mit ihm zu haben. Manche Menschen sind es wert, dass man für sie gefressen wird.

Kurz darauf machen wir uns wieder auf den Weg. Mein Atem geht schneller, und die Holztreppen, die an den steileren Etappen im Gelände befestigt sind, sind rutschig unter meinen Wanderschuhen. Vielleicht hätte ich nicht nur auf die Optik achten sollen, sondern eher auf die Funktionalität, denn meine kalten, feuchten Füße, die in dicken Socken stecken, wissen auf jeden Fall eines: Wasserdicht sind diese Wanderstiefel auf keinen Fall, und das ärgert mich. Warum gibt man den Menschen immer Versprechen und hält sie nicht? Marketinglügen sind auch Schwindeleien, die ich einfach nicht akzeptieren will.

„Hier dürfen wir den Pfad nicht verlassen", sagt Kieran, und ich nicke. Ich weiß, dass ich mich für ihn fressen lassen würde, um ihn zu retten. Aber es auf einen Unfall anlegen muss ich ganz eindeutig nicht.

Der Schnee fällt mittlerweile in dichteren und größeren Flocken vom Himmel und versperrt mir immer wieder die Sicht.

„Malu, sieh mal." Kieran zeigt in die Ferne, und ich halte mir eine Hand über die Augen, um etwas zu erkennen.

Um Himmels willen! Da hinten steht eine Bärenfamilie, sieht aber nicht gerade gefährlich aus. Die erwachsenen Tiere scheinen sich gerade um die zwei Jungen zu kümmern. Es hat den Anschein, als würden sie ihren

Nachwuchs bettfertig machen, was mich lächeln lässt. „Sie sehen gar nicht so böse aus", flüsterte ich, und Kieran nickt. „Wenn man sie nicht bedroht, sind sie friedlich, außerdem sind sie ja an Touristen gewöhnt."

Ich gebe ihm recht. „Lass uns die Familie nicht weiter stören und weiterziehen."

Er nickt, nimmt sich aber trotzdem noch die Zeit, um mir mit einem Kuss den Atem zu rauben.

Es ist gut, dass wir uns für die kleine Bärenrunde den ganzen Tag genommen haben, denn es sind immerhin zehn Kilometer. Als uns der Fahrer am frühen Abend abholt, sind meine Füße zu Eisklötzen geworden. Mein Herz steht allerdings in Flammen, was an Kieran liegt, der mir immer wieder Küsse gestohlen hat, und an unserem Liebesgeständnis, das ich noch immer im Ohr habe. Heute ist Tag neun der Reise. In zwölf Tagen steht die Abreise an, und ich weiß wirklich nicht, ob ich bereit bin, zu gehen. Mir fällt gerade auf, dass ich nicht einmal Kierans Pläne kenne, ihm nur immer wieder gesagt habe, wann mein Rückflug geht.

„Wann fliegst du eigentlich nach Hause?", frage ich, obwohl ich weiß, dass damit die Stimmung kippen könnte. Kieran sieht kurz auf sein Smartphone. „In zwölf Tagen, genau wie du. Allerdings nach Berlin, nicht nach Frankfurt." Er wirkt traurig. Ich streiche über seine behandschuhten Finger und versuche, ihm Trost zu spenden, auch wenn ich den derzeit ebenfalls benötige. Mein Herz heilt noch, es schlägt für Kieran. Ich weiß nicht, wie ich es ertragen soll, wenn es am letzten Reisetag wieder zerbrechen wird. Werde ich die Splitter dann je wieder zusammensetzen können?

„Wir sollten uns vielleicht doch ein paar Pläne für Deutschland machen, oder?", frage ich leise und bereue es im nächsten Moment.

Kieran seufzt, und mein Herz bleibt für einen Moment stehen. „Du weißt doch, dass ich dir keine Versprechen geben kann, Malu. Du weißt nicht, wie mein Leben ist." Ich würde ihn am liebsten anschreien, doch ich beiße mir auf die Zunge. Ich schlucke die heiße Wut hinunter, die in mir aufsteigt, weil ich endlich mehr über ihn erfahren will. Ich will alles über ihn wissen, will ihn kennenlernen.

Als wir zurück in der Glasvilla sind, hängt das Schweigen wie eine große, dicke Gewitterwolke über uns. Sie ist schon so voller Regen, dass es nicht mehr lange dauern kann, bis der Schauer einsetzt. Die Stille ist fast unerträglich. Anscheinend sieht Kieran das genauso, denn er geht wortlos hinauf ins Schlafzimmer, und wenige Sekunden darauf höre ich Gitarrenklinge, die aggressiver als sonst klingen. Ich schlage mir die Hände vors Gesicht und beiße mir auf die Lippe. Irgendwann schmecke ich etwas Metallisches – ich habe mir die Lippe blutig gebissen, damit ich nicht anfange zu schreien. Vielleicht würde es aber guttun, vielleicht würde ich es brauchen. Ich schlucke den Zorn erneut hinunter, ahne aber, dass ich irgendwann explodieren werde.

Ich gehe allein unter die Dusche, auch wenn ich eigentlich gehofft habe, dass Kieran mitkommt. Dabei höre ich oben immer noch die Gitarre und seine Stimme dazu, die unverständliche Worte singt. Das Wasser, das auf meinen Körper prasselt, lässt mich aufstöhnen.

Ich beiße mir erneut auf meine Lippe und kann die aufkommenden Tränen nicht länger zurückhalten. Ich rutsche an der Duschwand nach unten, und die Kälte, die aus meinem Inneren kommt, lässt mich erstarren.

Alles ist in diesem Moment zu viel, dabei war der Tag so schön. Wir sind uns unserer Gefühle bewusst, wir wissen, was wir füreinander empfinden. Die Unsicherheit und die Ungewissheit machen mich fertig, sorgen in diesem Augenblick dafür, dass ich zusammenbreche. Ich weiß nicht, wie lange ich in der Dusche sitze und mir immer wieder Horrorszenarien über Kierans Leben ausmale. Über das Ende unserer Reise, denn dass sie enden wird, ist glasklar. Wie soll ich ihn lieben, wenn ich weiß, dass unsere Liebe ein Ablaufdatum hat? Wie soll ich damit klarkommen, wenn ich weiß, dass mein Herz brechen wird?

Ich stehe irgendwann auf, als die Hoffnung, dass Kieran mich vielleicht findet und mir die ewige, naive Liebe verspricht, langsam stirbt. Ich trockne mich ab, höre aber keine Gitarrenklänge mehr, was diese laute Stille wieder heraufbeschwört.

Ich ziehe mir einen Bademantel über und betrete den Wohnbereich. Es duftet hervorragend, und ich sehe zur Küchenzeile.

„Ich habe etwas gekocht", sagt Kieran und zeigt auf den Esstisch, den er schon gedeckt hat. Ich kann nichts erwidern, kämpfe erneut gegen die Tränen, die mir die Luft nehmen wollen. Er sieht mich an und ich weiß, dass er meine geröteten Augen bemerkt, doch er sagt nichts. Noch nie hat mich ein Schweigen so tief getroffen wie dieses.

Dreiundzwanzig

Es mag komisch klingen, aber als wir im Bett liegen und uns die Sterne ansehen, die durch das Glas schimmern, da scheint alles wieder gut zu sein. Vielleicht ist Verdrängung auch die beste Lösung. Ich will den Schmerz hinauszögern, ihn nicht jetzt schon lodernd brennen lassen.

Kieran zieht mich an sich. Wir sprechen nur das Nötigste, aber die Stimmung scheint sich langsam zu lockern.

„Wie hat dir die Bärenrunde gefallen?", fragt er nach einer Weile.

„Ich fand es richtig toll, auch wenn ich verwundert bin, wie ungefährlich die Bären gewirkt haben."

„Manchmal klingt etwas furchteinflößend, aber wenn man sich seiner Angst stellt, dann wirkt das Problem auf einmal nichtig, weißt du?" Kieran scheint in seine Gedanken abzugleiten, und weil ich nicht wieder zu viel hineininterpretieren will, verfalle ich erneut in Schweigen. Dabei weiß ich genau, dass er nicht die Bären meint, denn denen zu nahe zu kommen kann böse enden.

„Ich finde, unsere Reise ist wie ein Traum." Er spricht leise, jedes Wort kommt langsam über seine Lippen, fast als würde er vor jeder Silbe überlegen, was er sagen möchte. „Wir beide liegen hier, wir sind ineinander verliebt, und alles fühlt sich irgendwie magisch an." Seine Fingerspitzen, die soeben noch meinen Oberarm gestreichelt haben, bahnen sich einen Weg zu meinen

Brüsten. Er streicht über den Ansatz, und ich seufze genüsslich auf. „Wenn ich dich ansehe, dann bleibt meine Welt stehen, Malu." Er küsst die Kuhle zwischen Hals und Schulter, und ich lächele in die Nacht hinein, wegen seiner federzarten Berührung und seiner Worte.

„Wenn du mich küsst, dann vergesse ich alles um mich herum. Ich würde am liebsten mit dir weggehen, und dann bauen wir uns ein eigenes Schloss, was meinst du?"

„Wir sind nicht im Märchen", krächze ich, und ein Ruck geht durch Kierans Körper. Mit einem Mal holt er aus und schlägt mit der Faust gegen das Bettgestell aus Metall. Es knackt.

„Fuck, fuck, fuck", schreit er und springt vom Bett auf, während er sich die Hand hält. Dieser hitzköpfige Idiot! Was hat er nur getan?

Ich stehe auf, schalte das Licht an, ignoriere dabei, dass ich komplett nackt vor ihm stehe. Er trägt ebenfalls nichts, bis auf die Schuldgefühle, die ihm ins Gesicht geschrieben sind.

„Ich wünsche mir dieses verdammte Märchen für uns, verstehst du das nicht?" Er faucht es, wie ein Kater, der so dringend Nähe braucht, mich aber erst mal versucht, von sich fernzuhalten. Nur blöd, dass es dafür längst zu spät ist.

„Zeig mir deine Hand", sage ich nur, weil ich ihn nicht noch wütender machen möchte.

„Wir sind gerade so glücklich, doch wir sollten es nicht sein. Oder?", fragt er, und als seine Augen verdächtig glitzern, weiß ich, dass wir beide in diesem Moment denselben Schmerz spüren. Nur, dass wir ihn nur weiter anheizen und es fast noch schlimmer machen.

Niemand von uns traut sich, dem anderen zu zeigen, wie sehr er leidet. Ja, vielleicht haben wir auch beide ein Problem damit, Schwäche zu zeigen. Schwäche zuzulassen. „Ich bin nicht der Prinz auf dem weißen Pferd."

„Ich muss mir deine Hand ansehen", sage ich wieder, weil ich mich ablenken muss. Wenn ich ihm jetzt zeige, wie sehr ich mir diesen Traum für uns ebenfalls wünsche, dann zerfallen wir beide. Deshalb versuche ich, Stärke zu zeigen, indem ich für ihn da bin.

Er streckt mir seine rechte Hand hin, die schon jetzt angeschwollen ist. Als ich sie sanft abtaste, zuckt er nicht einmal zusammen. Es sieht höllisch schmerzhaft aus. „Wir sehen nach, ob wir ein Kühlpack finden, komm mit."

„Du bist so schön", haucht er, und ich lächele ihn nur flüchtig an. Ich muss seine Hand versorgen. Ohne die kann er keine Gitarre mehr spielen.

„Wir müssen deine Hand kühlen, damit sie bald wieder einsatzfähig ist, verstehst du?"

Kieran sieht mich auf einmal an, als wäre ihm eine Idee gekommen. „Wenn meine Hand nicht gut heilt, dann muss ich vielleicht nicht mehr arbeiten und wir könnten zusammenbleiben."

Ich schüttele ihn. „Aufgeben ist keine Option, wir finden eine Lösung, okay?" Ich schlucke alles andere hinunter, und auf einmal scheint er aufwachen, als würde er endlich begreifen, was er gerade gesagt hat. Wir haben keinen Alkohol getrunken, aber dieser Tag, die vergangenen Stunden, alles fühlt sich an wie ein Rausch.

„Wir brauchen Eis für meine Hand." Kierans Stimme ist leise und zerbrechlich, genau wie ich mich fühle. Fast zerstört.

Es ist, als wären die Gewitterwolken aufgebrochen und der Regen prasselt kontinuierlich auf uns herab. Und das, obwohl die Sonne schon morgens, als wir unsere Sachen zusammenpacken, in die Glasvilla scheint. Kierans Hand scheint nicht gebrochen zu sein, dennoch sollten wir sie schonen. Seit gestern Nacht herrscht Eiszeit; seit der Gefühlsexplosion sind wir einfach nur still, und die Magie, die uns sonst umgeben hat, ist verschwunden. Es tut weh, aber ich kann es nicht ändern, auch wenn ich die ganze Zeit grüble, wie ich die Stimmung aufhellen kann.

„Wir sollten reden", sagt Kieran, als ich den Reißverschluss meines Koffers zugezogen habe und ihn auf den Boden stelle. Ich nicke, die Bauchschmerzen melden sich sofort. Immer, wenn ich diese drei Worte höre, zieht sich mein Magen zusammen, und ich bekomme Angst. Blöde Angewohnheit, aber leider die bittere Realität.

Wir setzen uns ein letztes Mal an den Frühstückstisch, und ich kann nicht glauben, dass der Aufenthalt hier in der Villa so viel Gutes und so viel Dunkles bereitgehalten hat. „Entschuldige meinen Ausbruch gestern Abend, das war nicht in Ordnung", sagt er mit Reue in seinen Augen.

„Alles gut." Die Lüge wiegt schwer auf meiner Zunge, doch die Wahrheit wäre noch schwerer.

„Ich kann dir kein Happy End für uns versprechen, obwohl ich es mir so sehr wünsche." Seine Stimme klingt heiser, verzweifelt, und in seinen Augen glitzern Tränen.

„Das ist okay, das wusste ich doch.“

Er nickt.

„Vielleicht bleiben wir einfach zusammen, auch in Deutschland. Wir sind unzertrennlich, das spürst du auch, oder?“

Ich nicke, nehme seine Hand in meine und streiche darüber. „Wir sind ineinander verliebt, und Gefühle überwinden alle Hürden.“ Ich stecke all meine Liebe für ihn in diesen Satz.

„Das bedeutet wir sind jetzt offiziell zusammen?“, hakt er nach, und ich nicke.

Ein Kuss besiegelt unsere Gefühle, und mein Herz stolpert, als mir klar wird: Wir sind ein Paar, und es fühlt sich hervorragend an.

Da Kieran seine Hand noch schonen soll, klemme ich mich hinters Steuer unseres Mietautos. Ein Jeep, dunkelgrün, der mit den dicken Schneeketten perfekt für diese Gegend geeignet ist. Wir haben uns gemeinsam ein neues Ziel ausgesucht: Rovaniemi mit Stopp in Kemijärvi, und ich freue mich darauf. Einen Roadtrip wollte ich schon immer mal machen, und mit Kieran neben mir fühlt es sich an wie ein wahrgewordener Traum. Das Radio spielt leise Musik, und Kieran singt bei den meisten Liedern mit. Bei denen, wo er anscheinend nicht textsicher ist, trommelt er auf meinem Oberschenkel mit den Fingerspitzen den Takt. „Es ist schön, dass wir uns unserer Gefühle sicher sind“, sagt er auf einmal und wirkt ein wenig nachdenklich, als er die vorbeiziehenden Bäume durch das Fenster betrachtet.

„Klar, warum auch nicht?", sage ich und habe an einer roten Ampel die Möglichkeit, ihn kurz anzusehen.

„Ich habe seit dem Verlust meiner Schwester niemanden mehr an mich herangelassen." Er stößt die Worte so schnell aus, dass ich Mühe habe, jedes einzelne zu verstehen. „Als ich dich das erste Mal gesehen habe, ahnte ich schon, dass du meine neue Droge wirst. Dass ich abhängig werde und bestimmt auch irgendwann im Graben lande, weil du gehen wirst." Er hält die Luft an. „Weil mich jeder, der mir was bedeutet, irgendwann sitzen lässt."

„Ich nicht", sage ich und greife nach seinen Fingern, um sie fest zu drücken. „Nie", hauche ich und spüre, wie er den Druck erwidert.

Unser erster Zwischenstopp ist gegen Mittag in Kemijärvi, das laut Google inmitten einer Seelandschaft liegt. Wir fahren über eine Brücke, direkt auf eine Kirche zu, die wir uns ansehen möchten. Auch wenn ich nie ein gläubiger Mensch gewesen bin, haben diese Gebäuden einen tollen Charme und wirken manchmal sogar elegant. Genau deshalb möchte ich mir mit Kieran das Gotteshaus ansehen. Ich parke direkt vor der Tür. Da nichts los ist, werden wir das Auto hier stehen lassen und dann noch eine Runde spazieren gehen, bevor wir uns weiter in Richtung Rovaniemi bewegen. Ich bin sehr darauf gespannt.

Als wir die Kirche betreten, sind wir ganz still, es ist wahnsinnig kalt im Gebäude, und die Sonne, die durch die Fenster fällt, sorgt für angenehmes Licht.

„Ich würde für meine Schwester gerne eine Kerze anzünden."

Ich nicke und stehe ihm bei, als er ein Streichholz an den Docht hält und die Kerze an die davor vorgesehene Wölbung steckt. Dann schließt er die Augen, und anhand der heruntergesackten Schultern erkenne ich den Schmerz, den er durchmacht. Es ist eine Qual, für einen Menschen, den man sehr liebt oder geliebt hat, nur noch eine Kerze anzünden zu können. Dabei wünscht man sich nichts sehnlicher, als ihn noch einmal umarmen zu können und Lebewohl zu sagen.

Ich gebe Kieran die Zeit, die er braucht, und als wir danach gemeinsam spazieren gehen, ist er wieder sehr viel entspannter. Es wirkt fast so, als hätte er seine Schwester wirklich gesehen, und als hätte ihm das neue Kraft geben. „Sieh dir mal die vielen Seen um uns herum an", hauche ich, und Kieran nickt ehrfürchtig. Wir haben auf dieser Reise schon viel erlebt, doch die zugefrorenen Seen, die von den weißen Sträuchern und Bäumen umrahmt werden, haben etwas Besonderes an sich. Die Magie dieses Ortes geht auf uns über. Ein kleines Eichhörnchen springt über einen zugefrorenen See und macht die Szene perfekt. Wir bleiben auf der Brücke stehen und sehen zu, wie das Eichhörnchen einem Blatt hinterherjagt. „Das ist so süß", sage ich, und Kieran lehnt seinen Kopf auf meinen.

„Das ist alles so friedlich hier, ich will gar nicht zurück in den Stress."

„Da gebe ich dir recht, mein Leben wird ein komplettes Chaos sein, wenn ich zurückkomme." Das Lachen bleibt mir fast im Hals stecken. Ich würde lügen, wenn ich behaupte, ich hätte davor keine Angst.

„Gemeinsam bekommen wir das bestimmt hin, zumindest, wenn du dein Handy dann anschaltest."

Kieran wirft mir einen mahnenden Blick zu, und ich grinse ihn an, um ihn abzulenken. Da war ja noch was … an mein Smartphone-Problem habe ich gar nicht mehr gedacht. Niemals hätte ich mir ausmalen können, so lange auf dieses kleine Ding zu verzichten. Vielleicht sollte ich das in Deutschland beibehalten und aufhören, immer alles von meinem Handy abhängig zu machen. Wobei ich mir sicher bin, dass die Sucht wieder einsetzt, sobald ich Kieran nur noch per Telefon erreichen kann. Bin ich in meinem Alter überhaupt bereit für eine Fernbeziehung? Mir darüber den Kopf zu zerbrechen ist zu spät, ich habe mich für den verrückten Musiker entschieden, ihm gehört mein Herz, auch wenn ich mir über die Folgen noch nicht ganz im Klaren bin.

Kieran besteht darauf, die weitere Strecke zu fahren, seine Hand ist nicht mehr angeschwollen, und wahrscheinlich ist das Schlimmste nach der Nacht voller Schmerzen überstanden. Ich frage mich, ob wir in ein paar Jahren gemeinsam hierher zurückkommen, an den Ort, an dem unsere Geschichte ihren Ursprung gefunden hat. Ich hasse mich selbst dafür, so weit im Voraus planen zu wollen. Die Zukunft direkt vor mir sehen zu wollen, damit ich mich auf eventuellen Schmerz vorbereiten kann. Ich wünschte, ich hätte einen Schutzpanzer, der mich vor tieferen Verletzungen schützt, und irgendwie habe ich Angst, dass mein Hochgefühl bald nachlässt. Und dann kommt die Dunkelheit.

In Rovaniemi angekommen, hängt uns die Autofahrt ein wenig in den Knochen, und die Erschöpfung vermischt sich mit Hunger. „Wollen wir erst mal in das

Hotel einchecken und eine Kleinigkeit essen?", frage ich, als Kieran den Motor abstellt und die Schneeflocken auf die Scheibe fallen.

„Das klingt gut", sagt er, und in dem Moment knurrt sein Magen – es ist eindeutig an der Zeit, uns etwas zu Futtern zu besorgen.

Kurz darauf sitzen wir im Hotelrestaurant, unsere Koffer sind auf dem Zimmer. Ich liebe es, Kieran gegenüber zu sitzen und ihn einfach nur anzusehen. Ich mustere jedes Detail seines Gesichts und entdecke über der Lippe eine kleine, feine Narbe. „Was ist da passiert?", frage ich, deute darauf, und Kierans Hand wandert zu der Stelle.

„Betrunken versucht, ein Konzert zu spielen", antwortet er nur, und mir ist klar, dass er nicht weiter darüber sprechen will. Ich habe so viele Fragen, doch der Kellner stellt unsere Getränke auf den Tisch sowie einen Brotkorb.

Er scheint also auch schon ein paar Gigs gespielt zu haben. Das Mysterium um ihn herum verwirrt mich.

Wir haben dieses Hotel spontan gefunden, und mit der Mischung aus alter Bauweise und moderner Einrichtung wirkt es irgendwie sonderbar. Als hätte man verzweifelt versucht, etwas Altes neu zu gestalten, und das ist eher halb gelungen. Auch der ovale Tisch, an dem wir sitzen, wirkt zu ausgefallen für Lappland, wie wir es bisher kennenlernen durften.

Kieran schmiert sich Kräuterbutter auf eine Scheibe Baguette und hält sie mir entgegen. Ich beuge mich über den Tisch und genieße das Knacken der Kruste. Ich liebe Brot, das außen knusprig und innen weich ist. Außerdem habe ich ziemlichen Hunger – irgendwie haben wir heute das Frühstück vergessen. Das ist uns bisher selten passiert, und ich frage mich, ob Kieran zuvor ein Frühstücksmensch war oder eher bis in die Puppen gefeiert hat. Außerdem stelle ich mir immer öfter die Frage, wie sein Leben zu Hause wohl aussieht. Ich weiß, dass die Musik seine Passion ist, aber es wirkt nicht, als würde er davon leben. Kurz kommt mir dieses eingebildete Kameraklacken von vor ein paar Tagen in den Sinn. Das hatte ich fast vergessen. Ich möchte Kieran einfach mal auf der Bühne erleben, wobei ich auf dieses typische Rockstarimage keine Lust hätte. Mein Herz wäre dafür nicht bereit. Ich weiß ja nicht einmal, ob ich es überhaupt auf die Reihe bekomme, auch nur einen Fan an seiner Seite zu sehen. Hat man als kleiner Musiker überhaupt Fans? Vielleicht durch die Connection mit der Band, für die er gearbeitet hat? Keine Ahnung. Mein Gedankenkarussell dreht sich kontinuierlich, und ich spüre die aufkommenden Kopfschmerzen.

„Alles okay?", fragt Kieran, der sich gerade das letzte Stück Brot in den Mund steckt.

Ich könnte jetzt ein Fass aufmachen, doch das würde den ersten Tag unserer Beziehung in kein gutes Licht rücken. An diesen Tag sollte man sich immer im Guten erinnern, also sage ich nur die halbe Wahrheit: „Alles gut."

Vierundzwanzig

Wir hatten noch so viel vor, aber letztendlich liegen wir im Bett und sehen uns irgendwas auf dem Fernseher an. „Macht es dich auch ein bisschen traurig, dass wir bisher keine Nordlichter gesehen haben?" Im Fernsehen läuft gerade eine Dokumentation darüber, zumindest schwirren die blauen und grünen Lichter über den Bildschirm. Leider ist sie auf Finnisch, und das verstehen wir beide nicht so richtig.

„Ja, irgendwie würde das die Reise echt noch perfekt machen", antwortet Kieran und streicht über meine nackte Schulter. Die Klamotten haben wir irgendwann auf den Boden geworfen, nachdem er angefangen hat, mich mit seiner Hand zu verwöhnen, um mir zu beweisen, dass sie nicht mehr weh tut. Ich kann bestätigen: Er ist bei bester Gesundheit, jeder Teil seines Körpers. „Außerdem sollte das doch in dieser Jahreszeit gar kein Problem sein", murre ich ein wenig bockig, und Kieran lacht auf.

„Du stures Mädchen." Er küsst meine Stirn. „Ich liebe dich so sehr, Malu", murmelt er und küsst sie erneut. „Du weißt, dass Stirnküsse ein großes Versprechen bedeutet."

Ich hole Luft. „Es bedeutet, immer an meiner Seite zu bleiben."

Die Antwort sind viele kleine Küsse, die er auf meiner Stirn verteilt, während er sich über mich beugt und die Nordlichter in den Hintergrund treten.

Wir sitzen in unserer Badewanne, und die letzten Tage ziehen an mir vorbei: die vielen Momente voller Hoffnungslosigkeit und dem Aufglimmen der neuen Liebe in meinem Herzen. Wie viele Emotionen man in nur wenigen Tagen durchlaufen kann, ist wirklich unbeschreiblich, und ich könnte nicht glücklicher sein, da ich weiß: Unsere Reise ist noch nicht vorbei, das hier ist erst der Beginn. Kieran sitzt hinter mir, fährt mir mit einem Waschlappen über den Rücken, und ein wohliger Schauer überkommt mich.

„Hör auf, so viel zu denken", murmelt er und küsst mein Schulterblatt.

„Was war bisher das Highlight deiner Reise?", frage ich lächelnd, als er die Arme um mich schlingt und wir gemeinsam aus dem Fenster sehen, das die schneebedeckten Häuser der Stadt zeigt.

„Dich kennenzulernen", antwortet er, ohne auch nur eine Sekunde darüber nachzudenken.

„Du Spinner."

Er küsst meine Wange. „Es ist die Wahrheit", murmelt er und drückt mir direkt noch einen weiteren Kuss auf. „Was hast du eigentlich gemacht, bevor ich im Hotel angekommen bin?"

„Ich war drei Tage vor dir da und ein bisschen spazieren, habe mir die Zeit für mich und die Natur genommen." Er klingt damit sehr zufrieden. Wahrscheinlich hat er die Ruhe dringend nötig gehabt, er sagte ja, dass er nicht so oft in den Urlaub geht. Generell empfinde ich Deutschland als eine sehr stressige Heimat, immer muss alles schneller gehen, man muss höher springen, man soll kämpfen, nicht verlieren, und letztendlich haben wir gar nichts davon. Was ist, wenn uns die Zeit nicht ausreicht, um all die Dinge zu erleben, die wir schaffen wollen? Das ist ein absolutes Tabuthema in meinem Heimatland, denn sobald man sich eine Auszeit gönnt, steht man als Versager da. Urlaubstage sind die Ausnahme, aber wage es dir, dich wegen Stress krankschreiben zu lassen oder gar von Burnout zu reden. Depressionen sind ebenfalls ein Thema, das so oft aufflammt, aber einfach totgeschwiegen wird. Warum fühlt sich hier in Lappland alles so leicht an? Die Landschaft lädt einen ja förmlich ein, durchzuatmen und mal stehen zu bleiben. Hier habe ich das Gefühl, ich muss nicht weiterrennen, sondern kann innehalten, atmen und einfach mal zur Ruhe kommen.

„Tut mir ja fast leid, dass ich deine Ruhe gestört habe", necke ich Kieran, und er zwickt mir in die Seite, so dass ich zusammenzucke und Wasser aus der Wanne schwappt.

„Entschuldige dich nie dafür, dass du mir das Licht in mein Leben zurückgebracht hast."

„Du schreibst deine Texte selbst, oder? Du kleiner Poet", grinse ich, und dann zeigt er mir, wie poetisch er sein kann – auf eine sehr erotische Art.

Wir haben beide gut geschlafen, zumindest bin ich fit, und Kieran, der meist leichte Schatten unter den Augen hat, sieht beim Frühstück ebenfalls erholt aus. Wir sitzen in einem Café in der Stadt und genießen gerade *Tunnbröd,* das mich an dünnes Fladenbrot erinnert und leicht süßlich schmeckt. Kieran hat zuvor eine Portion Hering verdrückt, was mich irgendwie nicht so gereizt hat, aber zum Glück sind Geschmäcker ja bekanntlich verschieden. Auf das Tunnbröd habe ich eine dünne Schicht Frischkäse verteilt und darauf noch einen Klecks Marmelade gegeben, und irgendwie habe ich den Eindruck, damit eine Todsünde begangen zu haben. Jeder, der an mir vorbeiläuft, sieht mich für einen Moment schockiert an. Aber Frischkäse mit Marmelade geht doch immer, oder?

Als die nächste Person mich wieder seltsam ansieht, bin ich langsam genervt. „Verstehst du das Problem?", zische ich Kieran zu, und er nickt nur, grinst und schiebt sich ein Stück Hering in den Mund.

„Das Brot wird hier nie süß gegessen, und vor allem nicht mit Frischkäse *und* Marmelade. Anscheinend sind sie hier auf Touristen wie dich ausgelegt."

Ich schüttele den Kopf. „Komme ich jetzt in die Hölle oder so?"

„Sieh dir die Blicke der Leute an und entscheide dann selbst."

Ich folge seinem Rat und weiß genau: Ich komme in die Hölle, denn anscheinend war das wirklich eine Todsünde. Kieran und ich blicken uns tief in die Augen und fangen dann gleichzeitig an zu lachen. Lappland ist wirklich ein Land für sich.

Anschließend steht der erste gemeinsame Museumsbesuch im Arktikum an. Als wir vor dem imposanten Gebäude aus Glas stehen, das wie ein Finger in Richtung Norden zeigt, da weiß ich: Es ist die perfekte Wahl für unseren ersten kulturellen Ausflug. Der Schnee scheint täglich mühsam vom Gebäude gefegt zu werden, denn die Schicht ist sehr dünn und erinnert eher an Puderzucker. Ich lächle, als Kieran meine Hand in seine nimmt und mich fragt, ob ich bereit bin.

„Bereit, wenn du es bist", antworte ich, und nach einem kurzen Kuss auf die Nasenspitze betreten wir das Museum.

Das imposante Gebäude ist von innen genauso ansprechend wie von außen. Durch die Glaselemente ist es unfassbar hell, und vor den Gemälden stehen Holzstühle, sodass man es sich wirklich bequem machen kann, um die Kunstwerke zu betrachten. Das Arktikum ist zweigeteilt, und wir starten mit dem Arktischen Zentrum, um später ins Provinzmuseum zu wechseln. Im Arktischen Zentrum streifen wir durch die Gänge und erleben das Institut für die Nördliche Umwelt. Das Augenmerk liegt hier auf der Erforschung der Rechte der indigen Bevölkerung, und auch wenn ich mich sonst eher als Kulturbanause bezeichnen würde, finde ich das Thema interessant. Man sieht genau, dass die Bevölkerung stolz darauf ist und für ihr Recht auf eine eigene Sprache und Kultur kämpft. Ich bin dankbar, dass ich als Deutsche in einem Land aufwachsen darf, in dem Diskriminierung zum Glück kein so großes Thema mehr ist. Wir sind sehr privilegiert, was unsere Rechte betrifft. Ich meckere oft über meine Heimat, aber wenn ich mir hier ansehe, welche Kämpfe ausgeübt werden müssen, um für seine Kultur einzustehen, dann empfinde ich ein hohes Maß an Glück, dass ich so etwas niemals tun musste.

Als wir am Informationsservice vorbeikommen, finden wir zahlreiche Informationen rund um die arktischen Gebiete. Mit Freude im Herzen zeigen wir beide fast gleichzeitig auf die Stellen, an denen wir schon gewesen sind.

„Es ist doch wirklich unglaublich, wie viel wir in diesen Tagen schon erlebt haben," sagt Kieran, als er meinen Finger einfängt, der gerade auf Oulu liegt – die Zugfahrt, die ich niemals vergessen werde. Er umschließt meine Finger mit seiner Hand und haucht einen zarten Kuss auf die Knöchel. Mein Herz flattert, und die Schmetterlinge in meinem Bauch überschlagen sich wegen dieser zuckersüßen Geste. Mit Kieran durch ein Museum zu schlendern, ist wie alles andere, was wir gemeinsam machen, etwas ganz Besonderes. Ich konnte mich nie groß für diese Art von Kulturellem begeistern, schon Museumsfilme haben mich nicht interessiert. Vielleicht aber auch, weil meine Eltern nie irgendwas davon gehalten haben. Mit meiner Mutter stand ich eher mal auf einem Konzert in der ersten Reihe, als mit ihr ins Museum zu gehen und still Bilder oder sonstige Exponate zu betrachten. Ja, ich scheine die Definition eines Kunstbanausen zu sein und Kieran anscheinend das komplette Gegenteil. In jedem Bild scheint er zu versinken, ist in sich gekehrt und grübelt darüber. Fast, als würde er sich in den Künstler hineinversetzen wollen. Ich bin fasziniert davon, wie er die Eindrücke in sich einsaugt, und fast ein bisschen traurig, dass er die Gedanken nicht mit mir teilt. Ich würde gerne in seinen Kopf blicken.

Im Provinzmuseum lernen wir Lappland noch einmal von einer ganz anderen Seite kennen, und wenn ich ehrlich bin, ist das unfassbar beeindruckend, vor allem, wenn man in diesem Land eine Liebe kennengelernt hat. Eine Liebe, die hoffentlich weiterwächst und immer größer wird, bis wir beide vielleicht eines Tages mit grau melierten Haaren wiederkommen und zurückblicken auf unsere erste Begegnung. Ich werde ganz melancholisch, als ich Exponate aus der Handwerkskunst entdecke und die Trachten ansehe, die hier im Land eine große Rolle spielen. Ich bin wirklich beeindruckt, wie die Vergangenheit in Lappland ausgesehen hat, denn ehrlich? Ich habe mich damit überhaupt nicht befasst, war ja schon mit der Kälte überfordert.

„Das war irgendwie noch mal eine andere Erfahrung, oder?", fragt Kieran, als wir aus dem Museum treten und die Schneeflocken um uns herumtanzen. „Das Land nochmal auf diese Weise kennenzulernen? Irgendwie habe ich das noch nie gemacht. In den Ländern, wo ich bisher gewesen bin, habe ich meist nur für die Arbeit gelebt, weißt du?"

Auf meinen unsichtbaren Notizzettel notiere ich direkt diese Information: Er scheint international unterwegs zu sein.

Ich nicke. „Hast du viele internationale Aufträge?", frage ich, als mich ein Schneeball mitten im Gesicht trifft und ich mir geschockt die Nase halte. Kieran steht neben mir, also kann er es nicht gewesen sein. Ich wische mir die eiskalte Masse aus dem Gesicht und sehe einen kleinen Jungen. Er starrt mich an, die Mutter steht empört neben ihm und schreit ihn an, wahrscheinlich weil er mich getroffen hat. Der Junge ist maximal vier Jahre alt, und Tränen rollen über seine Wangen, also mache ich kurzen Prozess und laufe zu ihm hinüber.

„Alles okay", sage ich auf Englisch und ignoriere, dass sich mein Gesicht anfühlt, als wäre es voller Nadeln.

„Es tut uns so leid, ich habe gesagt, dass keinerlei Schneebälle geworfen werden dürfen." Ihr Englisch ist brüchig, genau wie meins, aber das entschuldigende Lächeln sieht echt aus.

„Ich bin nicht böse, alles okay." Ich hocke mich zu dem Jungen, der sich hinter den Beinen seiner Mutter versteckt hat, durch sie hindurchlinst und wohl hofft, dass ich ihn nicht entdecke. Die Mutter sagt irgendwas zu ihm, das ich nicht verstehe, und der Junge mit den rötlichen Locken, die unter seiner Bommelmütze herausgucken, schüttelt vehement den Kopf. Die Mutter wiederholt ihre Worte, und da sieht der Junge mich doch richtig an. Ich muss ein Grinsen unterdrücken, als er auf mich zu watschelt und mir eine kleine Hand entgegenstreckt. „Sorry", sagt er, was ihm anscheinend die Mutter beigebracht hat oder aber die Kinder lernen hier im Kindergarten schon Englisch.

Ich nehme seine Hand in meine und er schüttelt sie kurz, dann rennt er los, um den nächsten Schneeball zu formen. Die Mutter spurtet hinterher, und ich muss lachen, als der Kleine weiter drauf losfeuert. „Kinder sind was Wunderbares", sage ich, und das Stechen in meiner Brust wächst. Die Angst vor meiner biologischen Uhr kann ich nicht ignorieren. Mit sechsundzwanzig noch kein Kind zu haben, aber eines zu wollen, fühlt sich einfach nur grausam an, ich dachte eigentlich, ich hätte das alles schon verarbeitet.

„Ja, das stimmt", sagt Kieran und lehnt seinen Kopf gegen meinen. Ich würde ihn am liebsten noch so viel fragen, aber jetzt gerade spüre ich nur die Endlichkeit der Zeit, die mich innehalten lässt. Es ist zu früh, um weiter über das Kinderthema zu sprechen, und ich weiß ja nicht einmal, was er darüber denkt. Wieder einmal fehlt mir der Mut, und ich nehme lieber den

Schmerz. Warum nur habe ich so große Angst, Kierans Ansichten kennenzulernen? Weil unser Glück in derselben Seifenblase schwingt und ich noch mehr Angst davor habe, dass sie zerplatzt, als wenn meine Wünsche nicht in Erfüllung gehen.

Fünfundzwanzig

Bevor wir am Nachmittag ins *Santa Claus Village* aufbrechen, gehen wir zurück ins Hotel. Heute ist es wirklich sehr kalt draußen, und ich spüre die Müdigkeit, die in meinen Knochen steckt. Es ist deshalb absolut in Ordnung, dass wir uns direkt ins Bett legen, Kieran sich von hinten an mich schmiegt und wir ein wenig vor uns hindösen.

„Ich kann das alles immer noch nicht realisieren", sagt Kieran, und seine Hand fährt über meinen Bauch, auch wenn ich mir wünsche, dass sie weiter nach unten wandert.

„Das geht mir auch so", sage ich.

„Vorhin, als ich dich da mit dem kleinen Jungen gesehen habe, es mag verrückt sein, aber ..." Ich halte die Luft an, weil ich nicht weiß, welche Worte als Nächstes kommen. „Wir kennen uns kaum, das ist mir klar, aber mit dir gemeinsam ist alles möglich, weißt du?" Er streicht mit der Hand weiter nach oben, allerdings nicht erotisch, sondern eher, um mich zu liebkosen. „Ich will mit dir alles machen, von mir aus den kompletten klassischen Weg gehen." Er verteilt kleine Küsse auf meinem Rücken. „Ich will mit dir ein Haus kaufen, es renovieren, uns ein Zuhause schaffen." Kuss. „Ich möchte dich eines Tages meine Frau nennen, und den Ring, der symbolisiert, dass du zu mir gehörst, den werde ich jeden Tag bewundern." Kuss. „Dann, eines Tages, wirst du auf mich zukommen mit dem kleinen weißen Plastikstab in der Hand, der unser Leben auf den Kopf stellt." Kuss. „Wahrscheinlich ist dir das alles zu früh, aber meine Gefühle für dich sind echt, verstehst du?" Kuss. „Ich bin bei dir angekommen, und all die Wünsche, die ich in die hinterste Ecke meines Seins verbannt habe, sind auf einmal wieder da." Kuss. „Es ist einfach unfassbar verwirrend für mich, dass ich mir ein klassisches Leben wünsche, obwohl ich vor dieser Reise mit meinem Abenteuer vollkommen zufrieden war." Kuss. „Wie kannst du innerhalb so weniger gemeinsamer Tage meine Welt so auf den Kopf stellen?" Seine Zähne necken meine Haut, und ich beuge mich ihm entgegen. Seine Hand umfasst meine Brust, und ich merke den Stimmungswechsel, weil alles um uns zu brennen beginnt. „Warum liebe ich dich so schnell und so heftig, dass in meinen Gedanken nichts ist außer du?" Er drückt mit dem Knie meine Beine auseinander.

Ich spüre genau, was er will, fasse zwischen uns und berühre seine Härte. „Ich weiß es nicht", presse ich hervor, als er zarte Küsse auf meine Schulter haucht, mit zwei Fingern in mich eindringt und mich ausfüllt. „Ich weiß nur, dass ich nicht aufhören will." Damit meine ich nicht nur den Akt, auf den wir gerade zusteuern, sondern vor allem meine Liebe zu ihm.

„Dann bitte, geh nicht", haucht er, dreht mich auf den Bauch, zieht meine Hüfte an sich und dringt mit einem langen Stoß in mich ein. Mein Herz bleibt stehen, als ich ihn so spüre und die Sanftheit von gerade verschwunden ist. „Verletz mich nicht, das kann ich nicht verkraften."

„Ich kann mir ein Leben ohne dich nicht mehr vorstellen, also bitte liebe mich und hör nicht damit auf."

„Ich liebe dich", hauche ich, und es ist das Letzte, was ich sage, denn danach entkommen mir nur noch Lustschreie, weil er in mich stößt. Ich spüre seine Angst, mich zu verlieren, ich spüre seine Liebe in der Härte, und ich will nie mehr weg von hier, von ihm, nie mehr ohne seine Liebe sein.

Das hier ist Himmel und Hölle zugleich.

Auch wenn die Versuchung groß ist, den restlichen Tag im Bett zu verbringen, raffen wir uns am frühen Nachmittag auf. Das Kind in mir möchte unbedingt das Weihnachtsmanndorf sehen, weil es einfach ein wahrgewordener Traum ist. Die Stimmung zwischen Kieran und mir könnte nicht besser sein, und als wir das Hotel verlassen, können wir gar nicht aufhören, uns gegenseitig zu berühren. Immer wieder streicht er mit dem Daumen über meine Hand. Sein Lächeln brennt sich in mein Gedächtnis. Seine Augen strahlen, und ich verliebe mich in ihn, falle in eine Wolke voller Gefühle und hoffe, dass sie mich trägt.

Wir befinden uns am Polarkreis, und das Weihnachtsmanndorf erstreckt sich vor uns. Die Magie glitzert in Form von Schnee auf den kleinen Häusern, als würde wirklich gleich der Weihnachtsmann um die Ecke kommen und mich in seinem Zuhause begrüßen. Da die Hauptsaison vorbei ist, sind nur vereinzelt Menschen hier.

„Wow", hauche ich, als wir von einer Dame begrüßt werden, die als Elfe verkleidet ist. Sie gibt uns einen kurzen Überblick, und damit betreten wir das Zuhause des Weihnachtsmannes. Und auch wenn ich weiß, dass das alles nicht real ist, fühlt es sich so wunderbar magisch an.

Kieran und ich stapfen durch Santas Wald und haben den fast zwei Kilometer langen Weg für uns allein.

„Es wirkt alles ziemlich echt, oder?", flüstert Kieran, und ich nicke. Irgendwie schon.

„Ziemlich verrückt." Ich blicke zurück und mustere unsere Fußstapfen im Schnee, gemeinsam, nebeneinander. Ein weiteres Zeichen, dass wir unseren Weg beschreiten, Hand in Hand. Kieran nimmt sein Handy, und wir schießen ein Foto zusammen, das Strahlen in unseren Augen ist wunderschön, und sobald ich das Bild habe, wird es meinen Handy-Hintergrund schmücken.

„Lass uns gemeinsam den Polarkreis überschreiten", sagt Kieran, und wir setzen den einen Schritt. Vor uns ist es ruhig, es sind nicht viele Menschen hier, doch dieser Ort in dieser Schneelandschaft, umgeben von Tannen, ist etwas Besonderes.

Als uns ein Zertifikat für die Überquerung ausgestellt wird, da fühle ich mich, als hätte ich eine Medaille erhalten. Wow, das ist doch einfach unbegreiflich heute, mein Herz läuft über vor Freude.

Nachdem wir eine heiße Schokolade getrunken haben, die uns aufwärmt, machen wir uns auf den Weg zur Farm. Hier soll man angeblich Santas Tiere kennenlernen. Wir werden von einer wunderschönen Dame im roten Cape begrüßt. „Herzlich willkommen in Elf's Farmyard. Seid ihr bereit, die Tiere des Weihnachtsmannes kennenzulernen?"

Ihre roten Haare blitzen unter ihrer Weihnachtsmannmütze hervor. Sie sieht lieb aus, ihr Lächeln wirkt echt. Man kommt sich so vor, als wäre man wirklich im Weihnachtsmanndorf gelandet.

Kieran und ich nicken, sie öffnet das Tor, und damit betreten wir eine Welt, die einfach nur magisch wirkt. Ich zähle dreiundzwanzig Rentiere, die im Wald stehen und gemütlich fressen, als hätten sie Urlaub nach den anstrengenden Weihnachtstagen. Ich grinse, als ich sehe, wie zwei Rentiere die Köpfe zusammenstecken, als wären sie ein Paar.

„Ich werde die Tiere echt vermissen", sagt Kieran und schlingt die Arme um mich.

„Ich werde die ganze Umgebung vermissen", sage ich. Wir gehen zu den Alpakas – die sind wirklich zucker-süß, ihr Fell feucht vom Schnee, und als ich eines streichle, sieht es aus, als würde es sich tatsächlich freuen. Ich habe mal gelesen, dass Alpakas es eigentlich nicht mögen, berührt zu werden. Ich denke allerdings, dass die Tiere es hier gewohnt sind. Ich ziehe dennoch bald meine Hand zurück. Vielleicht bilde ich mir die Freude ja auch nur ein und belästige das Tier, und das möchte ich auf keinen Fall.

Kieran kommt zu mir, nachdem er ein Alpaka gefüt-tert hat. Ein glückseliges Lächeln liegt auf seinen Lip-pen, seine Mütze sitzt schief auf seinem Kopf. Wie viel Glück ich habe, dass dieser Mann zu mir gehört.

Wie von selbst schlinge ich meine Arme um seinen Hals. Er umfasst meine Taille und küsst mich. Ich ver-liere mich in seinem Kuss, und als er mich noch enger an sich zieht, klopft mein Herz schneller.

„Kieran", höre ich eine schrille Stimme, und wir fah-ren auseinander. Auf uns stapft eine Frau zu. Sie hat lange blonde Haare, die weiße Mütze passt perfekt dazu. Ihr Gesicht ist rot, und ich weiß nicht, ob vor Kälte oder Wut. „Dann stimmen die Gerüchte also", sagt sie, und ich bin verwirrt. Mit gerunzelter Stirn sehe ich Kieran an, der gefasst wirkt. „Du bist ein Lügner", schreit sie auf einmal, tritt näher an ihn heran und legt die Hände auf seine Brust. „Du hast gesagt, wir stehen immer an erster Stelle, und dann haust du ab und steigst mit dieser fremden Frau ins Bett." Sie ist fuchsteufelswild, und allmählich verstehe ich, was hier gerade vor sich geht.

Das muss Kierans wahre Liebe von sein, und da sie von einem *Wir* spricht, muss da eine Familie dranhängen. Das kann nicht sein Ernst sein. Im Hintergrund ertönt die Glocke eines Rentiers. Das laute Scheppern könnte allerdings auch mein Herz sein, das gerade in tausend Teile zerspringt. Tränen bilden sich in meinen Augen, und ich habe keinerlei Kraft, um Kieran anzusehen. Ich höre noch, dass die Fremde, wahrscheinlich seine Ehefrau, ihn einen Lügner nennt, dann renne ich los.

„Malu", ruft Kieran mir hinterher. Sonst habe ich mich bei seiner Stimme gefühlt, als wäre ich zuhause, jetzt spüre ich nur noch Schmerz. Hat er mich wirklich belogen? Dabei können seine Augen eine solche Ehrlichkeit ausstrahlen. Mein Herz bricht erneut, und ich bin mir sicher, dass die Teile nie wieder zusammengesetzt werden können. Ich friere, weine und habe keine Ahnung, wohin ich renne. Die Tränen verschleiern meine Sicht, und alles ist weiß um mich herum. Wahrscheinlich bin ich mitten im Nirgendwo, doch die Kälte in mir ist sowieso größer als die Temperaturen.

„Malu", höre ich seine Stimme erneut und presse mir die Hände auf die Ohren. Ich kann jetzt keine Entschuldigung von ihm ertragen. Alles war eine Lüge, die ganze Reise war ein riesengroßes Schauspiel. Wahrscheinlich hatte er Spaß daran, eine verletzte Frau in den Abgrund zu reißen. Ich fühle mich in die Vergangenheit zurückversetzt – ist er genauso wie Erick? Jeder Atemzug schmerzt, also bleibe ich stehen, um meiner Lunge eine Pause zu gönnen. Auf einmal steht er vor mir, total außer Atem, und ich kann nicht anders, als ihn anzusehen.

„Ich kann dir das erklären", keucht er, und die Worte sind wie ein Schlag in mein Gesicht.

„Ich habe so etwas gerade erst erlebt, und das wusstest du", stoße ich atemlos aus, und er wirkt verwirrt.

Mein Herz schmerzt bei jedem Atemzug. Das, was zuvor für ihn geschlagen hat, hat sich in Splitter verwandelt, die sich in mein Fleisch bohren und mich bluten lassen. Es tut weh, so sehr, dass ich es nicht beschreiben kann.

„Bitte, lass mich dir das alles erklären," versucht er es wieder, und die Tränen, die über seine Wangen laufen, sind wahrscheinlich genauso unecht wie seine vorgespielten Gefühle für mich.

Ich trete von ihm weg. „Wir gehen ins Hotel, dort packe ich meine Sachen. Danach bin ich weg."

Ich bin so wütend, enttäuscht und verwirrt gleichzeitig. Es herrscht Stille zwischen uns, als wir im Shuttle zum Hotel sitzen. Ich sehe aus dem Fenster, Kieran knetet seine Finger, die immer wieder knacken, was mich noch mehr zur Weißglut bringt. Wie kann es sein, dass er vor wenigen Stunden genau diese Finger kaum von mir lassen konnte? Warum nur kann die Welt in einem Moment im hellsten Ton leuchten und plötzlich zu Asche verbrennen? Wieso eigentlich immer ich?

Ich frage mich, warum er nichts sagt, jetzt auf der Fahrt. Ich will weg von ihm. Ich bin es ihm nicht wert, oder er sucht noch nach neuen Lügen, die er mir auf dem Silbertablett servieren kann. So dumm, wie ich bin, würde ich sie ihm natürlich abkaufen. Weil ich eine naive, blöde Kuh bin, die zu schwach ist, um einem Mann zu widerstehen. Ich liebe, und zwar zu schnell, zu intensiv und zu mächtig, sodass es mich zerstört, immer und immer wieder.

Sechsundzwanzig

„Jetzt beruhige dich doch erst mal", sagt Kieran, nachdem ich in das Zimmer gesprintet und dabei bin meine Sachen, egal ob getragen oder nicht, in den Koffer zu stopfen. Hauptsache, ich komme schnell weg von ihm und seinen toxischen Worten, mit denen er mich vergiftet. Seine Lügen ... ich habe keine Kraft mehr, ihm zuzuhören. „Sag mir nicht, was ich tun soll", speie ich ihm entgegen.

„Das war keine Verflossene von mir", schreit er aufgebracht und wirft die Arme in die Luft.

„Richtig, sie hat von einem *Wir* gesprochen, also schätze ich, sie ist die Mutter deiner Kinder?", brülle ich zurück, und die Tränen bringen mich fast um. Er lacht los, und mit jeder Sekunde verachte ich ihn mehr. Er führt mich vor. Ich knalle den Koffer zu, werfe mich bäuchlings darauf und versuche, den Reißverschluss zuzuziehen.

„Sie war ein Fan", sagt er auf einmal, und ich halte inne. Meine Finger zittern so sehr, dass mir der Reißverschluss immer wieder wegrutscht und ich den Koffer nicht geschlossen bekomme.

„Ich bin Single. Aber ich habe gelogen." Der kleine Flügelschlag war kurz da, als die Schmetterlinge versucht haben, sich aus dem Sumpf hochzukämpfen, doch sie sind schon wieder gefallen.

„Du wusstest, was ..."

Er unterbricht mich.

„Ich bin nicht nur ein Musiker. Also schon, aber ich denke, du würdest das anders definieren. Ich habe auch nicht für eine Band gearbeitet, die in einem Nightliner gewohnt hat." Er zögert. „Ich bin Leadsänger der Band *StillAlive*. Wir gehören derzeit zu den Top Ten Bands Europas." Mir bleibt das Herz stehen. Habe ich das richtig verstanden? Sagt mir der Name der Band was? Ich höre eher die Klassiker, also nicht unbedingt die Newcomer, vielleicht habe ich ihn deshalb nicht erkannt – oder ich war einfach blind vor Liebe.

„Unser Debütalbum hat mittlerweile Platin erhalten, und diese Inspirationsreise ist meine erste Pause vom Leben als Rockstar seit dem Beginn meiner Musikkarriere vor fünf Jahren. Der Erfolg kam vor zwei Jahren. Seitdem war ich international auf Tour. Ich habe nicht für eine Band gearbeitet, sondern ich bin Teil der Band."

„Du bist ein Rockstar?", hake ich nach und weiß nicht, was ich darüber denken soll.

„Wir wurden auf der Reise öfters gesehen, ich habe versucht, alles zu tun, damit die Presse nicht davon erfährt, aber es ist anscheinend zu spät. Ich wollte dich schützen, außerdem wollte ich zum ersten Mal jemanden kennenlernen, der in mir nicht nur den Star sieht."

Ich schlucke. „Was meinst du?"

Er öffnet etwas auf seinem Handy und hält es mir hin. Seine Hand zittert, und als ich ein Bild von uns auf der Titelseite einer Klatschpresse erkenne, bleibt mir das Herz stehen.

Das Klicken. Es ist wirklich ein Fotoapparat gewesen.

Seine Abneigung gegen Menschenmassen liegt daran, dass er Angst hatte, erkannt zu werden. In der Sauna, als wir abgehauen sind, da hat er geahnt, dass ein Fan dahintersteckt. Er hat mir etwas vorgespielt, und ich fühle mich von vorne bis hinten belogen und ausgenutzt.

Auf einmal ergibt alles Sinn. Seine Bemerkungen über den Tourbus, die wenige Zeit, die er hatte. Ich habe echt geglaubt, er wäre mit jemandem befreundet, würde dort vielleicht aushelfen, sich Tipps holen für seine eigene Musik. Niemals hätte ich geahnt, dass er ein international bekannter Star ist. Wie konnte ich nur so blind sein?

Ich packe meine Sachen aus dem Badezimmer wortlos in die Tasche.

„Du bist dabei, mein Leben zu zerstören, dabei dachte ich wir bauen es uns gemeinsam auf." Unsere Blicke treffen sich im Spiegel, und er zuckt zusammen, als hätte ich ihn geschlagen.

„Ich liebe dich, Malu. Ich habe es genossen, mal kein Star zu sein, sondern einfach nur Kieran. Du bist die Einzige, die mich sieht, wie ich bin."

„Nein", schleudere ich ihm entgegen, und dabei fällt meine Foundation runter, und der Spiegel zerklirrt in viele Teile. Genau wie ich. „Ich habe mich in die Person verliebt, die du vorgegeben hast zu sein. Du wusstest, wie sehr ich verletzt worden bin, aber weißt du was? Du hast mich genauso verraten."

Ich nehme meinen Koffer.

„Geh nicht", murmelt er, und ich höre den Schmerz, sehe die Wut in seinen Zügen und die Tränen der Verzweiflung.

„Ich muss. Mit dieser Lüge kann ich nicht leben. Du hast mich verraten und benutzt, um dich selbst zu schützen. Unser Deal war einfach nur der Beginn eines Lügenmärchens, und du wolltest vermeiden, dass ich nachfrage."

Er war nicht bereit dazu, mich auf seiner Prioritätenliste nach oben zu setzen. Vielleicht aus fehlendem Vertrauen zu mir? Ich weiß es nicht, mein Kopf fühlt sich an, als wäre er in Watte gepackt worden.

Ich drehe mich nicht noch einmal um, aber als dieser große und sonst immer starke Mann schluchzend meinen Namen ruft, weiß ich, dass ich diesen Moment nie mehr vergessen werde.

Ich erinnere mich nicht, wie ich zum Flughafen gekommen bin. Nur schemenhaft an einen alten Herrn, der anscheinend so viel Mitleid mit meinem verheulten Ich hatte, dass er mir die Fahrt nicht berechnet hat. Jetzt sitze ich hier, mit einem Ticket, das erst in zehn Tagen geht, und weiß nicht, was ich tun soll. Ich schalte mein Smartphone ein, es ist Zeit. Was soll jetzt auch noch Schlimmeres passieren? Meine Welt liegt in Scherben, schon wieder.

Ich wähle die einzige Nummer, von der ich weiß, dass ich sie immer anrufen kann. „Mama", schluchze ich ins Telefon. „Kannst du mir ein Ticket buchen? Ich muss ganz dringend nach Hause."

Die Tapete an der Wand zeigt Planeten, genau wie vor zwanzig Jahren, als ich sie ganz stolz mit meiner Mutter ausgesucht habe. Ich liege in meinem alten Jugendzimmer und heule mir die Augen aus. Bisher habe ich meiner Mutter nichts erklärt, sie hat mich am Flughafen abgeholt und stillschweigend mit hierhergenommen. Nie habe ich sie so sehr gebraucht wie jetzt. Ich umklammere meine Beine, liege in der

Embryonalstellung im zu kurzen Bett und versuche, die vergangenen Tage, die immer wieder in Dauerschleife durch meinen Kopf flimmern, zu vergessen. Immer wieder, wenn ich mir erlaube, die Augen zu schließen, sehe ich sein Lächeln vor mir. Meine Lippen brennen, weil ich seine Küsse noch immer spüre. Ich fühle mich so schrecklich, alles tut weh, jeder Atemzug wird zur Qual. Zum Glück haben mich keine Paparazzi erwartet, wie ich es mir ausgemalt habe. Ich habe mein Handy wieder verbannt – mehr als die paar Telefonate mit meiner Mutter, damit ich ihr Flugnummer und Ankunftszeit durchgeben konnte, hat es nicht gegeben. Es sticht in meiner Brust, als mir auffällt, dass Kieran nicht einmal meine Nummer hat. Ein kleiner Funken Hoffnung hat mir zugeflüstert, dass er mich zuspammen wird, um mich kämpft, aber unsere Beziehung war nur eine Momentaufnahme. Wir haben keinerlei tiefere Verbindung, wahrscheinlich müsste ich seinen Namen nur googeln, aber dafür bin ich aktuell noch nicht bereit. Ich frage mich, ob es Naivität ist oder die klassische rosarote Brille, dass ich nicht einfach mal nachgefragt habe. Wollte ich mich wirklich direkt wieder so sehr in jemanden verlieben?

Natürlich erinnerte alles an ein Märchen: wie Kieran und ich uns kennengelernt haben. Alles war so perfekt. Ich hätte sehen müssen, dass es zu perfekt war. Vielleicht hätte mich sein Verhalten nicht so hart getroffen, wenn er nicht gewusst hätte, dass ich gerade erst von meinem Verlobten mit meiner Freundin betrogen worden wäre. Aber so? Er hat mich auch benutzt, er hat gelogen, und das, wovon ich dachte, ich könnte es ihm schenken, hat er mir genommen. Vertrauen.

Es klopft an meiner Tür, und ich drehe mich auf den Rücken, setze mich auf. „Herein", krächze ich. Die Tränen und das Schluchzen sorgen für einen trockenen Hals, und ich habe nicht einmal die Kraft, um mir etwas zu trinken zu besorgen.

Meine Mutter steht im Türrahmen, ein Tablett in den Händen, und sieht mich an. Ihre Lippen sind aufeinandergepresst, ihre langen grauen Haare hat sie zu einem Pferdeschwanz gebunden, und sie blickt mich besorgt an. „Komm mein Schatz, du musst einen Bissen essen", sagt sie und setzt sich neben mich aufs Bett. Ich mustere die Croissants, die sie frisch aufgebacken hat. Darauf hat sie die Bärchenwurst gelegt, die ich als Kind so mochte. Auf einem kleinen Teller liegen Karotten-Sticks.

„Danke", murmele ich, und auch wenn mein Magen nach Essen verlangt, greife ich erst zu der dampfenden Teetasse.

„Extra mit Kandiszucker. Manchmal braucht das Leben etwas Süße", murmelt sie und stellt das Tablett auf meinen Nachttisch. „Möchtest du darüber reden? Es ist nicht wegen der Hochzeit, oder?", fragt sie, und beinahe lache ich auf. Ich bin mit einem Drama gegangen und mit einem gebrochenen Herzen, jetzt habe ich dasselbe Szenario, dabei habe ich mir doch gewünscht, dass ich mich selbst finde. Mich selbst liebe und voller Kraft durchstarten kann. Es ist mir anscheinend nicht vergönnt gewesen.

„Nein, es ist nicht wegen der Hochzeit", murmele ich nur, und dann kommen mir erneut die Tränen. Mama nimmt mir die Tasse aus der Hand und dann drückt sie mich fest an sich. Bitte, heile meine Wunden, denke ich, auch wenn es fast unmöglich ist.

Es dauert drei Tage, bis meine Mutter meine Antriebslosigkeit nicht mehr akzeptiert. Ich habe seit meiner Rückkehr nicht mehr als drei oder vier Sätze gesprochen und nur ein paar Bissen gegessen. Ich habe die Tapete ausgiebig betrachtet und mich auf einen der Planeten gewünscht.

„Los, du hüpfst jetzt unter die Dusche, und dann gehst du mal vor die Tür." Meine Mutter hat mir eine Handvoll Filme ins Zimmer gebracht, dazu Schokolade und die Taschentücher-Box, die ich schon fast geleert habe.

„Ich möchte einfach nur hierbleiben", murre ich. Meine Mama wirft mir den Blick zu, den ich noch gut aus meiner Kindheit kenne, also weiß ich: Widerstand ist zwecklos.

Ich stehe unter der Dusche und versuche, mich nicht an die vielen Momente mit Kieran im Wasser zu erinnern. Das gemeinsame Schwimmen ... seine Küsse auf meinem Rücken ... der Whirlpool. Alle Erinnerungen sind zu Schmerz geworden, der so groß ist, dass ich nicht einmal mehr weiß, wie ich den Morgen erleben soll.

Die Dusche tut trotzdem gut. Zwar bin ich nicht wie neu geboren, aber zumindest fühle ich mich nicht mehr unwohl. Ich föhne meine Haare und sehe in den Spiegel. Von dem Glanz des Glückes ist nichts mehr zu entdecken. Stattdessen sind meine Tränensäcke geschwollen, die Augenringe dunkel, weil ich kaum in den Schlaf finde. Meine Knochen sind schwer, weil sie keine Bewegung mehr bekommen – kein Vergleich zu der vielen Zeit an der frischen Luft.

Ich tausche die Jogginghose gegen eine dunkle Jeans und einen weißen Pullover, dann schleiche ich die knarzenden Holztreppen meines Elternhauses nach unten und gehe zu meiner Mutter in die Küche. Es ist nicht mehr ganz dasselbe, seit Papa vor acht Jahren gestorben ist, doch wir tun unser Bestes. Hier sieht alles noch so aus wie damals. Ich weiß nicht, ob ich die Nostalgie gut finden soll oder ob ich schockiert bin, dass meine Mutter nicht mit der Zeit geht.

„Du kommst heute mit zum Einkaufen", sagt sie, während sie mir noch dampfendes Rührei mit Bacon auf den Teller schaufelt.

„Muss das sein? Ich habe keine Lust, irgendjemanden zu sehen." Ich verdrehe die Augen und merke sofort die aufkommende Migräne, vielleicht würde mir frische Luft doch guttun.

„Komm schon, Malu. Ich habe dir genug Zeit gegeben, aber dein gebrochenes Herz heilt nicht schneller, wenn du in Selbstmitleid badest."

Ich funkele sie böse an, ihre Ehrlichkeit war schon immer Fluch und Segen zugleich. Ich schiebe mir eine Gabel Rührei in den Mund. Es schmeckt gut, doch ich kann es nicht genießen. Ich bin einfach nur enttäuscht von mir selbst, weil ich mich nach so wenigen Tagen so sehr auf ihn eingelassen habe. Ich bin mir sicher, das wird mir nicht nochmal passieren. Der nächste Typ, der mich anlächelt, dem wende ich den Rücken zu, damit er mich damit nicht mehr um den Verstand bringen kann.

„Es wird dir guttun, mal etwas anderes zu sehen als deine Planeten an der Wand", schießt meine Mutter noch hinterher. „Außerdem müssen wir uns nächste Woche auch endlich um dein Konto kümmern."

Ich nicke, damit hat sie recht. Ich muss mich der Realität stellen und auch meinem Ex-Verlobten. Diese Woche wird nicht angenehm werden. Während wir in Mamas orangenem Fiat Punto sitzen, wandern meine Gedanken immer wieder zu Kieran. Was macht er gerade? Ist er noch in Lappland? Hat er die Reise normal weitergeführt, oder ist er abgereist? Leidet er genauso wie ich? Waren seine Gefühle für mich alle Teil seines Lügenmärchens, oder empfindet er tatsächlich etwas für mich? Liebt er mich, genau wie er es mir immer wieder ins Ohr geflüstert hat?

Ich merke erst, dass ich weine, als meine Mutter mir mitfühlend die Hand auf den Oberschenkel legt. „Es wird leichter werden", murmelt sie, aber ich kann ihren Worten derzeit keinen Glauben schenken.

Am Supermarkt angekommen, hole ich einen Einkaufswagen und gehe mit meiner Mutter die Liste durch. Ich komme mir vor wie eine große Versagerin, weil ich in meinem Alter ins Hotel Mama zurück bin. Alles fühlt sich so nutzlos an ohne ihn. Unfassbar, dass ich überlegt habe, mit Kieran ein neues Leben in Berlin zu starten.

„Ist sie das?" Ich packe gerade Tomaten in den Einkaufskorb und blicke auf. Ich sehe in das wütende Augenpaar eines Mädchens im Teenageralter. Zwei weitere stehen hinter ihr.

„Ja, das ist sie, sie hat uns Kieran weggenommen."

Ich schlucke, sie reden wirklich über mich. Meine Mutter sieht verwirrt aus, aber läuft weiter. Als es aufblitzt, weil sie die Smartphones gezückt haben, brennt irgendwas in mir durch.

„Lasst mich in Ruhe", brülle ich die drei Frauen an, die mich gerade ohne meine Zustimmung fotografieren.

„Dann halte du dich von unserem Kieran fern", zischt die eine, und mir bleibt nichts anderes übrig, als loszulachen. Es ist kein schönes Lachen, es ist bitter, anmaßend und ja, vielleicht auch unfair.

„Ich habe niemandem etwas weggenommen, ich wusste doch gar nicht, wer er ist." Mir ist bewusst, dass ich das alles nicht in einem Supermarkt, in dem man meine Mutter kennt, rauslassen sollte, aber ich kann nicht anders. „Außerdem habt ihr gewonnen. Ihr habt ihn wieder für euch. Alles war eine große Lüge!" Als ich die Worte ausspucke, merke ich, dass ich schon wieder weine. So viel dazu, dass frische Luft und ein Tapetenwechsel guttun würden.

„Komm, Malu, wir gehen." Meine Mutter nimmt mich am Oberarm und zieht mich weg. Die Mädchen tuscheln. Ich verstehe nicht, was sie sagen, aber vielleicht ist das auch besser so. Ich weiß nicht, ob ich auch noch Hohn ertrage.

Ich bewundere meine Mutter, dass sie es irgendwie schafft, alles einzukaufen, obwohl ich an ihren roten Ohren erkenne, dass sie ebenfalls wütend ist. Ich umklammere den Einkaufswagen so fest, dass meine Finger schmerzen und die Knöchel weiß hervortreten. Wenn ich mich schon an keinem Menschen festhalten kann, dann eben daran.

Wir packen die Einkäufe ins Auto, und auf der Rückfahrt herrscht Schweigen, während das Radio läuft. Das aktuelle Stück ist rockig, sehr melodisch, und ich kenne es nicht.

„Das waren *StillAlive* mit ihrem neuen Hit *Look*", sagt eine männliche Stimme kurz darauf. „Aktuell brodelt die Gerüchteküche über den Leadsänger ja, denn er hat seine Auszeit wohl anders verbracht, als die Fans vermutet haben." Ich schalte das Radio aus. Meine Mutter runzelt die Stirn, aber ich liebe sie dafür, dass sie die Schweigeschonfrist bis zuhause verlängert. Mir ist bewusst, dass ich in Erklärungsnot bin, und ich muss ihr reinen Wein einschenken. Das hat sie verdient, und vielleicht hilft es mir auch, mir alles von der Seele zu reden.

Siebenundzwanzig

„Du hast gedacht, er wäre ein normaler Mann, der ein bisschen Musik macht, und jetzt ist er ein großer Rockstar?“ Meine Mutter bringt die Pointe der zweistündigen Erzählung über Kierans und meine Reise auf den Punkt.

Mir bleibt nichts anderes übrig, als zu nicken. „Er hat nichts gesagt. Meinte, er hätte mal für eine Band gearbeitet, aber nicht, dass er der Leadsänger ist.“ Ich schlucke. „Ich habe es nicht gemerkt, weil ich blind war. Ich habe ihn geliebt, Mama. Wirklich.“

„Nein, Schatz. Du tust es immer noch, sonst würde es nicht so wehtun.“ Wahrscheinlich hat sie recht.

„Man kann Gefühle nicht ausknipsen, aber ich frage mich, warum ich mir nicht einfach Zeit für mich genommen habe.“

Meine Mutter sieht mich mitfühlend an. „Weil du dir den richtigen Zeitpunkt für die Liebe halt einfach nicht aussuchen kannst. Es ist egal, wie lange du davor allein warst ... wenn sie kommt und es fühlt sich gut an, dann greife zu.“

Ein Schluchzen entfährt mir. „Aber warum hat er mich denn belogen? Ich verstehe es einfach nicht.“

Mama drückt mir eine Schokoladentafel in die Hand und zaubert ein Lächeln auf meine Lippen. Sie sind trocken von den salzigen Tränen. Ich beiße mir ein Stückchen ab und weiß, dass ich wahrscheinlich in zehn Minuten die Tafel inhaliert haben werde. Das ist immer so, genau wie mit einer Packung Chips. Die braucht man nicht wieder verschließen, die wird vernichtet, und zwar sofort.

„Vielleicht hatte er einfach Angst vor deiner Reaktion. Oder er hat es einfach genossen, mal nicht nur für seine Musik gesehen zu werden." Meine Mutter starrt aus dem Fenster und wirkt nachdenklich. „Ich denke, es ist nicht einfach bei dem Leben, das er führt, jemanden kennenzulernen, der es wirklich ernst meint." Es ist zu früh, als dass ich mich in seine Lage versetzen oder seine Gefühle nachvollziehen kann.

„Nicht", hauche ich nur, und Mama versteht. Ich klammere mich an die Schokolade. Zurück bleibt nichts als Kälte und Schmerz.

Mama und ich sitzen auf dem Sofa und beobachten gerade McDreamy dabei, wie er Meredith den Hof macht. *Grey's Anatomy* war schon immer eine Leidenschaft von uns beiden. Wann immer ich zu Besuch bin, gucken wir einige Folgen. Mama führt Buch darüber, wo wir stehen, und wir sind schon fast bei den aktuellen Staffeln angekommen. „Siehst du, selbst Derek macht Fehler, sehr viele sogar."

Ich ignoriere ihren Kommentar, weil ich genau weiß, dass sie mir nicht wehtun möchte. Dennoch tut es weh. Ist es denn so ein mieser Zug von mir, dass ich abgehauen bin? Er hat mir seinen Erfolg verschwiegen, obwohl ich ihn trotzdem gemocht hätte. Oder? Ja, auf jeden Fall. Vielleicht hätte ich ihn mehr auf Abstand gehalten, keine Ahnung, aber jetzt weiß ich eines: Ich werde eine Mauer um mein Herz bauen, die undurchdringbar ist.

Es klopft ans Fenster, und Mama und ich sehen auf, genau in diesem Moment blitzt es auf. Das darf nicht wahr sein! Panik überkommt mich und mein Herz fängt an zu wummern. „Anscheinend hat die Presse herausgefunden, wo wir wohnen."

Mama nickt und schließt routiniert per Sprachsteuerung die Rollläden im ganzen Haus. „Damit habe ich schon gerechnet", murmelt sie nur, und ich fasse es nicht, dass mir dieses Szenario nicht in den Sinn gekommen ist.

„Was machen wir denn jetzt?", wimmere ich.

„Wir halten das Ganze aus, ich denke nicht, dass du ein Statement abgeben willst."

Ich schüttele nur den Kopf, kralle mich in die Decke auf meinen Beinen und versuche zu vergessen, dass meine Welt gerade Kopf steht.

Am Abend liege ich im Bett, das Handy neben mir auf dem Nachttisch, und immer wieder vibriert es. Mittlerweile trendet auf Social Media der Hashtag #kieraninlove. Ich habe mir vorhin ein paar der Fotos angesehen, doch ich kann nicht glauben, wie oft wir fotografiert worden sind, ohne dass es einer von uns gemerkt hat. Immer wieder schießen mir seine Worte durch den Kopf – wie oft er mir nur Halbwahrheiten gegeben hat. Ich habe nicht nachgefragt, vielleicht war ich auch einfach blind vor Gefühlen. Ich weiß es nicht, auf jeden Fall ärgere ich mich so sehr, dass ich nicht weiterweiß. Als das Handy immer weiter vibriert, schalte ich es aus. Bitte, lasst mich alle in Ruhe. Es tut alles weh, ich will von niemandem etwas hören. Von gar niemandem.

Ich habe wieder schlecht geschlafen, weil die Träume nur von Kieran handeln. Immer, wenn ich sein Lächeln sehe, sehne ich mich nach ihm. Ich raffe mich auf. Draußen ist es noch dunkel, doch ich kann gerade nicht im Zimmer bleiben. Ich schnappe mir eine Hose, ziehe eine Jacke über und gehe joggen. Ich bin nie gerne gelaufen, doch jetzt ist der Drang zu rennen groß, und ich wähle den nahen Wald als Ziel. Meine Mutter wohnt am Rand von Frankfurt – hier gibt es noch Natur im Gegensatz zur Innenstadt. Mehr als ein bisschen Unkraut hatte ich nie vor der Haustür.

Ich atme tief durch. Hier liegt natürlich kein Schnee mehr, und irgendwie vermisse ich das Knirschen unter meinen Winterschuhen. Ich habe mich so an die Kälte gewöhnt, dass ich überlege, die Jacke zu öffnen. Vielleicht liegt das aber auch am Schweiß, der sich auf meiner Haut bildet. Ich laufe zu ungleichmäßig, mal renne ich, mal werde ich langsamer. Seitenstechen kündigt sich an, doch ich bin nicht in der Lage, klar zu denken und einen Gang runterzuschalten. Nur, wenn ich weiter renne, schweigen meine Gedankenspiel für einen Moment, und das ist der größte Luxus, den ich gerade haben kann. Das feuchte Laub unter meinen Füßen hat sich mit dem schlammigen Untergrund vermischt und beschmutzt meine weißen Schuhe. Ich muss dringend eine Wohnung finden, ich muss einen Neustart wagen. Wer weiß, vielleicht wirklich in einer anderen Stadt? Außerdem muss ich mir einen neuen Job suchen, eine neue Perspektive schaffen. Ich weiß gerade noch gar nicht, wo ich hinwill, aber ich sollte das herausfinden. Eigentlich ist es zu spät, um mich neu zu orientieren, aber nachdem mir zweimal das Herz gebrochen wurde, ist es vielleicht an der Zeit, mal etwas nur für mich zu tun. Ich ignoriere den Stich in mir, als ich kurz an Kieran denken muss, und laufe weiter.

Als ich wieder bei meiner Mutter ankomme, regnet es. Das Laufen tat gut, und jetzt bin ich klitschnass und verschwitzt. Eine gefährliche Kombination für eine Grippe, aber selbst das wäre mir egal. Seelisch bin ich eh schon im Eimer, da wäre es fast egal, wenn ich jetzt noch eine Schnupfnase bekommen würde.

Meine Mutter begrüßt mich mit einem Lächeln. „Du bist vor mir auf gewesen." Hoffnung liegt in ihrer Stimme, und das kann ich ihr nicht verübeln. Ich fühle mich nicht gut, aber vielleicht war das frühe Aufstehen die richtige Wahl, um endlich wieder nach vorne zu sehen.

„Was hältst du davon, wenn wir uns heute einen tollen Mädelstag machen? Wellness gönnen?"

„Da ist sie ja wieder, meine Malu."

„Noch nicht ganz", antworte ich, aber das breite Lächeln meiner Mutter spricht Bände. Wahrscheinlich ist sie erleichtert, dass ich es heute geschafft habe, aufzustehen. Keine Ahnung, wie viele Tage seit meinem Abflug und dem Abschied vergangen sind. Vier oder fünf? Mein Zeitempfinden ist komplett gestört. Sich abzulenken, scheint auf jeden Fall richtig zu sein, auch wenn ich nicht weiß, wann ich das nächste Mal zusammenbreche. Aber so, wie ich mein Leben kenne, wird das wohl bald passieren. Ich schüttele den Kopf. Ich sollte den Teufel nicht an die Wand malen, wenn noch nichts spruchreif ist. Vielleicht ist heute einfach mal ein guter Tag.

Eigentlich würden wir den Tag in der Therme verbringen, doch aufgrund der jüngsten Ereignisse möchte ich mich nirgendwo nackt zeigen. Anscheinend sind die Fans von *StillAlive* ziemlich neugierig und auch aufdringlich. Von der Presse mal ganz abgesehen, die mich nicht in Ruhe lässt. Mittlerweile gehen meine Mutter und ich gar nicht mehr vor die Tür. Wir haben zum Glück genug Vorräte, um nicht gleich das Haus verlassen zu müssen. Es werden immer mehr Paparazzi auf unserer Straße. Ich kann mir vorstellen, dass sie mich auch nackt fotografieren würden, und mich so im Internet zu finden, steht nicht auf meiner To-do-Liste.

Wir bestellen viel, ich habe noch keinen Zugriff auf meine Konten. Das wird sich nächsten Mittwoch hoffentlich ändern, immerhin habe ich da einen Termin bei der Bank. Ein kurzer Blick auf den Kalender verrät, dass wir schon Freitag haben. Wie schnell die Zeit vergeht, seit … Nein! Heute werde ich kein Trübsal blasen, sondern mir mit meiner Mutter einen Tag Auszeit gönnen. Die nächste Woche wird anstrengend werden, weil ich anfangen muss, mein Leben zu sortieren, wenn ich irgendwann wieder starten möchte. Ich habe noch nicht einmal eine Ahnung, wie ich das Haus verlassen soll, aber darüber kann ich mir später Gedanken machen.

Ich finde alle Zutaten für einen Tränenkuchen, der wirklich so heißt, im Kühlschrank, so dass ich beschließe, meiner Mutter eine Freude zu machen und mich außerdem abzulenken. Die Tränen bilden sich in Form von kleinen Zuckertränen auf dem Baiser und schenken ihm deshalb seinen Namen. Backen und Kochen waren für mich schon immer Tätigkeiten, bei denen ich abschalten konnte. Der Mürbeteig war schnell gemacht und ruht seitdem im Kühlschrank, die Käsekuchencreme riecht himmlisch. Ich finde Tonkabohnenpaste im Schrank, mit der ich sie verfeinere. Ich liebe es, zu experimentieren, neue Kreationen zu entdecken und damit für eine Geschmacksexplosion zu sorgen. Ich verteile die Eiweißmasse auf dem Boden, und gerade als meine Mutter zur Tür hereinkommt, schiebe ich den Kuchen in den Ofen.

Ein Lächeln liegt auf ihren Lippen. Es ist wertvoll, so eine enge Bindung zu den Eltern zu haben. Auch zu meinem Papa hatte ich das immer, der Verlust schmerzt bis heute. „Hier riecht es nach Zitrone", meint sie, als sie die Taschen in die Küche trägt. Ich nehme ihr eine ab und nicke.

„Ich hab Tränenkuchen gebacken, damit ich dir danke sagen kann. Für alles, was du tust", murmele ich.

Meine Mutter legt eine Hand an meine Wange und streicht darüber. „Du wirst mir nie danken müssen, nur weil ich meine Pflicht als Mutter erfülle. Ich liebe dich, mein Kind. Das ist alles, was zählt."

„Ich liebe dich auch." Ich schmiege mich an ihre Hand und genieße die Zärtlichkeit.

Später liegen wir in Bademänteln auf dem Sofa, und ich verteile eine Gesichtsmaske auf meinen Wangen. Mama ist mit ihrer schon fertig, weil sie das öfter macht. „Im Alter die Haut zu pflegen, schadet nicht", sagt sie immer, dabei ist sie mit ihren fast fünfundsechzig Jahren noch super in Schuss. Vor allem hat sie so viel erlebt in ihrem Leben, dass jede einzelne Falte für ein weiteres Jahr steht, in dem sie gekämpft hat. Für ihre Familie, für ihren großen Verlust.

Ich lege erst ihr und dann mir zwei Gurkenscheiben auf die Augen. Meine Muskeln entspannen sich, ich lege die Beine hoch und versuche, auch mental abzuschalten.

Du hast versprochen, mich nicht zu verlassen.

Kieran steht vor mir, seine Augen sind dunkel, er ist wütend auf mich. *Du hast mir ein Versprechen gegeben und bist abgehauen, ohne mir eine Möglichkeit zu geben, alles zu erklären.* Er umfasst meine Oberarme und schüttelt mich. Es tut weh; Abdrücke seiner Hände bleiben auf meinen Armen zurück. Du hast mich belogen, schreie ich zurück, und er schüttelt den Kopf. *Ich habe mich nur selbst geschützt, verstehst du das nicht?* Er schleudert mir die Worte entgegen, und ich denke darüber nach. Ich würde ihn gerne verstehen, doch der Schock sitzt tief.

Ich schrecke hoch, anscheinend muss ich kurz eingedöst sein. Neben mir schnarcht meine Mutter. Anscheinend sind wir beide im Land der Entspannung angekommen. Der Traum hängt mir noch nach. Kieran zu sehen hat sich so real angefühlt. Ich vermisse ihn, ich sehne mich nach ihm. Nicht einmal nach dem Körperlichen, auch wenn das wunderschön war. Ich vermisse den Beistand, den er mir gegeben hat. Die Themenwechsel, die immer fehl am Platz waren und mich damit zum Lächeln gebracht haben. Ich vermisse, wie ich war, als er an meiner Seite stand. Ich habe mich vollständig gefühlt, und jetzt spüre ich, dass etwas in mir fehlt. Ich werde mich dafür hassen, aber es ist an der

Zeit zu erfahren, wer hinter der Band *StillAlive* steht und warum sie so erfolgreich ist.

Achtundzwanzig

Ich kuschele mich ins Bett, nachdem ich die Maske abgewaschen und mich in den Pyjama geworfen habe. Meine Mutter poltert die Treppen nach oben, weshalb ich davon ausgehe, dass sie ebenfalls ins Bett geht. Ich stecke mir Kopfhörer in die Ohren, öffne YouTube und gebe mit zitternden Fingern *StillAlive*" ein. Als Erstes wird mir ein Musikvideo angezeigt, das über zehn Millionen Aufrufe hat. Ich verschlucke mich an meinem Wasser.

Kieran steht im Fokus des Videos, es ist düster, passend zu dem rockigen Song. Er hat ein durchnässtes Shirt an, denn im Musikvideo regnet es die ganze Zeit. Er blickt in die Kamera und wirkt, als wäre er genau für das geboren. Sie spielen in einer Art Park, zumindest sind immer wieder Silhouetten von Bäumen zu erkennen. Der Song handelt von Wut auf sich selbst, davon, nicht schnell genug das zu erreichen, wonach man strebt. Kieran wirkt so aggressiv, dass ich fast spüren kann, was er fühlt. Meine Blicke gelten dem Mann, der mir die Welt bedeutet.

Nach dem ersten Musikvideo ist mir klar, warum Kieran das tut. In jeder Pore seines Körpers steckt die Melodie, er ist eins mit seiner Gitarre, und die Harmonie zwischen den Bandmitgliedern kann man sogar vor dem Bildschirm spüren. Außerdem lockt der Song ab der ersten Sekunde ... und dann fängt Kieran an zu singen, und nicht nur, weil ich ihn liebe, sondern weil seine Stimme einzigartig ist, verliebt man sich in die

Band. Das Raue, Kratzige ist nicht zu stark und kommt genau an den passenden Stellen durch. Trotzdem tut es weh, ihn zu sehen, es tut weh, zu wissen, dass ich ihm nicht mehr nah sein werde. Ich kann nicht anders, als auf das nächste Video zu klicken. Ich würde mich gerne auch mal auf die anderen Bandmitglieder konzentrieren, doch ich habe nur Augen für den Leadsänger. Dem Mann, dem mein Herz gehört.

Ich wache am Morgen auf, die Lieder immer noch im Ohr, was nicht nur daran liegt, dass ich mit den Kopfhörern eingeschlafen bin. Ich könnte durchdrehen, denn wenn ich ehrlich bin, sehne ich mich jetzt noch mehr nach ihm. Es ist aber an der Zeit, dass ich mich auf mich konzentriere, und das bedeutet? Ich werde mein Chaos aufräumen, meine Gedanken sortieren und mir überlegen, was ich erreichen will. Erst dann bin ich in der Lage, mich mit Kieran auseinanderzusetzen. Heute ist Samstag, und ich habe keine Ahnung, was ich tun soll. Ich muss so viel erledigen, doch irgendwie fehlt mir die Kraft, der Antrieb. Ich weiß genau, an was es mangelt: einem Ziel, auf das ich hinarbeiten kann. Das habe ich schon immer gebraucht. Ich war nie der Mensch dafür, einfach herumzugammeln. Der keine Perspektive gesehen hat. Auch in meinem Bürojob habe ich immer das Beste gegeben, auch wenn es mir nicht möglich war, aufzusteigen. Aber das war okay. Eine kleine Stimme in meinem Inneren war zwar da, die sich nach Karriere gesehnt hat, doch der Drang, eine Familie zu gründen, war größer. Ist es jetzt ein Verbrechen, dass ich beides nicht geschafft habe? Ich werde kündigen müssen, denn mit meinem Ex kann ich nicht zusammenarbeiten. Vielleicht habe ich Glück, und bei den Verhandlungen am kommenden Dienstag werde ich eine ordentliche Abfindung bekommen. Das wäre das Mindeste. Immerhin arbeite ich seit meiner Ausbildung vor über zehn Jahren in diesem Betrieb. Zehn Jahre lang war ich meinem Ex unterstellt und habe nicht auf meine Wünsche gehört.

Ich setze mich im Bett auf. Heute ist der Tag der Veränderung, denn wenn ich eins von Kieran gelernt habe, dann dass ich lernen muss, für meine Träume zu kämpfen und für mich selbst einzustehen. Nur so kann ich etwas erreichen.

Ich schleiche mich durch den Garten raus, außerdem trage ich eine Mütze, einen Schal, den ich mir über das Kinngezogen habe, und dazu einen Hoodie.

Ich war schon im Nagelstudio sowie beim Waxing, und jetzt sitze ich beim Friseur. Ich brauche eine Veränderung, um mich wohler zu fühlen, auch wenn das dem Klischee einer typischen Trennung entspricht.

„Was darf ich für Sie tun?“ Die junge Frau steht hinter mir und lächelt mich breit durch den Spiegel an. „Eine Veränderung, hm?“, hakt sie nach und ich nicke, verdattert. „Woher ...“

„Sie sind das Titelbild auf allen möglichen Klatschzeitschriften, selbst wenn man wie ich kein Fan der Band ist, kommt man nicht daran vorbei. Und wenn die Gerüchte stimmen, dann geht es Ihnen beiden wohl nicht gerade gut.“

Ich nicke. Meine Mutter ist die Königin des Internets und hat mir diverse Artikel vorgelesen. Dass die dann auch in den Zeitungen gedruckt wurde, hätte mir klar sein müssen.

„Beiden?", krächze ich und hasse mich für die Tränen, die direkt über meine Wangen laufen. Was ist schlimmer, Liebeskummer oder die Aufmerksamkeit der Presse? Hat mir dieses Abenteuer wirklich mein Leben zerstört?

„Kieran soll wohl miserable Auftritte hinlegen."

„Er sollte noch gar nicht zurück sein", platzt es aus mir heraus, und ich schlage mir direkt die Hand vor den Mund.

„Das ist er aber, und die Presse zerreißt sich das Maul darüber, weil er fast dauerhaft betrunken ist, sich in schäbigen Schuppen blicken lässt und dort Gitarre spielt. Stundenlang."

Ich wische mir die Tränen weg, aber ich darf mir keine Hoffnungen machen. Er tut das für sich, weil er vielleicht auch verarbeiten will, was passiert ist. Ich denke nicht, dass er viele Gedanken an mich verschwendet. An uns. Sonst hätte er sich doch gemeldet, oder?

„Jetzt machen wir erst mal einen neuen Menschen aus Ihnen." Ich nicke. Es ist an der Zeit, nach vorne zu sehen. Die Friseurin, die gerade ausgelernt ist und Alina heißt, wie sie mir erzählt, hat die tolle Idee, den Spiegel abzudecken. Dann lasse ich ihr freie Hand.

Ich bin richtig nervös, als sie den Föhn ausschaltet und ich mich leichter fühle. Alina hat mir aus ihrem Leben erzählt. Neben diesem Job tätowiert sie in ihrer Freizeit, hat drei Hunde, und die Salonbesitzerin ist ihre Tante. Sie hat die Ausbildung zur Friseurin gemacht, weil sie damals noch keine achtzehn gewesen ist und demnach tätowieren unmöglich war. Unter der Hand macht sie das Ganze schon, seit sie fünfzehn ist.

Ich bewundere sie, weil sie neben ihrem festen Job noch immer für ihre Passion kämpft.

„Bist du bereit, Malu?“, fragt Alina, und ich nicke. Mehr als bereit.

Als sie das Laken vom Spiegel zieht, erkenne ich mich nicht wieder. Ich habe einen Bob in Dunkelbraun. Meine Spitzen sind blond, und wow, ich sehe wirklich gut aus. Mein Gesicht wirkt irgendwie spitz, und als ich lächle, da schwingen die leichten Wellen, die mir gelegt hat. „Wow, du bist eine Künstlerin“, hauche ich.

„Danke. Falls du mal jemanden zum Reden brauchst, gib gerne Bescheid.“ Sie zwinkert mir zu und steckt mir ihre Karte in die Jackentasche. Ich bezahle und gebe Trinkgeld, meine Mutter hat mir was geliehen. Ich fühle mich direkt wohler, und wenn ich jetzt noch herausfinde, wonach ich mich wirklich sehne, dann wäre ich mehr als zufrieden. Das ist allerdings gar nicht so einfach.

Es ist Samstagabend und ich habe heute keine Lust, mich auf der Couch zu verkrümeln. Nach feiern ist mir auch nicht zumute, doch irgendwie kribbelt es in meinen Fingerspitzen. Mein gesamter Freundeskreis war auch der von Erick, und da sich alle auf seine Seite geschlagen haben, ist da niemand, mit dem ich den Abend verbringen könnte. Wäre es seltsam, wenn ich mich bei Alina, der Friseurin, melden würde? Vermutlich. Bin ich so einsam, dass ich tatsächlich darüber nachdenke? Ja.

Ich nehme mein Handy, ignoriere all die ungelesenen Nachrichten, die vor allem ironischerweise von meinem Ex stammen. Von den vermeintlichen Freunden hat sich keine einzige Person gemeldet. Eine rote Fünfzig steht neben den Nachrichten meiner Mutter, bei meinem Ex ist die Zahl dreistellig. Ich tippe Alinas Nummer ein, um ihr eine Nachricht zu senden.

Hi Alina. Wollte mich noch mal für deinen Haarschnitt bedanken, hat echt gut getan, dabei auch mal zu reden. LG Malu.

Die Nachricht ist schnell abgeschickt, und wenige Sekunden später erscheint *online* auf ihrem Profil.

Gerne. Hast du auch nur einen öden Abend vor dir? Ein Kunde hat abgesagt, jetzt sitze ich im Studio und nichts ist los.

Sie schickt eine Reihe trauriger Smileys hinterher. Das ist schon eine indirekte Einladung oder nicht?

Ich könnte vorbeikommen, wenn du magst.

Ja, mach das, ich wohne ja in meinem Studio. Homestudio ist was Tolles. Bringst du was zu trinken mit? Hugo?

Es folgen Sektgläser und tanzende Ballerinen. Unseren Altersunterschied merkt man wirklich nur an der Nutzung der Emojis.

„Mama? Ich fahre zu Alina, der Friseurin. Haben wir noch Hugo da?"

„Schön, dass du langsam nach vorne siehst. Wir haben noch verschiedenes da, sieh mal im rechten Schrank in der Küche."

Mir eröffnet sich ein Paradies an Spirituosen, und ich beiße mir auf die Lippen, um nicht laut loszulachen.

Meine Mutter scheint ein heimliches Leben zu führen – so konservativ, wie sie immer tut, ist sie wohl nicht. Ist sie etwa eine Partymaus, und ich weiß nichts davon?

Neunundzwanzig

Ich bin ein bisschen nervös, als ich mich mit der Bahn auf den Weg zu Alina mache. Irgendwie habe ich seit Ewigkeiten nichts mit anderen Menschen unternommen. Erst war ich in der Verlobungs-Bubble mit meinem Ex gefangen. Danach bin ich direkt mit Kieran unterwegs gewesen. Meine Mutter würde ich zwar als meine beste Freundin bezeichnen, aber mit Alina ist es doch irgendwie etwas anderes. Es ist komisch für mich, weil ich Freunde bisher nur über meine Partner kennengelernt habe. Es fühlt sich besonders an, eine eigene Freundschaft zu knüpfen. Ich merke schon in der Bahn, dass mir das guttut. Ich darf mich nicht mehr von anderen abhängig machen, das ist nicht gut für mich.

Es dauert eine halbe Stunde. Ich fahre fast komplett durch Frankfurt, und als ich vor einem Hochhaus stehe und bei *Kühner* klingele, da kribbeln meine Fingerspitzen. Ich kann es nicht erwarten, mal rauszukommen. Obwohl ich so viel unterwegs gewesen bin, ist es, als würde ich meine Flügel ausbreiten und endlich fliegen.

Alina umarmt mich, und die Herzlichkeit schwappt auf mich über, es ist fast unheimlich, wie gut wir uns verstehen. „Hier tätowierst du also auch?", staune ich, als ich in den schmalen Flur trete und die Schuhe von meinen Füßen streife.

„Ja, da ich das nur nebenberuflich mache, ist das aktuell die günstigste Alternative." Alina trägt eine türkisfarbene Hose mit Einhörnern darauf, auf ihrem Top befindet sich eine aggressiv guckende Katze, und generell wirkt sie so viel lebendiger als ich. „Komm, ich zeig dir das kleine Reich. Bei drei Zimmern dauert das nicht lange."

Ich nicke und stelle die Tasche ab. Das Glas darin klirrt. „Ich hab für Stoff gesorgt", sage ich grinsend, und Alina hält beide Daumen nach oben.

„Du gefällst mir, Malu. Du sagst genau die richtigen Dinge." Wir prusten beide los, und dann zeigt sie mir ihre Welt, die sich nicht mehr von meiner unterscheiden könnte. Zuerst führt sie mich ins Wohnzimmer. Eine l-förmige Couch mit türkisfarbenem Bezug ist das Herzstück des Raums. Ich bin beeindruckt von der Kreativität, die man überall sieht. Ein großer Bildschirm ziert die Wand. „Den hab ich mir von meinem ersten Gehalt gekauft", sagt Alina stolz und streicht über eine Ecke.

„Bei mir war es damals eine Handtasche vom ersten Azubigehalt", sage ich lachend, und Alina nickt.

„Ich war feiern, nach drei Tagen war das Geld weg." Das ist normal, das erste Geld wird auf den Kopf gehauen. Alinas Badezimmer ist riesig für die kleine Wohnung, sie hat sogar eine Badewanne und eine Dusche. „Wow, die Steinoptik ist toll."

„Ja, finde ich auch, hatte zwar kein Mitbestimmungsrecht, weil das hier nur gemietet ist, aber die Wohnung ist perfekt." Dass sie perfekt ist, sehe ich, als wir ihr kleines Studio betreten. Eine schwarze Liege bietet den Mittelpunkt des Raumes, daneben stehen allerhand Gerätschaften. Ich als Tattoojungfrau kenne mich nicht aus. An der Wand hängen allerhand Motive. „Sind das alles Bilder, die du schon gestochen hast?"

„Ja genau, ich steche prinzipiell alles, aktuell übe ich noch, besser mit Farbe zu werden.“

„Zeichnest du auch deine Motiv selbst?“ Alina nickt. „Nicht nur, manche ja, manche nein. Ansonsten bearbeite ich auch viel mit Photoshop und mache aus manchen Motiven dann ein neues, einzigartiges Bild.“ Ich bin beeindruckt und betrachte das Bild einer Schlange, die sich um einen Ast windet. Das Besondere daran ist, dass ihre Haut aus Mandalas besteht. „Das habe ich meinem Bruder gestochen, auf die Brust“, sagt sie, als sie mein Interesse bemerkt.

„Du hast einen Bruder?“, frage ich, und Alina nickt.

„Er ist vier Jahre älter als ich, also sechsundzwanzig. Wohnt in Hamburg, und seine Freundin ist gerade schwanger. In ungefähr vier Monaten werde ich Tante.“ Sie ist stolz, das sehe ich am Ausdruck ihrer Augen.

„Das ist echt süß.“ Ich lächele, obwohl der kleine Stich im Herzen sich meldet. Ich muss aufhören, mir selbst Vorwürfe zu machen. Es ist jetzt nun mal so, dass mein Leben anders verläuft, als ich es mir vorgestellt habe. Das ist in Ordnung. Ich kann nun einmal nicht das Bilderbuchleben führen, das ich mir als kleines Mädchen immer gewünscht habe. Es gibt Dinge, die man nicht vorhersehen kann. Egal, wie sehr man sich das Perfekte wünscht und danach strebt, es braucht einfach auch ein Fünkchen Glück. Und das fehlt mir. Nicht immer, aber aktuell ist der kleine Kobold von der Glücksfarm verschwunden und schenkt jemand anderem Glück. Gewichen ist er dem Pechteufel, der es sich gerade in meinem Leben gemütlich macht.

Alina reißt mich aus meinen Gedanken. „Während der Ausbildung hab ich dann einfach auf dem Sofa gepennt.“

„Wieso?“

„Ich habe ein Studio gewollt, konnte mir aber keine größere Wohnung leisten. Dann hab ich das Schlafzimmer einfach umfunktioniert.“ Sie zuckt mit den Schultern, als wäre es eine Selbstverständlichkeit.

„Du kämpfst ganz schön für deinen Traum, oder?“ Ich bin ernsthaft beeindruckt.

„Ja. Es ist das, was ich mir am meisten wünsche, und dafür tue ich alles. Als Tätowiererin ist es außerdem am wichtigsten, Kunden an die Hand zu bekommen für die Mundpropaganda. Was machst du eigentlich beruflich?“ Alina führt mich ins Wohnzimmer und holt die Tasche mit den Flaschen, während ich über ihre Frage nachdenke.

„Ich habe im Büro gearbeitet, mein Ex-Verlobter war mein Boss. Jetzt gerade also irgendwie nichts und irgendwie alles.“

Alinas Augen leuchten auf. „Aber das ist doch deine Chance, um neu anzufangen. Du kannst alles tun, was du willst.“

„Aber woher soll ich denn wissen, was das Richtige ist?“, frage ich, und die Verzweiflung braut sich wie eine Gewitterwolke in mir zusammen.

„Hör auf dein Herz“, sagt Alina, zuckt dabei mit den Schultern, als wäre es eine Selbstverständlichkeit.

„Das ist doch eh ein verräterisches Mistschwein“, murmele ich. Alina sieht mir kurz in die Augen, dann bricht sie in schallendes Gelächter aus. „Darauf trinken wir“, sagt sie und hält mir ein Glas hin mit dem Hugo, den ich aus der Bar meiner Mutter mitgenommen habe. Die Gläser klirren, als wir anstoßen. „Ich finde es schön, dass du dich gemeldet hast. Irgendwie sind wir beide einsame Seelen." Alinas Stimme klingt ernst, und ich muss ihr leider recht geben.

„Ich war schon immer schlecht im Alleinsein", murmele ich, und Alina lacht.

„Ich bin darin viel zu gut. Ich hab noch nie jemanden gefunden, für den es sich lohnen würde, meine Freiheit aufzugeben."

Ich ziehe die Augenbraue nach oben. „Das ist krass, genau das Gegenteil von mir. Ich habe mich immer an jemanden gebunden, das war schön und ich genieße das auch. Trotzdem fällt mir jetzt auf, dass ich nie erfahren habe, wie es ist, allein für mich selbst zu sein." Ich schlucke. „Beide Seiten sind nichts, die Mischung macht es. Aber meistens ist es leider so, dass man sich selbst nicht leiden kann, wenn man es nicht schafft, allein zu sein." Dieses Mal zucke ich mit den Schultern. „Vielleicht habe ich das unterbewusst auch nicht getan. Aber jetzt bin ich bereit zu lernen, mich selbst zu akzeptieren."

„Love yourself, wäre auch ein gutes Motiv für ein Tattoo." Alina zwinkert mir zu, und mir kommt eine Idee. „Bevor ich betrunken bin und auch noch ein Arschgeweih möchte, machst du das?"

„Ist es dein erstes Tattoo?", fragt Alina, und ich nicke. „Es wäre mir eine Ehre."

Ich entscheide mich für das Schlüsselbein, auch wenn Alina mir davon abrät. „Da ist kaum Fett über dem Knochen, das wird schmerzhaft." Sie hat mich gewarnt, doch als sie anfängt, mit der Nadel über meine Haut zu fahren, zucke ich dennoch kurz zusammen. Allerdings nur, bis ich mich daran gewöhnt habe. Danach genieße ich es, den Schmerz, weil ich weiß, er wird mich tragen, wird mir zeigen, dass ich anfange, mich selbst zu lieben. Deshalb ist auch *start to love myself* daraus geworden, und Alina hat noch ein Gänseblümchen dazu gezaubert. Nach einer Stunde ist sie fertig, und ich stehe vor dem Spiegel.

„Wow", hauche ich, als ich das Gesamtbild sehe. Wir haben es in Schwarz and Grau gehalten. „Danke, Alina." Tränen glitzern in meinen Augen und als Alina Folie draufpackt, bin ich einfach nur stolz.

„Ich gebe dir noch Bepanthen mit, damit einfach mehrmals am Tag dünn eincremen."

Ich nicke. Meine Haut kribbelt noch, ist warm. „Was bekommst du dafür?", frage ich, und Alina winkt ab.

„Einen Neuanfang mit einer Freundin. Auf das Selbstlieben", sagt sie, und ich ziehe sie in eine Umarmung. Damit beginnt unser Abend richtig, als der Mond schon hoch am Himmel steht.

Bald schießt der Alkohol durch meine Adern, und umso kribbeliger es in mir wird, desto mehr lockert sich meine Zunge. Mein Kopf fühlt sich schwer an, und ich werde mir wohl später ein Taxi besorgen müssen.

„Jetzt wird es Zeit, über Männer zu quatschen." Alina nuschelt schon ziemlich, und ein kleines Lallen höre ich auch raus. Ob ich auch so klinge? Bestimmt, aber es ist mir vollkommen egal. „Kieran", seufze ich und lege mir theatralisch beide Hände auf die Brust.

„Du liebst ihn, oder?", fragt Alina, und ich nicke.

„Auch wenn du jetzt bestimmt denkst, ich wäre eine totale Bitch, weil ich von meinem Ex direkt in seine Arme gerannt bin." Ich ziehe einen Schmollmund, und Alina schüttelt heftig den Kopf. Mir wird schon schwindelig vom Zusehen. „Das denke ich nicht, die Liebe kommt nie zum richtigen Zeitpunkt. Dein Ex ist außerdem ein Idiot." Ich hatte ihr zuvor in fünf bis acht Sätzen mein Leben erklärt, nur bis zu dem Punkt, wo mein Ex meine Freundin befriedigt hat. Dann erzähle ich von Kieran. „Es war alles so romantisch, wie er dasaß. Die Gitarre. Das Piercing, es war immer eiskalt auf seinen heißen Lippen. Und dann hat er mich die ganze Zeit belogen." Ich schlucke, und die Tränen, die ich in den vergangenen Tagen versucht habe zu verdrängen, sind wieder da.

„Oder er hat sich selbst beschützt, vielleicht zum ersten Mal." Alina flüstert, als würden ihre Worte mich sonst erschlagen.

„Aber den Schmerz habe ich nicht verdient. Es tut weh, schon wieder betrogen zu werden."

„Hat er seitdem probiert, dich zu erreichen?"

„Nein, kein einziges Mal."

„Hast du denn seine Nummer?" Ich verneine erneut. „Wir schreiben ihm auf Instagram; heutzutage braucht man keine Nummern mehr."

„Das wird er bestimmt nicht selbst betreuen, er hat über eine Million Follower."

„Wir müssen es probieren, ihr seid füreinander gemacht und müsst dringend sprechen." Alina zieht schon ihr Handy raus und startet die Sprachnachrichten-Funktion.

Ich räuspere mich.

„Kieran. Du hast mich belogen und vielleicht hast du dich selbst beschützt, aber das hätte ich auch gekonnt. Ich hab dich doch so geliebt, nein, ich tue es noch immer. Es schmerzt so sehr, dass du mir nicht zugetraut hast, dich weiter zu lieben, obwohl du berühmt bist. Dabei habe ich mich in dich verliebt, in Kieran, nicht in den Frontmann von *StillAlive*. In dein Wesen, dein Ich. Ich vermisse dich, Kieran, mit jeder Faser meines Körpers.“

Ich weine hemmungslos, wahrscheinlich versteht man auf der Nachricht nur die Hälfte, weil ich so schluchze. Mein Herz schlägt zu schnell, der Schmerz pulsiert an meiner Schläfe.

Alina legt ihr Handy weg und zieht mich an sich. Ich lege meinen Kopf auf ihre Schulter. „Lass den Schmerz zu“, murmelt sie, und ich tue es. Es brennt in meiner Brust und ich stoße einen erstickten Schrei aus. Ich schaffe das, ich will ihn zurück, doch irgendwie weiß ich nicht, ob ich dafür bereit bin. Das Vertrauen in ihn ist nicht mehr da, und das macht mir Angst. Aktuell ist sie größer als der Mut, und genau das erschüttert mich. Warum kann ich nicht einfach ihn an mich ziehen, ihn küssen und dann neu anfangen. Meine Gedanken sind wirr, ich schließe die Augen, und alles dreht sich, als würde ich auf einem Karussell sitzen. Kieran streckt mir eine Hand entgegen. Ich will sie nehmen, doch alles dreht sich immer weiter, immer schneller, und ich habe keine Möglichkeit zu ihm zu kommen.

Schmerz. Drehen. Alkohol. Kieran.

Dreißig

Ich liege neben jemandem, als ich die Augen öffne, also schließe ich sie schnell wieder. Es ist viel zu hell. Die Person neben mir schnarcht und ein Arm liegt auf meinem Bauch. Mir ist flau im Magen, und der Geschmack im Mund erinnert mich an etwas Fauliges. Ich fasse mir an den brummenden Schädel und versuche dann erneut, die Augen zu öffnen. Alina liegt an mich gekuschelt da, ihr Gesicht auf meiner linken Brust. Wie innig kann eine Freundschaft innerhalb von vierundzwanzig Stunden werden? Sie hat mich tätowiert, wir haben getrunken, und jetzt liegt ihre heiße Wange auf meiner Oberweite. Ich würde sagen, unser Freundschaftsbarometer ist gestiegen. Ich schiebe Alinas Arm vorsichtig von meinem Bauch und rutsche unter ihr weg. Sie zuckt und schmiegt sich dann an das Kissen, das ich ihr unter den Kopf schiebe. Ich sitze kurz am Bettrand, weil sich alles dreht, als ich meine Füße auf den Boden stelle. Wir sind anscheinend auf der Couch eingeschlafen, die Flasche mit dem letzten Schluck des klaren Wodkas steht noch auf dem Tisch, und allein, wenn ich an den Geruch denke, muss ich mich zusammenreißen, um nicht auf den schönen, grauen Teppich zu spucken. Wir haben zu viel getrunken, und genau das lässt mich lächeln – es war ein toller Abend mit einer Freundin, und wir haben nichts verbrochen. Ich bin tätowiert, ja, aber da war ich noch nüchtern. Behutsam streiche ich über die Folie. Die Haut ist noch geschwollen, aber nicht mehr so heiß und rot wie gestern

Abend. Ich sehe auf die tickende Kuckucksuhr, die über dem riesigen Flatscreen hängt und damit den Stilbruch perfekt macht. Wann habe ich das letzte Mal bis eins geschlafen? Ich muss grinsen, weil sich das alles so gut anfühlt, irgendwie befreiend. Zum Glück hat mir Alina gestern die Wohnung gezeigt, also tapse ich unsicher ins Bad. Gar nicht so einfach, wenn der Alkohol noch dafür sorgt, dass die Bodendielen so schwanken, als würde ich auf einem Schiff laufen und nicht in einer Hochhauswohnung inmitten von Frankfurt.

Nachdem ich auf der Toilette war, wasche ich meine Hände und tropfe mir kaltes Wasser in den Nacken. Ich sehe schlimm aus, meine Haare stehen in alle Richtungen, aber ich lächle, weil ich *anders* aussehe. Ich weiß nicht, ob befreiter das richtige Wort ist, aber genauso fühle ich mich.

„Malu, bist du abgehauen? Bin doch kein One-Night-Stand!", ruft Alina quer durch die Wohnung. Ich trete aus dem Bad, da schwankt sie mir auch schon entgegen. „Dachte, du wärst verschwunden", schmollt sie.

„Nö, bin noch da, soll ich Rührei machen?"

„Oder wir trinken einen Konterhugo." Alina zieht eine Augenbraue nach oben.

„Dafür bin ich zu alt", grinse ich, und sie sieht mich böse an.

„Ich glaube, Rührei wär mir auch lieber." Damit rennt sie ins Bad, und wenn ich die Geräuschen richtig deute, umarmt sie gerade die Kloschüssel und übergibt sich.

Es ist komisch, dass man sich in einer fremden Wohnung mit den richtigen Menschen um sich herum heimisch fühlen kann. Ich war noch nie hier, aber als Alina aus dem Bad kommt, kreidebleich, aber ein

Lächeln auf den Lippen, da fühle ich mich einfach großartig. „Ich bin eine schlechte Gastgeberin, aber kann ich mich nochmal aufs Ohr hauen, bis das Frühstück fertig ist?" Sie gähnt, und ich kann fast bis zu ihrem Bauchnabel blicken, als sie dabei ihren Mund aufreißt.

„Klar." Sie steht sofort auf, schwankt verdächtig und verkrümelt sich dann zurück auf die Couch.

Ich denke an den Urlaub zurück, die Schneelandschaft. Als ich aus dem Küchenfenster auf Frankfurts Skyline blicke, die heute von der Sonne beschienen wird, werde ich wehmütig. Ich vermisse Lappland mit all seinem Schnee, auch wenn ich niemals erwartet hätte, dass mir ein Winterurlaub Spaß machen würde. Wenn ich in mich hineinhorche, da weiß ich, wen ich am meisten vermisse. Kieran. In diesem Moment fällt es mir wie Schuppen von den Augen. Verdammt, die Sprachnachricht. Mein Betrunkenes Ich. Ich kann nur hoffen, dass man die Nachricht noch zurückholen kann. Das ist doch möglich, oder? Ich kenne mich mit Instagram nicht so gut aus, mehr als fünf Beiträge habe ich nicht gepostet. Ich meine, wir hätten Alinas Handy benutzt, aber das laute Schnarchen aus dem Wohnzimmer sorgt dafür, dass ich nicht gleich hineinrenne und sie nach dem Handy frage. Obwohl alles in mir kribbelt. Ich erinnere mich nur schemenhaft daran, bin von mir selbst einfach ein bisschen enttäuscht. Alkohol lässt einen dumme Sachen sagen, aber vor allem die Wahrheit. Ich Idiotin.

Ich serviere Rührei, und im Tiefkühlfach habe ich Aufbackbrötchen gefunden. Alina führt den typischen Single-Haushalt: Als ich mir Milch in den Kaffee gießen will, kommen nur Flocken raus. Gerade, als ich das

Rührei auf den Couchtisch stelle, erwacht Alina und setzt sich auf. „Du bist ein Engel." Sie lächelt mich verschlafen an, und ich bin beruhigt, dass sie wieder mehr Farbe im Gesicht hat.

„Gerne, ich muss mich ja irgendwie bedanken, dass ich hier schlafen konnte, und auch für das Tattoo." Die reine Höflichkeit hält mich davon ab, sie nicht gleich wegen des Handys zu bombardieren. Wir essen in Ruhe, und ich schreibe meiner Mutter eine Nachricht, dass ich noch bei Alina bin. Heute ist Sonntag, der letzte Tag einer turbulenten Woche, und ich bin gespannt, wie es die nächste Zeit sein wird. Es ist einfach verrückt, was in den vergangenen Wochen passiert ist, ich bin gestresst gewesen, glücklich, am Boden zerstört, bin geflogen und dann gefallen, weil ich verraten wurde. Noch tiefer, als ich belogen wurde. Ich bin einfach nur fertig, erschöpft von den eigenen Gedanken, und deswegen hat der Abend mit Alina einfach gutgetan. „Hast du schon mal Instagram gecheckt?", frage ich beiläufig, und Alina wirft mir einen vielsagenden Blick zu.

„Die Nachricht ist ungelesen, wer weiß, wie viele er erhält", murmelt sie und steckt sich noch eine Gabel voll Rührei in den Mund. Bin ich enttäuscht oder erleichtert?

„Willst du die Nachricht zurückrufen?", fragt sie mich, und ich denke darüber nach. Vor einer Stunde hätte ich die Frage sofort mit *Ja* beantwortet. Will ich, dass er weiß, wlches Gefühlschaos derzeit in mir wütet? War ich je so ehrlich zu ihm? Ja, aber ich sehne mich nach ihm. Ich liebe ihn, das kann ich jetzt entweder länger ignorieren und Trübsal blasen oder ich stehe zu mir. Stehe zu ihm.

„Nein", sage ich deshalb, und Alina lächelt mir zu.
„Starke Frau."

Alina und ich verbringen auch den Sonntag miteinander, indem wir auf der Couch liegen und uns *Haus des Geldes* ansehen. Alina hat mir die Serie empfohlen, und nach der Hälfte der ersten Staffel bin ich Fan. „Ich muss morgen erst um elf im Laden sein, wenn du magst, kannst du noch mal hier schlafen, und wir bestellen später Sushi?" Dieses Mädchen gefällt mir immer mehr, also sage ich zu und entspanne mich, was unfassbar guttut nach den ganzen Tagen. Auf einmal vibriert Alinas Handy, und als ich aus dem Augenwinkel sehe, dass es eine Meldung von Instagram ist, wird mir heiß und kalt zugleich. Ist er es? Hat er sich gemeldet?

„Die Nachricht wurde nur mit einem Herz markiert."

Ich sacke zusammen, das verräterische klopfende Herz zerspringt in meiner Brust. „Er hat sie geliked, nachdem er sie gehört hat?"

Alinas traurige Miene spricht Bände. „Vielleicht schreibt er ja noch", sagt sie, und dann starren wir gemeinsam auf das Smartphone. Gefühlte Ewigkeiten, aber es passiert nichts. Kein Zeichen dafür, dass er tippt und wieder löscht oder dass er überhaupt noch online ist.

„Das war eine dumme Idee", sage ich.

„War es nicht, du kämpfst für euch beide. Das ist nie falsch."

„Doch, wenn nur einer von beiden kämpft, verliert er."

Alina sieht mich traurig an, und ich blinzele meine Tränen weg. „Vielleicht war es ein Versehen, und er findet jetzt den Chat vor lauter anderen Anfragen nicht mehr."

Ich ziehe spöttisch eine Augenbraue nach oben. „Das glaubst du nicht wirklich."

Alina zuckt mit den Schultern. „Du hast mir die ultimative Liebesgeschichte erzählt, ich kann mir nicht vorstellen, dass er das nicht so empfunden hat."

Genau damit trifft sie den wunden Punkt, denn vielleicht ist es tatsächlich so. Ich habe mir eingebildet, dass ich erfahre, wie sehr er mich liebt. Habe mir seine Liebesbekundungen ausgemalt, auch wenn es schmerzhaft ist. Vielleicht hat er nicht so viel empfunden wie ich. Mit Worten kann er umgehen, immerhin schreibt er auch die Songtexte der Band. Er kann mit ihnen jonglieren, dann kann er mir auch die Wahrheit ins Gesicht sagen. Vielleicht hätte er Schauspieler werden sollen, denn wenn wir ehrlich sind: Er hat mir super vorgespielt, dass er mich liebt. Jetzt herrscht seit über einer Woche Funkstille, obwohl er die Möglichkeit hätte herauszufinden, wo ich bin. Er kämpft nicht, und ich bin müde und weiß nicht, wie sehr ich mich bemühen soll, seine Aufmerksamkeit zu erlangen.

Als das Sushi kommt und ich mir ein Maki in den Mund schiebe, da schmecke ich kaum etwas.

Alina berührt meinen Arm. „Lass es zu, du darfst weinen, wenn du es brauchst."

Das ist das Stichwort, damit alles erneut aus mir herausbricht, und auch wenn ich es hasse, ich kann einfach nicht aufhören zu weinen. Weil ich nicht aufhören kann zu lieben, und daher wird der Schmerz immer und immer wiederkommen. Das ist der Teufelskreis. Meine eigene persönliche Hölle, in der ich stecke.

249

Einunddreißig

Der Banktermin lief komplikationslos und ohne großes Drama. Zum Glück. Erick hat im Vorfeld bereits geklärt, dass die Konten aufgeteilt werden. Nun musste nur noch meine Unterschrift geleistet werden. Er hat sogar fairerweise festgelegt, dass die Summe von achtundzwanzigtausend Euro auf mein neues Konto geht. Ich bin wahrlich beeindruckt, wahrscheinlich hat sich das schlechte Gewissen im Nachhinein doch gemeldet. Nachdem der Banktermin schnell erledigt war und ich meiner Mutter Geld überwiesen habe – als kleines Dankeschön und zum Aufkommen der angefallenen Kosten –, schlendere ich durch die Frankfurter Innenstadt. Vier Tage ist die Sprachnachricht nun her, und Alina hat mich jeden Morgen mit einem „Immer noch nichts" begrüßt, sodass die Hoffnung abnimmt, je wieder von Kieran zu hören oder zu sehen. Ich vermisse ihn, aber ich kann ihn nicht mehr zum Mittelpunkt meines Lebens machen, wenn er das nicht auch mit mir tut.

Ich schlendere durch die Läden, ohne etwas zu kaufen, einfach nur, weil ich Zeit für mich brauche. Morgen steht das Treffen mit meinem Ex an, in dem wir uns über die Wohnung unterhalten und auch über Themen wie der Arbeitsvertrag. Ich bin nervös, aber immerhin nicht mehr von Angst gelähmt wie vor dem Banktermin. Trotzdem habe ich mir die Nagelhaut eingerissen, weil ich die ganze Zeit daran spiele. Blöde Angewohnheit aus meiner Teenagerzeit! Damals habe ich mir dann irgendwann die Nägel machen lassen und es wurde besser, jedoch war meine Nagelhaut so angegriffen durch das Gel, dass ich es dann wieder gelassen habe.

Ich kaufe mir ein rotes Oberteil, das ich mir sonst wahrscheinlich nicht geholt hätte. Es hat einen V-Ausschnitt, sodass man das Tattoo gut sieht. Dieses neue Ich tut mir gut, sehr gut sogar.

Ich bin nervöser als vor meinem ersten Ausbildungstag, an dem ich mich direkt in meinen Ausbilder verschossen habe. Den ich dann fast geheiratet hätte.

Wir treffen uns in der Wohnung, worüber ich sehr dankbar bin. Ich hätte die Blicke der ehemaligen Kollegen im Büro, die unsere Beziehung sowieso nie gutgeheißen haben, nicht ertragen. Ich schließe die Tür auf und betrete mein altes Leben. Ich habe die Wohnung geliebt, aber jetzt, wo unsere gemeinsamen Bilder verschwunden sind – im Gegensatz zu allen Möbeln, die wir zusammen ausgesucht haben –, da warte ich auf das Gefühl, zu Hause zu sein. Es bleibt aus. Erick sitzt am Esstisch. Die Ordner, in denen wir alle Unterlagen gesammelt haben, liegen vor ihm. Er steht auf, als er mich sieht, das Lächeln auf seinen schmalen Lippen ist vorsichtig. Die schwarzen Haare sind nach hinten gekämmt und die blauen Augen, in die ich mich sonst immer verloren habe, wirken müde. „Schön, dich zu sehen, Malu." Ich nehme ihm gegenüber Platz. Ich habe auf Schmerz gewartet, tue es noch immer, doch in mir ist eine Kälte, die mich leicht zittern lässt. Ich bewahre einen kühlen Kopf. „Wollen wir anfangen?", fragt er.

„Klar.“

Ich bin froh, dass wir beide erwachsen genug sind und das Treffen zivilisiert abläuft. Wir bewahren eine Distanz, die mir guttut, weil mein Herz nicht seinetwegen, sondern wegen jemand anderem angeschlagen ist. Die Wohnung läuft jetzt auf ihn, und wir einigen uns auf eine Abfindung, die noch mit dem Betriebsrat geklärt werden muss. Mit meinen restlichen Überstunden habe ich ab sofort vier Wochen frei, und dann wird mein Vertrag aufgehoben. Ich habe also einen Monat, in dem ich nach einer neuen Arbeit suchen kann und einer neuen Bleibe. Erick ist fair, ich glaube, da spricht die Reue aus ihm. Er zahlt mir auch die monatlichen Beträge, die ich als Miete an ihn gezahlt habe, zurück. Ich habe also genug Puffer, um mir etwas aufzubauen und nicht gleich nach dem nächstbesten Strohhalm greifen zu müssen.

Als ich an der Tür stehe und gehen will, spüre ich seine Finger an meinem Oberarm. „Schade, dass du mich so schnell für einen Rockstar hast sitzen lassen.“ Er scheint traurig zu sein, und ich runzele die Stirn. Woher …? „Die Bilder waren in allen Medien. Du hast mich verurteilt und bist dann in die nächstbesten Arme gerannt.“

„Nein. Ich bin in Arme gerannt, die mich gehalten haben, als ich wegen dir am Boden war“, schleudere ich ihm entgegen und gehe. Es fühlt sich gut an, ihn stehen zu lassen. Ihn zurückzulassen wie mein altes Leben, in dem ich verrückt nach ihm war. Der heutige Tag ist der letzte Stein, der von meinem Herzen fallen musste, damit ich abschließen kann.

Ich habe mich mit Alina in ihrer Pause verabredet. Von zwölf bis halb zwei hat der Salon geschlossen, und wir wollen uns im *BurgerHeart* treffen, um Mittag zu essen. Das Gespräch mit Erick war schneller vorbei als gedacht, deshalb bin ich schon gegen halb zwölf am Restaurant. Heute scheint die Sonne, nur ein eisiger Wind bläst durch Frankfurt. Ich setze mich schon hin und öffne dann mein Smartphone, um Instagram zu checken. Es kribbelt mir in den Fingern, und auch wenn ich weiß, dass es schmerzen wird, gebe ich *kieran.StillAlive* ein und finde seinen Account sofort. Er scheint aktuell in London sein, um dort ein Konzert zu spielen. Ich sehe mir seine Storys an: Party pur, schreiende Fans um ihn herum. Er wirkt müde, aber wahrscheinlich ist das Einbildung. Ich sehe keinen Schmerz in seinem Blick und weiß nicht, ob ich darüber froh sein soll oder geschockt. Ich schließe die Story und sehe in seinen Feed. Single-Veröffentlichung, morgen. Das wird groß angezeigt und ich mustere das Cover. Nordlichter sind darauf, darunter Fußabdrücke im Schnee. *Kisses under Northern Lights* ist der Songtitel, und ich bekomme Herzklopfen. Das ist …

„Hi Süße, ich hab einen Riesenhunger. Die Leute drehen durch, wollen alle Locken, wenn sie glatte Haare haben, und andersrum. Weißt du schon, was du isst?“

Alina lässt sich auf den Platz mir gegenüber fallen.

Ich halte noch immer mein Handy in der Hand, meine Finger zittern. „Sieh mal“, hauche ich und drehe es zu ihr um. Sie reißt es mir direkt aus den Händen. Der Kellner kommt an unseren Tisch, und ich liebe Alina für ihr Multitaskingtalent, denn ganz nebenbei bestellt sie uns zwei Burger.

„Freuen wir uns darüber oder hassen wir ihn noch mehr?", sagt sie und gibt mir das Handy zurück.

Ich zucke mit den Schultern. „Entweder verkauft er unsere Geschichte oder er will mir was sagen."

Alina grübelt. Der kleine Funken Hoffnung in meinem Inneren glüht auf, obwohl ich bisher dachte, er wäre komplett erloschen. „Wir müssen es anhören. Komm heute Nacht zu mir, wir hören den Song direkt zur Veröffentlichung nach Mitternacht."

Ich nicke, mein Herz klopft bis zum Hals und mein Magen zieht sich zusammen. Interpretiere ich vielleicht zu viel hinein? Ist der Song gar nicht für mich? Vielleicht hat er ihn auch einfach nur im Urlaub geschrieben, immerhin haben wir nie die Nordlichter gesehen. Aber ich ahne, dass er mir irgendwas sagen will … oder es ist die Hoffnung auf Worte, nach denen ich mich so sehr sehne?

Wir lassen uns die Burger schmecken, auch wenn ich so nervös bin, dass ich nur einen halben schaffe. Alina übernimmt meine Pommes und die andere Hälfte. Wohin sie die Menge isst, weiß ich auch nicht. „Wie lang musst du heute arbeiten?", frage.

„Ich hoffe, ich bin um sieben raus. Wollen wir uns um acht bei mir treffen?"

„Ja, das wär toll."

„Wie war eigentlich das Treffen mit Mister Oberidiot?"

Ich muss grinsen bei der Bezeichnung für Erick. „Gut. Wir haben alles geklärt. Ich bin dann arbeitslos ab nächsten Monat, und einen Schlafplatz habe ich bis auf den bei meiner Mutter auch nicht." Ich lache verzweifelt auf.

„Weißt du denn schon, wie es weitergehen soll?“ Alina rammt das Messer in meine Wunde.

„Erst eimal eine Wohnung suchen und dann mal weitersehen.“

Sie atmet tief ein und schiebt sich eine Pommes in den Mund. „Darf ich ehrlich sein? Du wartest auf ein Zeichen von Kieran, weil du immer noch die Hoffnung hast, mit ihm ein gemeinsames Leben zu beginnen.“

Ich schlucke, denke darüber nach und dann kann ich nur eines tun: Ich nicke, weil sie recht hat. Ich warte auf eine vergebliche Liebe und auf den Rockstar, der sich in mein Herz gesungen hat, weil ich nicht von ihm loskomme. Ich weiß nicht, ob ich naiv bin, aber die Hoffnung in mir ist einfach noch da. Ich will mir jetzt nichts aufbauen, weil ich für ihn noch immer alle Mauern einreißen würde, um ihn weiter lieben zu dürfen. Nein, um von ihm dieselbe Liebe zu erfahren, die ich für ihn empfinde.

Zweiunddreißig

„In den Nachrichten kam, dass dein Rockstar ein Lied rausbringt. Irgendwas mit Nordlichtern, hat das mit dir zu tun?" Meine Mutter ist die Neugierde in Person. „Es war sogar ein Bild von euch in der Abendshow, ich kann mich an den Namen nicht erinnern, aber du weißt schon diese Show, wo darüber diskutiert wurde, dass er es bestimmt für seine verlorene Liebe geschrieben hat."

Ich presse die Lippen aufeinander. „Ich weiß von nichts." In dem Moment klingelt es an der Tür. „Erwarten wir jemanden?", frage ich und merke, wie wenig es mir gefällt, dass das hier wieder mein Zuhause geworden ist. Es war nie mein Ziel, noch einmal in mein altes Kinderzimmer zu ziehen, aber besondere Situationen erfordern außergewöhnliche Maßnahmen.

„Nein", sagt meine Mutter in dem Augenblick, in dem ich die Tür öffne und mir eine Kamera direkt ins Gesicht gehalten wird.

Es sind vier Leute, die den Kopf in unser Haus strecken. Ich kann sie mir so schnell gar nicht ansehen. In den vergangenen Tagen war es ruhiger geworden, anscheinend ist das jetzt vorbei.

„Was sagen Sie zum Release der Single? Kennen Sie den Song schon?"

Ich bin perplex.

Meine Mutter eilt zur Hilfe und schlägt den Kameramännern die Tür vor der Nase zu.

„Frau Liebert – nur ein Interview!"

Tränen schießen mir in die Augen.

Meine Mutter schiebt mich ins Wohnzimmer. „Alles gut, mein Schatz. Das war doch nur eine Frage der Zeit, dass sie wieder loslegen." Sie geht total routiniert vor, während ich auf der Couch sitze und wie gelähmt bin. Wahrscheinlich dauert es nicht lange, bis mein verdatterter Blick in den Nachrichten erscheint. Sie schließt die Rollläden, bleibt ganz ruhig, und ich drehe durch.

„Das wollte ich nie, Mama. Ich hatte doch keine Ahnung."

Sie setzt sich neben mich und zieht mich an sich. „Beruhige dich, mein Kind. Alles gut. Die Liebe ist nun mal nicht einfach, und jetzt mal ehrlich, die Presse war schon immer hinterhältig. Ich habe mir schon gedacht, dass diese Sache nicht einfach wird." Ich nicke und schlage mir die Hände vors Gesicht, massiere meine Schläfen. So häufige Kopfschmerzen wie seit der Abreise aus Lappland sind sonst auch selten. Der Stress, die Verzweiflung, der Kummer, alles schlägt mir auf die Gesundheit. „Wir hören uns das Lied erst mal an und sehen weiter. Wenn das nichts mit dir zu tun hat, lassen sie dich bestimmt bald in Ruhe."

„Ich muss Alina Bescheid geben. Ich wollte eigentlich zu ihr, aber weiß nicht, ob das eine so gute Idee ist." Mama schürzt die Lippen. „Ich denke nicht, dass die Reporter hier ein Lager aufschlagen. Du bist doch nur ein ganz normales Mädchen."

Ich lache auf.

„Und habe mich in einen der größten Rockstars verliebt, wie verrückt, oder?"

Mama nickt. „Irgendwie schon, aber gleichzeitig toll. Das wäre die perfekte Vorlage für einen Roman."

„Du liest zu viel", lache ich.

„Nichts da, zu viel lesen gibt es nicht. Vor kurzem habe ich erst eine Reihe aus den Rocky Mountains von Melody Rose gelesen."

„Die Bücher habe ich dir zu Weihnachten geschenkt." Meiner Mutter scheint ein Licht aufzugehen. „Stimmt, die Geschichte um diese kleine Bäckerei war so süß." Sie ist so eine Leseratte, es finden sich so viele Bücher in ihrem Regal, dass sie mittlerweile ein Zimmer in eine Bibliothek verwandelt hat. Ich lese auch mal, aber bei Weitem nicht so viel wie sie. Manchmal habe ich das Gefühl, sie verschlingt die Geschichten regelrecht.

„Ich komm mir wegen der Reporter eher vor, als wäre ich in einem Thriller gefangen und habe ein Kind entführt oder so."

„Siehst du, du liest zu viel Fitzek und ich zu viele Liebesromane."

Da hat sie recht, wenn ich Geschichten immer wieder lesen kann, dann vom Thrillergott höchstpersönlich. „Wir schaffen das schon, wie wir alles immer hinbekommen." Ich nehme ihre Hand in meine, und wir sehen uns an. Mutter-Tochter, ein Team, das unzertrennlich ist.

Nachdem Alina mir versichert hat, dass ich unbedingt vorbeikommen soll und sie den Reportern den Hintern versohlt, sollten sie mir folgen, mache ich mich gegen halb acht auf den Weg zu ihr. Ich trage eine Sonnenbrille und einen Hoodie, der Haare und Gesicht verdeckt, und fühle mich wie eine Gangsterin, als ich in die Bahn steige. Meine Mutter will in der Zwischenzeit den zweiten Band von Melody Rose lesen. Ich habe ihr gesagt, dass sie mich anrufen soll, falls Reporter erneut klingeln. Das haben sie drei Stunden gemacht sowie an die Jalousien geklopft. Jetzt scheinen sie müde zu sein. Ich denke allerdings, dass sie nach der Veröffentlichung des Songs noch einmal loslegen. Wer weiß, wie viel sie für ein Foto von bekommen. Zum Glück wissen sie nichts von Alina … hoffe ich zumindest. Beim Friseur hat mich meines Wissens niemand gesehen, aber ich habe auch nicht damit gerechnet, von der Presse belagert zu werden, und daher nicht auf andere Menschen geachtet. Wie schnell sich Zeiten ändern können, ist wahrlich verrückt.

Als ich bei Alina ankomme, fällt mir ein Stein vom Herzen, denn nirgends sind Reporter in Sicht – ich scheine es wirklich geschafft zu haben. Ich schreibe meiner Mutter eine kurze Nachricht, weil sie sich dann doch Sorgen gemacht hat, und warte, bis Alina mir die Tür öffnet.

„Ich habe uns Spaghetti gekocht und hoffe, du hast Hunger mitgebracht." Sie drückt mir einen Kuss auf die Wange. Als ich eintrete, streife ich die Schuhe von den Füßen und fühle mich direkt wohler. „Und, hast du Paparazzi angeschleppt, die ich vermöbeln muss?" Es folgt ein Schrei, der auch vom berühmten Kung Fu Panda stammen könnte.

„Alles sicher", sage ich, hänge meine Jacke auf, schlüpfe aus dem Hoodie und nehme die Sonnenbrille ab.

„Bist du nervös?", fragt Alina mich.

„Und wie. Wahrscheinlich interpretiere ich viel zu viel hinein", murmele ich, und sie steckt den Kopf aus der Küchentür.

„Brauchst du nicht, er wird dir schon nicht im Songtext den Kopf abreißen." Ich zeige ihr liebevoll den Mittelfinger und höre sie lachen. „Komm, deckst du den Tisch?"

Irgendwie hat sich die Freundschaft mit Alina schnell zu etwas sehr Innigem entwickelt. Ich kann mir gar nicht mehr vorstellen, wie ich ohne ihre aufgeschlossene, herzliche Art durchs Leben gehen soll. Ich bin beeindruckt, wie oft mir dieses junge Mädchen schon die Augen geöffnet hat. Außerdem werde ich ihr für immer für den Startschuss in mein neues Leben dankbar sein. Ich muss jedes Mal lächeln, wenn ich in den Spiegel sehe und mein Tattoo betrachte. „Noch eine Stunde", meint Alina.

„Eine Folge *Haus des Geldes*", antworte ich, und sie lacht. „Manchmal denke ich, wir wurden bei der Geburt getrennt." Und dann machen wir noch eine Folge an, auch wenn es mir sehr schwerfällt, nicht jede Sekunde auf die Uhr zu blicken.

Diese Singleveröffentlichung ist ein wichtiger Punkt für mich. Sie ist meine letzte Hoffnung auf eine Beziehung mit Kieran, auch wenn ich nicht weiß, wie die dann aussehen soll. Ich kann nicht einfach mit ihm auf Tour gehen, dafür bin ich nun wirklich zu alt, oder? Wäre das ein Leben, das ich anstrebe? Keine Ahnung.

Die Folge endet um zwei Minuten vor zwölf. Mir ist schlecht, ich habe Bauchweh, meine Finger zittern und der Schweiß klebt mir im Nacken. Alina hat schon Schokolade und Sekt bereitgestellt für den Fall der Fälle, dass mich das Lied in erneut in den Abgrund wirft.

Ich nicke, atme tief durch. Der YouTube-Livestream ist bereits gestartet. Einhundertfünfzigtausend Menschen sind dabei und warten auf den Release der neuen Single. Wie unfassbar muss sich das für Kieran anfühlen? Ich bin so stolz auf ihn, weil er so für seinen Traum gekämpft hat.

Zehn.

Neun.

Acht.

Sieben.

Sechs.

Fünf.

Vier.

Drei.

Zwei.

Eins.

Das Video startet, und als die Kamera schwenkt, halte ich die Luft an. In den nächsten drei Minuten und dreiunddreißig Sekunden sehe ich nur Kieran, der durch Orte in Lappland wandert, die wir gemeinsam besucht haben. Die Bandmitglieder werden nicht oft gezeigt, bilden nur manchmal den Hintergrund, wie ein Fels in der Brandung. Das Lied ist langsam, hat nicht viel mit der rockigen Musik von *StillAlive* zu tun. Kieran singt von der Liebe seines Lebens, die er täuschen musste, von dem fehlenden Mut, die Wahrheit zu sagen. Mein Herz pocht bis zum Hals, als er in der letzten Szene direkt in die Kamera sieht: „I am still waiting here to kiss you under northern lights". Damit endet das Lied, und ich starre auf den Fernseher. Alina neben mir ist auch sprachlos. Das ist für mich. Er singt von Sehnsucht, Und eigentlich spricht er in dem Lied alles aus, was auch mir durch den Kopf geht. Mein Herz pocht mir bis zum Hals, Tränen laufen über meine Wangen, und gleichzeitig grinse ich über beide Ohren. Er liebt mich, genauso, wie ich ihn liebe. Auch wenn ich ihn umbringen muss, weil er das in einem Lied verpackt hat, das jeder hören kann. Gleichzeitig will ich ihn küssen, ihn halten und nie mehr loslassen.

„Du musst nach Lappland. Sofort." Alina legt beide Hände auf meine Schultern und schüttelt mich. „Er wartet dort auf dich, wo ihr euch kennengelernt habt. Du musst da hin!"

Ich zucke mit den Schultern. „Ich weiß nicht, ob das vielleicht nur eine Metapher war. Warum hat er denn nicht auf meine Nachricht reagiert?"

Alina tippt bereits auf ihrem Handy herum. „In zwei Stunden geht ein Flug. Last Minute eben."

„Ich kann jetzt doch nicht einfach dahinfliegen und hoffen, dass er da mit seiner Gitarre sitzt und auf mich wartet." Ich zeige ihr einen Vogel.

„Die ganze Zeit regst du dich darüber auf, dass er nichts von sich hören lässt. Jetzt gibt er dir eine klare Botschaft, und du willst den Schwanz einziehen? Nun liegt es an dir, um ihn zu kämpfen, also los. Gib mir deine Kreditkarte." Sie wedelt mit der Hand vor meinem Gesicht rum. Sie hat recht, ich liebe diesen verrückten Kerl, also muss ich da hin, auch wenn ich nicht weiß, ob er wirklich dort wartet.

Dreiunddreißig

Noch nie war ich so nervös. Ich sitze am Gate und warte darauf, ins Flugzeug zu steigen. Alina hat mir eine Winterjacke gegeben, nachdem es unmöglich war, noch zu meiner Mutter zu fahren. Zum Glück habe ich in meiner Handtasche immer die wichtigsten Basics wie genug Bargeld, meine Hygieneartikel und auch meinen Reisepass, nachdem meine Zeit nicht ausgereicht hat, um noch viel zu packen.

Die Reporter sind vor Alinas Tür komplett durchgedreht. Hier am Flughafen sitze ich also wieder mit Sonnenbrille und allem, um so gut wie möglich Undercover zu bleiben. Ich umklammere mein Handy. In zehn Minuten steige ich ein und fliege zurück nach Lappland, um Kieran zu sehen. Hoffentlich habe ich die Botschaft richtig verstanden und er ist wirklich dort. Als ich eine Kamera klicken höre, zucke ich zusammen, doch ein junger Mann hat seine Freundin fotografiert. Ich glaube, Kameras und ich werden in diesem Leben keine Freunde mehr.

Der Flug zieht sich hin, was wahrscheinlich daran liegt, dass ich kein Auge zubekomme, die ganze Zeit mit meinen Fingern spiele und zum Lesen, Essen oder einfach für alles zu nervös bin. Das Flugzeug ist total leer, was wahrscheinlich daran liegt, dass wir mittlerweile halb drei in der Nacht haben und kaum jemand sonst auf die Idee kommt, ausgerechnet jetzt nach Lappland zu fliegen. Nachts, außerhalb der Ferien, an einem Donnerstag. Ich habe mir nicht einmal ein Zimmer gebucht, reise mit Handgepäck, weil das sonst zu stressig gewesen wäre, und irgendwie habe ich keinen Plan, was ich tun soll, wenn Kieran nicht wie versprochen – na ja, nicht so wirklich – am vereinbarten Treffpunkt steht. Ich blicke auf die Sneaker an meinen Füßen und muss grinsen. Letztes Mal war es ein Brautkleid, jetzt die viel zu dünnen Schuhe. Beim zweiten Mal hätte ich es eigentlich besser wissen müssen, aber irgendwie sind es immer Notfälle oder kleine Katastrophen, wenn ich nach Finnland fliege. Ob ich jemals dorthin fliege und nicht in einem Dilemma meines verrückten Lebens stecke?

Ich denke darüber nach, wie es sein wird, Kieran wiederzusehen. Wird er mir fremd sein, was wird er sagen, ist er überhaupt dort? Werden wir eine Beziehung führen?

Unsere Gefühle sind klar, ich frage mich nur, ob sie auch stark genug sind, um den Strapazen des öffentlichen Lebens standzuhalten.

Als das Flugzeug landet, stehe ich sofort auf und würde am liebsten rennen. Ich muss jetzt noch eine Stunde mit dem Taxi fahren, aber es ist schön, wieder hier zu sein. Als ich aus dem Flugzeug steige, erfrischt mich die Luft, und obwohl es bitterkalt ist, lächele ich. Irgendwie ist es, als würde ich heimkehren. Ich habe mich hier im Urlaub so wohlgefühlt, und als ich jetzt durch die Flughafenhalle laufen, kann ich es nicht erwarten, nochmal etwas Neues zu erleben. Vielleicht sollte ich mir auch endlich Zeit nehmen, um die Welt zu entdecken. Mein Herz pocht bei dem Gedanken daran, und damit weiß ich: Das ist es, was ich will. Danach kann ich mir immer noch Gedanken um Kinder, Eigentum und allem anderen machen, das die Gesellschaft von mir erwartet. Ich fühle mich beschwingt, frei, nervös und gleichzeitig so lebendig, als ich im Taxi sitze und wir uns dem Hotel nähern, in dem unser Abenteuer damals gestartet ist. Wartet er wirklich dort auf mich oder war es absolut hirnrissig, direkt in das nächste Flugzeug zu steigen und hierher zu fliegen?

Ich tippe eine Nachricht an Alina und an Mama, in denen ich Bescheid gebe, dass ich fast da bin, und sehe dann aus dem Fenster. Der Schnee ist leicht geschmolzen, die vergangenen Tage scheinen ein wenig wärmer gewesen zu sein. Nicht vergleichbar mit Deutschland natürlich, doch so hohe Schneeberge wie noch vor einem Monat liegen nicht mehr neben den Straßen. Der Taxifahrer summt leise bei den Liedern im Radio mit, und ich schließe für einen kurzen Augenblick die Augen. Ich bin wirklich hier, dem Ruf von Kieran in seinem Lied gefolgt. Noch auf dem Flug habe ich es mir immer wieder angehört – es ist zu unserer Hymne geworden. Zu unserem Song, der alle Gefühle rausbrüllt, die wir uns nicht getrauen auszusprechen, weil sie so groß sind. Weil wir so sehr lieben. Ich habe nicht verstanden, dass er sich selbst geschützt hat, vielleicht sogar zum ersten Mal, und er hat nicht begriffen, wie verletzt ich war. Wir beide zusammen waren gut füreinander, perfekt, bis die große Blase zerplatzt ist. Jetzt liegt es an uns, mit unserer Kraft eine neue Blase zu schaffen und diese nicht wieder zerschellen zu lassen.

Ich bin bereit, zu kämpfen, und wenn ich den Worten im Lied Glauben schenken darf, dann ist er es auch.

Das Taxi hält an, das Hotel liegt schon im Dunkeln, nur ein Lichtschimmer erleuchtet die Rezeption. Es ist ein komisches Gefühl, wieder hier zu stehen. Ich bin todmüde und gleichzeitig viel zu nervös, um auch nur an Schlaf zu denken. Ich betrete das Hotel – an der Rezeption ist gerade niemand, und ich schleiche mich daran vorbei. Ich weiß genau, wo ich hinmöchte. In den Keller, wo alles begann, wo ich ihn zum ersten Mal gesehen habe. Die Treppen nach unten nehme ich im Eilschritt. Ich höre Gitarrenmusik, eine kratzige Stimme, und weiß genau, dass er es ist. Tränen schießen in meine Augen, und dann stoße ich die Holztür auf.

Da ist er. Er sitzt auf demselben Holzhocker, hat die Akustikgitarre auf dem Schoß, sein Blick fällt auf mich. Ich sehe so viele Emotionen, die sich auf seinem Gesicht widerspiegelt. Irritation, Freude, Verwirrung, alles auf einmal. Ich fange hemmungslos an zu schluchzen, weil ich in dem Moment nicht weiß, was ich fühle. Das Einzige, was ich höre, ist mein Herzschlag.

Kieran legt die Gitarre weg. Ich bin wie gelähmt, kann nicht atmen, nicht auf ihn zulaufen. Alles, was ich gerade empfinde, ist Erleichterung, Glück, Liebe … und dann kommt er auf mich zu. Ihm laufen ebenfalls die Tränen über die Wangen.

„Du bist hier", schluchzt er, und dann passiert das, wonach ich mich seit dem Tag, an dem ich nach Deutschland geflogen bin, gesehnt habe.

Kieran nimmt mich in seine Arme, und ich verliere mich darin. Ich sauge seinen Geruch auf, ich weine an seiner Brust, umklammere seine bebenden Schultern, und wir halten uns einfach fest. „Es tut mir so leid. Ich wollte nicht lügen, ich bin dann nur immer tiefer in die

Scheiße gerutscht, und irgendwann konnte ich nicht mehr", schluchzt er, und ich schüttele den Kopf.

„Ich bin hier", flüstere ich immer und immer wieder.

Ich weiß nicht, wie lange wir dort stehen und uns einfach halten, uns heilen, die Wunden zu Narben werden lassen, die wir uns gegenseitig zugefügt haben. Irgendwann versiegen unsere Tränen, und ich wische mit meinen Ärmeln über seine tränennassen Wangen. Er streicht mir ebenfalls eine Träne weg, und dann finden unsere Lippen zueinander.

Die Leidenschaft, die wir in den Kuss legen, übermannt mich. Kieran zieht mich an den Hüften an sich, und ich umklammere seinen Nacken. „Ich liebe dich so sehr", haucht er, und dann küsst er mich wieder.

Wir sind zwei Ertrinkende, die gerade den Rettungsring gefunden haben und endlich auf den Weg zum Land sind, um wieder atmen zu können.

Wir gehen auf sein Zimmer; natürlich hat er die Suite gebucht. Alles in mir kribbelt, keine Worte können meine Gefühle beschreiben. Wir legen uns einfach nur auf das Bett, ich den Kopf auf seiner Brust. Kieran streicht mir durchs Haar. „Die neue Frisur steht dir gut." Seine Stimme ist ganz heiser von den Tränen, die geflossen sind.

„Danke", flüstere ich nur und küsse seine Brust.

„Ich habe dich so sehr vermisst, ich wusste gar nicht, was ich ohne dich tun soll. Ich war verloren, als hätte mir alles, was es wert macht zu leben, gefehlt." Er drückt mir mehrere Küsse auf den Kopf.

Ich lächele. „Ich weiß, was du meinst. Ich verstehe nicht, warum du nicht auf die Sprachnachricht reagiert hast." Ich sollte von nun an ehrlich sein und meine Probleme, Gedanken und Gefühle nicht mehr in mich reinfressen. Das ist nicht gut für mich und auch für niemanden sonst, weil ich sonst irgendwann explodiere oder daran zugrunde gehe.

„Nachricht?", fragt er mich und ich nehme den Kopf von seiner Brust, um ihn anzusehen.

„Ich habe dir von Alinas Handy aus auf Instagram eine Nachricht geschickt. Du hast sie mit einem Herzchen versehen, aber nicht geantwortet."

„Auf den *StillAlive*-Account?"

„Klar, auf welchen sonst?"

„Den führe ich nicht selbst, sondern unser Management. Wahrscheinlich hat man sich die Nachricht nicht angehört, nur geliked. Das kommt gut an."

Ich verdrehe die Augen und lache los. „Ich muss mich wohl erst an diese Rockstar-Sache gewöhnen", gebe ich zu.

„Gib mir dein Handy, dieses Mal bekommst du meine Nummer. Das hätte uns viel erspart."

„Hast du versucht, mich zu erreichen?", frage ich ihn, als ich ihm mein Handy reiche und er zügig seine Nummer eintippt.

„Ja. Ich habe dich gesucht, aber unter deiner Festnetznummer ist dein Ex rangegangen. Ich hatte keine Ahnung, wo du bist." Er sieht mich mit flehendem Blick an. Daran hatte ich gar nicht gedacht: Man findet über mich so gut wie nichts im Netz. Ich bin noch nie ein Fan davon gewesen, viele private Details von mir in die Öffentlichkeit zu stellen.

„Die Reporter haben also besser recherchiert als du", murmele ich, und Kieran nickt. Er sieht bestürzt aus.

„Ich habe gesehen, dass sie sich wie die Geier auf dich gestürzt haben. Das tut mir leid."

„Ja, das war nicht schön. Ich bin bei meiner Mutter untergekommen", gebe ich zu. Ich schäme mich ein bisschen dafür, weshalb meine Stimme leicht zittert.

„Die hasst mich bestimmt jetzt schon, weil ich dir das Leben so schwer mache." Er verzieht die Lippen, und ich streiche ihm über die Wange.

„Sie denkt eher, sie ist in einem Rockstarroman gelandet", sage ich und entlocke ihm damit ein verhaltenes Grinsen.

„Konntest du mit deinem Ex alles klären?"

Ich gebe ihm eine kleine Zusammenfassung der vergangenen Tage. Es fühlt sich fantastisch an, ihn einfach hier zu haben. Ich traue mich noch nicht, zu denken, dass das *Hier* ein *Für immer* ist, doch jedes *Für immer* beginnt mit einem *Jetzt.*

Vierunddreißig

Die Nacht verbringen wir mit Gesprächen und der Gewissheit, uns endlich festhalten zu können, ohne eine Barriere von Geheimnissen zwischen uns. In den frühen Morgenstunden übermannt mich die Müdigkeit, und ich schlafe ein.

Als ich aufwache, bin ich dankbar, dass Kieran noch immer neben mir liegt und leise schnarcht. Ich fahre mit den Fingerspitzen über seine nackte Brust, und flatternd öffnet er die Augen. „Guten Morgen, Schönheit", murmelt er, bevor seine Lippen meine suchen. Ich kann nicht genug davon bekommen und drücke mich an ihn.

Wir brauchen eine Weile, bis wir aus dem Bett kommen. „Hast du an diesem Wochenende Konzerte?"

„Nein, nächste Woche geht es weiter, und in zwei Wochen startet die Tour." Er klingt traurig, ich sehe ihn mit gerunzelter Stirn an.

„Freust du dich gar nicht darauf?" Er fährt sich mit den Fingern durch die Haare. „Doch, ich liebe es, auf der Bühne zu stehen." Ich höre das *Aber* in seiner Stimme, und dann fällt es mir wie Schuppen von den Augen.

„Ich ... ich bin der Grund, warum du dich nicht freust, oder?" Ich sehe ihm tief in die Augen und lese die Antwort darin.

„Schon irgendwie, weil ich gerade gerne jede Sekunde mit dir verbringen würde. Außerdem habe ich einiges wiedergutzumachen." Er sieht verzweifelt aus.

Mir kommt die zündende Idee. „Ich möchte in nächster Zeit sowieso ein bisschen was sehen, habe keine Wohnung mehr, mein Job ist weg. Was hältst du denn davon, wenn ich mitkomme?"

Kierans Augen leuchten auf, er legt beide Hände auf meine Schultern. „Ich will nicht, dass du alles für mich aufgibst, Malu." Er sieht ernst aus, dabei merke ich, wie begeistert er davon ist.

„Ich gebe nicht auf, ich fange an, mir etwas aufzubauen." Meine Worte sind ein Flüstern an seinen Lippen, und unser Kuss besiegelt unser Vorhaben. Ich bin nervös und zugleich voller Vorfreude.

„Ich kann dir aber gleich sagen, dass so ein Tourbusleben nicht so rosig ist, wie du es dir vorstellst."

„Jeder Ort ist toll, wo du bist."

„Ich liebe dich, Malu Liebert. Danke, dass du mir verziehen hast."

„Ich werde noch lernen müssen, wieder vollends zu vertrauen, aber mein Abgang war auch nicht fair." Ich gebe ihm einen zarten Kuss auf die Lippen. „Wollen wir etwas frühstücken und dann nochmal auf Nordlichtersuche gehen? Damit wir uns endlich auch dort küssen können?"

Kieran grinst. Die typischen Themenwechsel lerne ich allmählich von ihm – und ich kann nicht erwarten, noch so viel mehr kennenzulernen.

Es ist total schön, noch einmal hier zu sein. Kieran lacht viel, fast als wäre er ein neuer Mensch. Viele Sorgen scheinen von ihm abgefallen zu sein. „Hast du dann selbst gekündigt?", fragt er, während er sich ein Brot schmiert.

Ich stelle die Kaffeetasse ab. „Erick war wirklich fair, ich glaube, er hatte ein schlechtes Gewissen. Ich habe eine hohe Abfindung bekommen sowie einen Aufhebungsvertrag, und er hat mir sogar das Geld für mehrere Mitzahlungen zurückgegeben." Kieran nickt. „Sonst hätte ich ihm die Hölle heiß machen müssen, immerhin hat er dir das Herz gebrochen."

Ich zucke mit den Schultern. „Lass uns nicht mehr von der Vergangenheit sprechen. Was machen wir mit unserer Zukunft?"

„Erst einmal frühstücken wir, dann genießen wir das Wochenende hier. Ich muss noch ein paar Telefonate führen, und du musst dir überlegen, ob du das mit uns öffentlich machen willst."

So viele Infos auf einmal. „Können wir darüber noch nachdenken?"

„Natürlich. Durch die Single und unsere Schnappschüsse aus dem Urlaub ist wahrscheinlich eh schon viel klar." Er schweigt kurz. „Es tut mir leid, dass ich dich so in die Öffentlichkeit gezogen habe. Das wollte ich nie. Deshalb habe ich dich auch immer abgeschirmt, wenn ich gesehen habe es sind zu viele Menschen irgendwo." Er presst die Lippen aufeinander. „Ich habe versucht, dich zu schützen, und habe versagt. Ich dachte, wir könnten die Geschichte von der Presse fernhalten."

„Kieran, du bist eine Person des öffentlichen Lebens. Wenn ich euren Bandname google, dann werde ich erschlagen. Es ist vollkommen normal, du bist ein heiß begehrter Junggeselle." Kieran lacht auf, es klingt bitter. „Ich wünschte manchmal, die Musik würde ohne all das existieren. Ich liebe den Erfolg, aber nicht die Öffentlichkeit."

Ich lege meine Hand auf seine. „Ich kann dir nicht versprechen, dass ich immer alles verstehen werde, was in deinem Leben los ist. Aber ich bin da für dich, hörst du?"

„Gehst du nicht mehr weg?", flüstert er, und seine Unterlippe zittert.

„Wenn wir uns von nun an immer die Wahrheit sagen und die Liebe nicht endet, werde ich dich eine ganze Weile lang nerven."

Ein Lächeln schleicht sich auf seine Lippen. „Ich habe dich nicht verdient."

Ich küsse ihn, um ihn zum Schweigen zu bringen. Die Liebe ist ein Geben und Nehmen, und wir beide sind gut füreinander, auch wenn wir uns erst an das Leben des anderen gewöhnen müssen. Ich bin mir sicher, dass wir das schon hinbekommen.

Wir laufen durch den Schnee, das Hotel hat zum Glück Winterschuhe, sodass ich nicht in Sneakers gehen muss. Es ist Abend geworden. Auch heute haben wir sehr viel miteinander gesprochen, haben uns Fragen gestellt. In den Minuten, in denen wir nicht geredet haben, sind Küsse unsere Hauptbeschäftigung. Wir stehen inmitten des Waldes, sind auf dem Weg zu der kleinen Lichtung. Es sind nur noch wenige Schritte.

„Sieh mal, da!", ruft Kieran auf einmal und zeigt zum Himmel.

„Wow", hauche ich. Ein Farbenspiel aus Grün, Blau und Türkis zeichnet sich am Himmel ab. Wir stehen unter den Nordlichtern, auf die wir so lange gewartet haben. Nach denen wir gesucht haben. Wir laufen automatisch schneller, wie Kinder, die zum Weihnachtsbaum rennen. Am Ende des Waldes bleiben wir stehen, Kieran legt die Arme um mich, und wir sehen gemeinsam Richtung Himmel. „Sogar lila Nuancen sind dabei." Kieran küsst meine Stirn, wir umarmen uns und genießen das Naturschauspiel. „Küss mich unter den Lichtern des Nordens", sage ich leise, und er tut es.

Nordlichter. Gemeinsam mit unserem Happy End haben wir sie endlich gefunden. Unsere Herzen schlagen im selben Takt, dem Takt der Melodie unseres eigenen Liedes unter dem Himmel, der von Nordlichtern überflutet wird. Ich kann das Glück auf der Zunge schmecken, gemeinsam mit der Prise des Neuanfangs, der auf uns beide wartet.

Epilog

„Ich kann nicht glauben, dass ihr jetzt schon einen Monat zusammen seid und ich ihn heute erst kennenlerne." Alina schmollt schon seit einer halben Stunde auf der Rückbank des schwarzen Geländewagens.

„Wir waren total beschäftigt, aber heute ist es doch so weit." Ich lächele ihr zu, sage ihr aber nicht, dass sie Kieran sogar vor meiner Mutter kennenlernt. Was daran liegt, dass Mama mit ihrem Buchclub nach Paris geflogen ist. Die Partymaus ist zurück.

„Und heute ist jetzt eine *Secret Session*?" Alina zappelt mit den Beinen, ihre Nervosität ist nicht zu übersehen.

„Ja genau. Es sind fünfundzwanzig Fans da, ansonsten nur das Team. Die Band spielt exklusiv heute eine Woche vor Release des Albums die Lieder einmal live. Kameras sind währenddessen verboten, aber danach kann man Fotos machen."

Alina klatscht freudig in die Hände. „Dein neues Leben als Partnerin eines Rockstars ist ziemlich aufregend, oder?"

„Ja, gleichzeitig juckt es mich auch langsam in den Fingern, selbst wieder richtig mit anzupacken. Ich helfe immer wieder mal der Tourmanagerin aus, weil sie gesundheitlich derzeit ganz schön angeschlagen ist."

Alina nickt. „Es ist schön, dass du jetzt endlich deinen Weg gefunden hast und ihr euren gemeinsamen geht."

„Ja, aber als die Presse uns am Flughafen abgefangen hat, war das nicht ganz so toll." Ich verziehe das

Gesicht, als ich an die Szene zurückdenke. Keine Ahnung, woher die Leute gewusst haben, dass wir dort ankamen. Das Erste, was wir gesehen haben, als wir den Sicherheitscheck passiert hatten, waren Blitzlichter. Zum Glück hatten Kieran und ich zuvor geklärt, dass wir aus uns kein Geheimnis machen wollen.

„Das Interview hast du aber toll gemeistert."

„Ich hab mich gefühlt, als wäre ich in der Hölle gelandet. Ohne Kieran hätte ich das echt nicht hinbekommen."

Alina legt mir die Hand auf die Schulter. „Ich freue mich für euch, auch wenn ich es schade finde, dass du nicht mehr so oft in Frankfurt bist."

Ja, einen festen Wohnort habe ich nicht mehr, ich wohne mit Kieran in den verschiedensten Hotels, und wenn er und die Band auftreten, sehe ich mir die Städte an. Ich liebe dieses neue Leben, nur eine feste Aufgabe fehlt mir, die ich hoffentlich bald wieder bekomme. Irgendeine Aufgabe.

„Ich bin so auf die anderen Bandmitglieder gespannt, ich hatte gar keine Zeit mehr, um groß zu googeln." Sie wirkt ehrlich zerknirscht.

„Jetzt hast du die auch nicht mehr, wir sind da."

Der Fahrer hält an, in drei Stunden soll es losgehen, und schon jetzt stehen Fans vor der Tür. Eindeutig mehr als fünfundzwanzig, das Netzwerk ist wirklich schnell im Verbreiten von Infos. Ich stöhne auf, das gibt später bestimmt Stress. Die Zielgruppe der Band reicht vom Teenager bis zur Großmutter, und wenn man meint, die Jugendlichen benehmen sich daneben, habe ich vergangenen Monat gelernt, dass Mütter viel schlimmer sind. Wie die sich um die Plätze reißen ... mir platzt öfter fast die Hutschnur, aber zum Glück beobachte ich die Konzerte meist aus dem Backstagebereich.

„Wow, die Fabrikhalle sieht ja wunderschön aus." Alina und ich stehen am Hintereingang des roten Backsteingebäudes.

„Ja, finde ich auch. Das verleiht ein richtig uriges Gefühl."

Sie nickt und wedelt sich noch einmal Luft zu. Mittlerweile ist März, und der Frühling kommt in großen Schritten auf uns zu. Heute ist es wirklich warm, und als wir die Halle betreten, weht uns eine kühle Luft entgegen. „Ich bin echt aufgeregt", sagt Alina leise, und ich lächele ihr zu.

„Ich habe ihm natürlich nur Schlechtes über dich erzählt", feixe ich und ernte einen Schlag auf den Oberarm. „Autsch!" Ich lache.

„Es macht keinen guten Eindruck, meine Freundin direkt vor meinen Augen zu schlagen." Ich höre Kierans Stimme, bevor ich ihn sehe. Nach wenigen Sekunden taucht er vor uns auf, trägt eine zerrissene, schwarze Jeans und ein rot kariertes Hemd. Er sieht wirklich zum Anbeißen aus. Wenn Alina nicht wäre, hätten wir bestimmt noch Zeit für ...!

„Manchmal hat sie es allerdings verdient", sagt Alina, von der Nervosität scheint nichts mehr übrig zu sein. Sie bietet ihm direkt die Stirn, und das liebe ich an ihr.

„Das stimmt", antwortet Kieran, und die beiden klatschen ab, als würden sie sich nicht seit einer Minute, sondern seit hundert Jahren kennen.

„Alina – Kieran. Kieran – Alina." Ich schmolle, als ich die beiden miteinander bekannt mache, merke aber, wie mir doch ein kleiner Stein vom Herzen fällt.

„Freut mich, dich kennenzulernen. Aber tu ihr nie wieder so weh." Alinas Stimme klingt bedrohlich. Es ist lustig, wie sie, die sogar einen Kopf kleiner ist als ich, vor dem Riesenmann steht und ihm den Finger auf die Brust drückt. Dass sie dabei auf Zehenspitzen steht, um überhaupt ranzukommen, lässt mich auflachen. „Ich sehe schon, das mit euch beiden wird gut."

Kieran sieht tatsächlich auch erleichtert aus und drückt mir zur Begrüßung einen Kuss auf die Stirn. Vor der Band halten wir uns mit Liebesbekundungen zurück. „Die Jungs sollten in der nächsten halben Stunde eintreffen."

„Muss noch was vorbereitet werden oder kann ich Alina erst mal alles zeigen?", frage ich.

„Ich muss noch ein Interview geben. Wenn du magst, kannst du Alina rumführen, und danach treffen wir uns mit den Jungs im gelben Zimmer." Kieran streicht mir eine Strähne aus der Stirn und geht, nachdem er Alina zugenickt hat.

„Ihr seid echt so ein Traumpaar. Da wird mir ja fast schlecht."

Ich strecke ihr die Zunge raus. „Komm, ich zeige dir mal die Location."

„Und verrate mir unbedingt, was im gelben Zimmer passiert. Das klingt ein bisschen wie das Spielzimmer von Christian Grey."

Ich fange lache. „Nein, alle Orte werden nach Farben bezeichnet. Backstage ist immer gelb, weil das die Farbe des Bieres ist." Alina und ich fangen gleichzeitig an zu lachen. „Es sind wahrlich Kinder, die in den großen Rockstars stecken.“

„Und das ist auch richtig so“, sagt Alina.

Ich ihr Alina die ganze Fabrik. Heute früh, bevor ich sie abgeholt habe, bin ich dem Team zur Hand gegangen und habe beim Aufbau geholfen.

„Das ist wirklich schön geworden“, sagt sie, und ich kann ihr nur zustimmen. Vorne ist eine große Bühne aufgebaut worden, darauf stehen schon die Instrumente der Jungs bereit. Ich kenne mittlerweile die ganze Crew, und sie haben mich total herzlich aufgenommen, bereits nach zwei Tagen war ich nicht mehr die Neue, sondern einfach Malu. Als hätte ich schon immer dazu gehört, und dafür bin ich total dankbar. Ich stelle Alina allen vor, und die Crew begrüßt sie herzlich. Die meisten sind immer kurz skeptisch, wenn jemand Neues auftaucht, aber Alina muss man einfach lieben mit ihrer offenen Art und ihrem Sinn für Humor.

Wir sind zehn Minuten zu früh im gelben Zimmer und warten. Alina macht es sich auf dem Sofa bequem, und ich reiche ihr eine Coladose direkt aus dem Kühlschrank.

„So ein Leben hätte ich auch gern.“ Sie grinst mich frech an. Ich setze mich neben sie und nippe an meiner Fanta. Von eiskalten Getränken bekomme ich oft Gehirnfrost, weshalb ich vorsichtig geworden bin.

Die Tür wird aufgerissen, und ich sehe in Emilians gestresstes Gesicht. Er ist der Schlagzeuger der Band und mit fünfundzwanzig Jahren auch der Jüngste. „Hi Malu, was geht?“ Er ist kein Mann der großen Worte, und dann bleibt er abrupt stehen. Er sieht aus, als hätte man ihn eingefroren. Neben mir stellt Alina die Dose ab.

„Lio?", stottert sie.

Ich runzle die Stirn. „Das ist …„

„Emilian Schneider, der Kerl, der mir mit achtzehn das Herz gebrochen hat und den ich seitdem nie mehr wiedergesehen habe."

Ich sehe meine beste Freundin verdattert an, die in diesem Moment nicht nur verwirrt, sondern auch unfassbar wütend aussieht.

„Ich glaube, du hast mir einiges zu erzählen", murmele ich, und Alina nickt.

Solange ich sie nicht in einem zerrissenen Brautkleid am Flughafen einfangen muss, kann ihre Geschichte doch gar nicht so schlimm sein. Oder?

Danksagung

Es fühlt sich immer wieder magisch an, ein Buch zu beenden. Bei diesem war ich ehrlich gesagt total glücklich, und dann ging es ans Lektorat, und die ersten Logikfehlerchen sind aufgefallen, und dann kam die richtige Arbeit. Diese Geschichte hat mich an meine Grenzen gebracht, und genau deshalb geht der erste Dank an meine Lektorin Stefanie. Du hast diese Geschichte so viel besser gemacht.

Ina Lütjen? Es war unsere erste Zusammenarbeit bei dp Verlag, und für das Projekt hätte ich mir keine bessere Ansprechpartnerin wünschen können. Danke schön dafür, dass du so viel Geduld mit mir hattest, immer ein offenes Ohr, und wir zusammen ein so tolles Baby erschaffen haben.

Der persönliche Dank bedeutet einem immer die Welt, und so ist es auch heute: Danke an Robin, meine Definition der wahren Liebe. Du machst es mir so leicht, Liebesgeschichten zu schreiben, da ich durch dich jeden Tag meine eigene erleben darf. Ich liebe dich und danke dir wie immer fürs In-den-Hintern-treten, damit ich meine Deadlines einhalten kann.

Mama und Papa? Danke für alles. Mama dafür, dass du immer meine Geschichten liest, mitfieberst und die Protagonisten in dein Herz schließt. Von dir habe ich das Faible für Geschichten und das Lesen, dafür werde ich ewig dankbar sein. Papa? Du bist mein König, und ohne dich wäre ich niemals die Frau geworden, die ich heute bin.

Oma Gabi? Danke, dass du meine Sonne bist und immer wieder scheinst. Ralph und Juliane. Auf diesem Wege kann ich euch noch mal zu eurer Ehe gratulieren, die Hochzeit war großartig. Ihr wart so eine riesige Inspiration für die Hochzeitsreise, die Bilder auf WhatsApp – da erkennt ihr bestimmt manche Szenen. Danke, dass ihr meine Bücher lest, ich hoffe, eines Tages für euch ein Buch am Meer schreiben zu können, damit ihr auf dem Boot nicht in der Winterlandschaft versinken müsst.

Oma Irmgard? Du wirst für immer die Erste sein, die eine Widmung im Buch hatte. Danke, dass du alle Bücher liest und mich unterstützt.

Larissa? Du wirst wie Mama für immer diejenige sein, die meine Bücher vor allen anderen liest. Du bist zu einer Freundin geworden, die mir so viel bedeutet. Hab dich lieb. Danke, dass du Malu auf ihrer Reise begleitet hast.

Noch ein Dankeschön geht an Franziska, du hast das Buch so schnell testgelesen, damit ich es ins Lektorat geben konnte. Damit hast du mir einen riesigen Gefallen getan, und dafür danke ich dir.

Zuallerletzt möchte ich dir danken. Ja genau dir, die oder der da gerade das Buch oder den Reader in der Hand hält und es zu Ende gelesen hast. Vielen Dank für die Zeit, die du dir genommen hast.

Ich hoffe, du hast diese Reise genossen.

Falls ihr mehr von meinen Projekten hören wollt, freue ich mich, wenn ihr mich auf Instagram besucht. @melodyrose.autorin :)

Vielen Dank an alle!

Eure

Melody Rose